IMAGINE A CITY

[英]马克·凡霍纳克 著　蒋春生 译

Mark Vanhoenacker

随身携带的城市

目 录

序言　记忆之城　　　　　　　　　　　　**1**
　　皮茨菲尔德　　　　　　　　　　　　　　3
　　阿布扎比　　　　　　　　　　　　　　　7

第一章　初始之城　　　　　　　　　　　**25**
　　皮茨菲尔德　　　　　　　　　　　　　　29
　　京都　　　　　　　　　　　　　　　　　31
　　盐湖城　　　　　　　　　　　　　　　　38
　　米尔顿凯恩斯和开罗　　　　　　　　　　42
　　罗马　　　　　　　　　　　　　　　　　43
　　皮茨菲尔德　　　　　　　　　　　　　　48

第二章　幻梦之城　　　　　　　　　　　**59**
　　皮茨菲尔德　　　　　　　　　　　　　　63
　　利物浦　　　　　　　　　　　　　　　　65
　　巴西利亚　　　　　　　　　　　　　　　69

第三章　路标之城　　　　　　　　　　87

- 皮茨菲尔德　　　　　　　91
- 莫哈韦沙漠上空 3.6 万英尺处　　　95
- 新奥尔良　　　　　　　98
- 波士顿　　　　　　　101
- 基勒　　　　　　　105

第四章　愿景之城　　　　　　　　　　115

- 皮茨菲尔德　　　　　　　119
- 谢南多厄　　　　　　　121
- 苏黎世　　　　　　　124
- 皮茨菲尔德　　　　　　　124
- 香港　　　　　　　126
- 匹兹堡　　　　　　　130
- 皮茨菲尔德　　　　　　　133

第五章　奇门之城　　　　　　　　　　141

- 皮茨菲尔德　　　　　　　145
- 伦敦　　　　　　　146
- 旧金山　　　　　　　150
- 吉达　　　　　　　153
- 旧金山　　　　　　　159
- 吉达　　　　　　　161
- 旧金山　　　　　　　171

第六章 诗歌之城 175
皮茨菲尔德 179
法戈和威尼斯 186
伦敦 191
德里 194

第七章 河流之城 215
皮茨菲尔德 219
马六甲 223
首尔 230
卡尔加里 234

第八章 空气之城 241
皮茨菲尔德 245
哥本哈根 245
内罗毕 246
彼得罗波利斯 249
科威特 251

第九章 蔚蓝之城 275
皮茨菲尔德 279
开普敦 282

第十章　雪晶之城　　　　　　　　　　　**307**

　　皮茨菲尔德　　　　　　　　　311

　　伦敦　　　　　　　　　　　　312

　　伊斯坦布尔　　　　　　　　　313

　　皮茨菲尔德　　　　　　　　　317

　　乌普萨拉　　　　　　　　　　320

　　纽约　　　　　　　　　　　　324

　　札幌　　　　　　　　　　　　326

第十一章　寰宇之城　　　　　　　　　**345**

　　罗利　　　　　　　　　　　　351

　　埃尔比勒　　　　　　　　　　354

　　伦敦　　　　　　　　　　　　356

　　东京　　　　　　　　　　　　357

　　皮茨菲尔德　　　　　　　　　369

告读者书　　　　　　　　　　　　　　**379**

致　谢　　　　　　　　　　　　　　　**381**

参考文献　　　　　　　　　　　　　　**385**

City of Memory

序言
记忆之城

皮茨菲尔德和阿布扎比

皮茨菲尔德

1897 年秋。

这一年我 13 岁。一天放学后，我待在房间，坐在书桌前，望着窗外。目光沿着窗外车道一直看向车库。正是深秋时节，天几乎全黑了。窗户四角覆着一层薄霜，窗外雪花漫天飞舞。

我从窗外收回目光，看向窗户对面衣柜上那个会发光的地球仪。我走到它面前，按下电源线上连着的开关键，看着这个暗黑的球体在昏暗的光线中慢慢变成蓝色，然后开始发光，就像悬浮在太空中一样。

我走回书桌前，坐下来，左手拿起铅笔，笔尖落在图纸上。我喜欢飞机，也喜欢城市，所以，我画了一张世界地图简图。我不是第一次这么干了。我要画一条航路，从一座城市出发，在另一座城市结束。但从哪座城市出发呢？

我放下铅笔，再次环顾房间，目光落在那些飞机模型上——它们或栖在衣柜上，或停在书桌上，或摆在书架上那个旧史努比旁边。其中有一架绿白相间的洛克希德三星（Lockheed TriStar）模型和一架主体为白色的麦道 DC-9（McDonnell-Douglas DC-9）模型。还有我最近组装的一架灰色麦道 DC-10

模型。我发现上面的贴纸没贴好——也许我可以贴得更完美些。但这些贴纸确实很麻烦，你得先把它们浸泡在水里，等贴纸能从背衬上撕下来时，再把它们贴在机身或尾翼上。即使有的贴纸已经干硬得翘起或卷曲了，也不能拿下来扔掉。有时我会问自己：我是喜欢组装飞机模型这个过程，还是喜欢拥有组装后的飞机模型呢？

这些飞机模型中的旗舰机是一架蓝白相间的泛美航空的波音747。大约20年后一个腊月的夜晚，我将首次驾驶一架真正的波音747从伦敦飞往香港。起飞前一小时，我会绕着飞机走一圈，进行飞行前的例行检查。当我抬头看到飞机那6层楼高的帆状尾翼时，我会想起这架飞机模型，想起我书桌旁的这扇窗户，想起从这扇窗户向外看到的风景，而那时这所房子已成了别人的家。

我又低下头看了看那张简图。那么，从哪座城市出发呢？

可以从开普敦出发。这是个坐落在海角上的小城。对于我所出生的马萨诸塞州高地的小城——皮茨菲尔德来说，遥远的开普敦只是一个地名而已。

或者我可以从印度的某座城市出发，比如印度首都新德里——我衣柜上那个会发光的地球仪上的星状标记提醒了我。

或者里约热内卢[①]。这个名字取自"河湾"之意，因一个探险家在很久之前的某个新年的第一天把它误认为一条河而得此

[①] "里约热内卢"的葡萄牙语为"Rio de Janeiro"，意思是"一月之河"。——译者注

名。我停止思考,琢磨着这个说法的准确性。当我对父亲说我有多喜欢这座城市时,他是这样给我解释它名字的来历的吗?父亲在搬到新英格兰之前,曾在巴西生活过很多年。他马上就要下班回家了。我要等着他那辆灰色雪佛兰旅行车的红色刹车灯出现,看着他小心翼翼地开车穿过雪地,积雪会掩盖汽车驶过我窗下车道时发出的声音。到那时,我会跑下楼,让他再给我讲讲"一月之河"这座城市的故事。

我可以从里约(里约热内卢的简称)出发。这也不是我第一次选这里。但今天最美妙的事就是,下雪了。所以我今天下午画的航路应该从一个寒冷的地方出发。也许该是波士顿或纽约。

波士顿,这个离我家最近的大城市,是马萨诸塞州的州府所在地,也是我父母相遇的地方。它在离皮茨菲尔德以东大约两个半小时车程的地方。我每年都会去波士顿一两次,就是那种学校安排的或与家人一起出行的一日游——参观科学博物馆、水族馆或我最喜欢的摩天大楼(这座大楼是蓝色的,我最喜欢的东西几乎都是蓝色的)。站在大楼观景台上向东看,可以看到波士顿机场,还能从无线电收音机里听到进出机场的飞行员们说话的声音。

波士顿,对,就从波士顿出发。

但今天这次旅程规划的目的地却并非一座现实中存在的城市,而是我从7岁起就喜欢幻想的城市。它的具体位置偶尔会变,名字也会变。但不管我把它画在地图上的哪个位置,不管我给它起什么名字,它始终是属于我的那座幻想之城。

这座城市是我随时可以抵达的地方，无论是在我悲伤或焦虑时，还是在我想逃避现实时。比如当我无法准确发出字母"r"的读音或无法准确读出包括我自己的名字在内的许多单词时，当我想逃避自己是同性恋这个事实时，我就会去往那里。就像几个月前，在皮茨菲尔德一个教堂的二楼，我和哥哥参加的青年小组举行了一场关于人类发展的讨论。组织者请我们在卡片上写下我们不愿公开咨询的问题。然后，其中一位组织者把我们写下的卡片收集起来。几分钟后，他对着大家读出了我的问题："有没有办法让我不成为同性恋？"他停顿了一会儿，最后说道："我不知道有什么办法，但这是人们要学着去接受的自我的一部分。"当我意识到他在看着我，意识到自己有多害怕听到他接下来可能脱口而出的话时，我把目光从他身上移开，转向我幻想中那座城市的点点灯光。

我也喜欢在一些平常时刻去我的幻想之城：做自己不喜欢的事情（比如洗衣服或扫树叶）时；或者上课感到无聊或听不懂老师在说什么时；又或者当夜色已深，屋子里一片寂静、漆黑，但我怎么也睡不着时。我起身从卧室的窗户向外望去，看到夜空那么蓝，天又开始下雪了。我回到床上躺下，闭上眼睛，看到同样的雪花从我那座幻想之城的高楼飘落。

这时，父亲的车灯光出现在车道上，接着车库门上反射的车灯光晃动起来。我重新拿起笔，在地图上画了两个小圈，在里面各自填上一个名字，又在它们之间画了一条曲线，然后跑下楼。

序言　记忆之城

阿布扎比

一个年轻女孩陶醉地演唱完格洛丽亚·盖纳（Gloria Gaynor）的《我会活下去》（"I Will Survive"）后，放回了话筒。

几分钟后，简，一个中年女子，拿起了话筒——她梳着一头齐肩的棕色卷发。我唱歌不在行，但欢呼喝彩却相当拿手。当简来到舞台时，我用力鼓掌并大声欢呼。

简是我今天从伦敦起飞的航班上的空乘，她负责离驾驶舱最近的头等舱的服务工作。在乘客两次用餐服务的间隙，她过来与我和机长聊天。当时我们正飞行在土耳其的黑海海岸上空，太阳正缓缓落下。当巴格达朦胧的绿色灯光透过我右侧的长舷窗洒满我肩膀时，她端着两杯浓茶来到驾驶舱。当飞机沿着海湾上空飞行，穿过一个又一个灯火阑珊的城市，越过那些代表整座城市的石油企业建筑大楼时，她再次来到驾驶舱。飞机着陆后，在阿布扎比的航站楼里，简又和我交谈起来，谈起各自对这座沙漠大都市的印象。当我们的飞机在这座城市上空缓缓盘旋，降落，然后又起飞返航时，从天空看，这座城市就像在海滩度假时看到的银河一样，沿着海岸延伸。

简刚开始唱歌，就立刻颠覆了之前谈话时她给我留下的印象。简的声音非常浑厚，似乎整个场地的气氛都被她感染了。我的同事们都不聊天了，转过身看着舞台上的简，听着她动人的歌声，欣赏着她恰到好处的表演动作：她摆弄着话筒上垂下来的那截线，一会儿望一眼观众，一会儿抬头看着烟雾笼罩的灯，仿佛缪斯女神正在光晕中向她招手。

她开始演唱第二首歌，是约翰·列侬（John Lennon）的《想象》("Imagine")。我拿出手机拍了一段视频发给我丈夫，然后静静看着她演唱。简表演完后人们高声喝彩，她把话筒递给下一位歌手，走回我们这群人中。大家都毫不掩饰地热情夸赞她，简笑着回应说，她年轻时曾在拉斯维加斯做过舞女，后来回到英国才结婚安定下来。回归家庭几十年后，她决定出去看看这个世界。

在酒吧又玩了一会儿，我们都回到了酒店。我的房间在酒店的高层，可能是第25层，我记不太清了。天已经很晚了，但我的生物钟还是伦敦时间，我知道在这个时间我根本睡不着。我走到落地窗前，拨开层层窗帘，这窗帘是之前我费了很大劲一层层拉好的。我调暗了灯光，映照在窗玻璃上、融入窗外夜景中的床和小冰箱的影子随之变暗。

透过映照着屋内物品的窗玻璃，我望向窗外，试图回忆多年前决定到阿布扎比时的场景。我16岁时，父母离婚了。几年后，父亲再婚。高中毕业后，我离开了皮茨菲尔德，到东边的一个小镇读大学[1]，那里离家只有一小时左右的车程，越过一座山头

---

[1] 作者大学就读于阿默斯特学院，该校位于皮茨菲尔德东边的小镇阿默斯特，常年位居全美最佳文理学院第一或第二名，专注于本科教育，不设立任何研究生学院。——编者注（若无特殊说明，本书脚注均为编者注）

序言　记忆之城

就到了。后来，我去英国读研究生。两年后，按计划我要去肯尼亚完成研究生课程的一部分。在去肯尼亚之前，我回到皮茨菲尔德看望母亲（当我还在英国求学时，父亲和继母卖掉了皮茨菲尔德的老房子，搬到了南边的北卡罗来纳州的罗利）。探望完母亲后，她把我送到汽车站，朝我挥手道别。当大巴驶离站台，在我即将开始首次非洲之行之际，我笑了。现在想来，这个微笑是为了不显出离别的伤感。第二天深夜，我降落在阿布扎比，这是前往肯尼亚内罗毕的经停站。

我以前从未来过中东，更不用说阿联酋了。虽然我在阿布扎比的停留时间只有几个小时，但我却满心期待着这次旅行，就像那些一辈子都梦想着要乘坐飞机飞往离家很远的地方的人一样。我记得当飞机最后进近[①]时，我把脸贴在飞机舷窗上，看到窗外那黄色灯光如雨一般洒满大地。空桥上时不时涌过阵阵热浪，弧形天花板上贴着色调近乎完美的蓝色瓷砖。对我来说，走廊广告牌上的阿拉伯文字充满魅力。除了这些，我再想不起来其他。

当我打定主意要成为一名航空公司飞行员时，我中断了在肯尼亚的研究生课程，来到人生地不熟的波士顿，在一家管理咨询公司找了份工作，为飞行员培训课程攒钱。3年后，我搬到英国牛津附近的基德灵顿，开始参加飞行员培训。之后，我又搬到希思罗机场附近的一个合租屋，正式开始了我的飞行员生涯。

[①] "进近"为航空术语，指飞机下降时对准跑道飞行的过程。

执飞初期，我驾驶着窄体空客飞机往返于欧洲各城市，做短途航线飞行。后来我接受了波音747的驾驶培训——这是我从小就梦想能驾驶的机型。在驾驶波音747飞行的11年里，我去了世界各地许多大城市，但从未去过阿布扎比。

不久前，我接受了驾驶波音787的培训。驾驶着这款更新、更小的飞机，我终于来到阿布扎比。到目前为止，我已经以飞行员的身份来过这座城市好几次。每次飞这里，我们都有24小时左右的下航线（down-route）时间，意思是，虽然没在空中飞行，但亦远离家乡。这段时间够我睡个大懒觉，够我研究最新版的飞行手册，够我提交下个月的值勤申请（是申请去约翰内斯堡呢？还是金奈呢？抑或是再来一次阿布扎比呢？），够我边听音乐或播客边锻炼身体，也够我和同事一起或独自一人出去闲逛一圈感受这座城市的魅力。

在高塔一样的酒店房间里，我俯视着酒店附近的街道。许多海湾地区的城市都有作为沿海小型居民点的悠久历史。不过，作为大都市，它们都还年轻。

酒店旁边是一条宽阔的大道，两旁都是商店，周围是一排排公寓和办公楼，大约20层高。即使是在深夜现在这个时间，这条大道也被灯光照得亮如白昼。与这条大道平行的还有许多小街道，两旁密密麻麻地排列着看起来很宽敞的独门独院的房子。从我住的酒店高层的房间向下俯视，有一种不协调的舒适感。再往远处看，摩天大楼林立，许多大楼上都装了信号灯。我的

序言　记忆之城

目光跟随着这些信号灯连成的之字形线条移动，而这线条就像是这个城市创造者的签名。

我打了个哈欠，琢磨着是否到时间该睡觉了，但阿布扎比这座城市似乎并不困倦：楼下的道路依然车水马龙。这在海湾城市很常见，海边夏天的夜晚比白天要惬意得多。尤其在斋月，人们的公共生活似乎只在日落之后才开始。我注视着摩天大楼和建筑起重机上一闪一闪的灯，它们似乎在试着与我说话。这让我想到了大卫·莱维特（David Leavitt）的《失语的起重机》[1]，这应该是我读到的第一本同性恋主题的小说。记得这本书是我18岁左右时一个朋友送的，当时他没怎么跟我说这本书的内容。我那时以为这本书是关于鸟类的，或者是关于日本的，因为我知道仙鹤在日本很受推崇，经常被画在他们的飞机尾部。事实并非如此，这本书的书名与一个小男孩有关，他从房间窗户向外看到了一架起重机，就把它的声音和动作当作语言，跟它交流。

我查了手机上的天气预报，此刻皮茨菲尔德天气晴朗。丈夫马克（我们名字相同）很喜欢我同事唱歌的视频。我手机里的航空天气专用程序显示，此刻希思罗机场的西南风很强。我想，既然现在睡不着，不如趁这个时间把衬衫熨平。虽然距离返航

---

[1]《失语的起重机》(*The Lost Language of Cranes*) 原书名中的"crane"一词既有"仙鹤"之意，又有"起重机"之意。作者少年时刚看到本书书名时，将之理解为"仙鹤"，后明白书名中"crane"的意思是"起重机"。——译者注

还有将近一天的时间,但我可以现在就做好相关准备。我可以仔仔细细地熨好衬衫,把它挂在衣柜里,然后把肩章和姓名牌别在衬衫上,把圆珠笔插进衬衫胸前口袋旁的笔袋里,这样我就又完成了飞行任务清单上的一项任务。

我打开那个嘎吱作响的熨衣板,固定好它。正当我准备给熨斗插电时,被窗前的书桌惊呆了——它被窗外灯火明亮的高楼映照着。我突然想起了童年卧室窗边的那张书桌,还有那些年我在书桌旁想象的或者画的许多版本的幻想之城。

我走到窗前,在书桌旁坐下来,低头看了看熨衣板,它的一端指向圣城麦加。根据这个标记,我能估计出从阿布扎比到伦敦的大圆航线(great circle route)——两地之间沿地球表面的最短路线——的初始方向。任何一个飞行员在两地之间飞行最初可能遵循的都是大圆航线,如果有飞行员没有遵循大圆航线的话,那么从阿布扎比到皮茨菲尔德将不知要多飞多少距离。

我记得多年来我一直想在那张书桌上写下城市之于我的意义。

我想记录这些年走过的旅程,从一座城市——我家乡的那座小城——到如此多现实中的城市,每座城市都比我小时候想象的要迷人1000倍。我希望在写下这些时自己能敞开心扉——虽然这并不容易,但我知道这是唯一能让我理解自己对家乡的那份深沉的爱的方法,而我曾经是那么渴望离开那里。

还有一些更现实的原因促使我写这本书。大多数飞行员都非常热爱这份工作,当按规定必须要退休时,大家都会很不舍。

序言 记忆之城

当飞行的日子必须结束时,我希望能够记住所有我到过的城市。此外,虽然离退休还有好多年,但我还是想现在就把这些城市最令我沉醉之处分享出来——不仅与家人和朋友,还与那些可能不经常旅行,或无法到很远的地方旅行,或不像飞行员那样可以以一种不寻常的方式旅行的读者。

"不寻常"是一个很贴切的说法。从古至今,没有人比如今的长途飞行员去过的城市更多。在我职业生涯的 20 年里——一个人类文明的城市化未来似乎逐渐形成的时代——作为一名飞行员,不同城市给我留下的印象交织成我对这份工作深深的迷恋,这与我对飞行本身的热爱颇为不同。

有时候,一次飞行我们就可能会飞越几十座城市。最令人难忘的是天黑之后经过一些沉睡、静默的城市上空时看到的灯光——如果这座城市没有大型机场,那么在不参考航行图的情况下,我们可能也无法辨认出是哪座城市——那些城市的灯光就如柯勒律治[①]笔下的古代水手,"像暗夜一样,从一处到另一处"。在飞机上,观察者可能会认为这只是宇宙中生物发光体的一种,但这是一种脆弱,甚至是一种孤独。当我在一些航班上远远看到西伯利亚、尼日利亚或伊朗的地面上有一片昏暗的灯光在夜空中闪烁时,我常常会被一种温暖甚至亲切的感觉所打

---

① 即英国诗人、文学评论家塞缪尔·泰勒·柯勒律治(Samuel Taylor Coleridge),其代表作有文学评论集《文学传记》、诗作《古舟子咏》等。

动，那是一种可能像我在皮茨菲尔德度过的童年时光中最宁静的夜晚给我的感觉。

之后，飞机会降低高度。如果我们的飞机是在黎明时分降落，那逐渐明亮的光线会让我们看到沿途的荒野、农田、荒凉的陡峭山地或数千英里^①的开阔海洋是如何构建我们要去的这座城市的：也许这是历史上最大的城市之一，它在漫长的几个世纪中不断发展壮大成今天的样子。现在，在破晓时分，在我们即将降落的最后 20 分钟，它舒展开来，它睡醒后如地图般的街景透过飞机的挡风玻璃映入我们的眼帘。

飞机着陆后，我们有机会再一次或更深入地体验这座城市。当然，这些体验与寻常游客的不同。我们在很多城市中的停留通常是短暂而频繁的，是在充分考虑休息的相关规定后精心安排的，但也拥有一定的时间自由度。我们有时也会觉得这种浅度游不错，因为它允许大家根据兴趣和下航线时间做出调整（长途飞行员的下航线时间通常是 24 小时，很少超过 72 小时）。

以这种方式体验城市，日复一日，年复一年，最明显的效果是，我对每座城市都开始有了一种奇怪的熟悉感。事实上，在一些城市，这种熟悉感非常强烈，而且具有欺骗性，以至于我要一直努力提醒自己：我不是这儿的人，这座城市不属于我。

例如，洛杉矶。这个地名在小时候就引起过我无限的遐想，

---

① 1 英里约等于 1.61 千米，1 英尺约等于 0.30 米。

序言 记忆之城

我渴望有一天能到这个地方。在我受训驾驶波音747飞机后,开始定期飞往那里。之后有几年我没再去过。几年后,当我又一次飞洛杉矶时,我估算了一下自己总共飞去那里多少次。也许有15次?我查了查飞行日志,是39次,现在已经超过50次了。如果每次在那里停留的时间为48小时(有时候会更长)的话,这意味着我已经在这座城市生活了3个多月——这时间已经长到当我在这儿的咖啡馆等咖啡或遇到堵车时,一晃神就会以为自己一直生活在这里。

之后我又飞走了。当我在世界其他地方遇到来自洛杉矶的人时,可能会很兴奋地和他们聊天,部分原因是我觉得自己跟他们有很多共同点——都来自那个名字好听的大都市。直到有一天,我提醒自己:这种感觉可能不对,我对太多城市有这种感觉了,不可能任何城市都是我的家乡。

圣保罗是另一座我去过的次数多到不查看飞行日志我就记不清的城市。我曾在伊比拉普埃拉公园散步或跑步,在保利斯塔大道附近的咖啡馆和自助餐厅的靠窗位置上花几个小时观察过往行人。我把那些能在家里解决的杂事都搁置一旁,只为攒在一起后在南美的这个大都市里体验一番诸如去街上换表带这样的冒险过程。在圣保罗,我参观过大教堂,在像帝国大厦一样的高楼观景台远眺过,在到处摆放着我叫不上名字的水果和鱼的生鲜市场闲逛过,也去过那个令人惊叹的、名字让人过目不忘的火车站——光明站。的确,在圣保罗,我经常发现自己在楼梯上或拥挤的人行道上赶超游人，就像在国内那样有点不耐烦地步履匆匆。然后，也许就在那天下午，我就离开了。几天后，我会发现自己在别的地方也是这样。第一次降落在孟买后——事实上，这也是我第一次到印度——我在那里只停留了24小时。我很兴奋，这是当然的，但我也惊讶地发现，我为自己在一个新的国家、新的城市的第一天所做的计划有多轻松。后来我才慢慢意识到其中的原因：我知道不管我是否愿意，我都会一次次地来到孟买，而且每一次我都可以在短暂的停留时间里自由地、近距离地探索这座城市，然后再决定我是否喜欢它，我甚至可以假装在这里有一点点在家的感觉；或者，如果季风雨来袭，如果我很疲惫，如果我想追一集喜欢的电视节目，我就假装自己根本不在孟买。

多年来，以这种方式体验不同的城市对我产生了三个明显的影响。第一，我熟悉的城市数量——尽管有欺骗性——逐渐增多，几乎快要覆盖整个"城市星球"。如今，如果有人问我是否去过某座城市，我的第一反应可能就是，或长或短在那儿待过，但这种感觉需要点时间才能消除。

消除这种感觉很重要，因为即使是飞行员，也不会任何地方都飞过。2018年，联合国公布了一份人口过百万的城市名单，共548座。一些城市的人口统计数字只包含了城市范围内的人口，但一些城市的人口统计数字所包含的区域更广。（一座城市如何划定最有意义的城市边界是非常具有挑战性的，这与界定一座城市一样难,无论是在法律术语层面还是在日常话语层面。北卡罗来纳州的凯里镇靠近我父亲和继母退休的地方,它的面积是皮茨菲尔德的 4 倍——在马萨诸塞州,由公民会议管理的居民点是城镇,而由地方议会或市长管理的居民点是城市。而在英国,城市的规划由皇室决定。通常状况下,英国的城市必须有大教堂,但我丈夫的家乡南安普敦市却没有。)

抛开这些问题不谈,当我查看联合国的这份全球 548 座百万人口大城市的名单时,惊讶地发现,即使把那些我飞行时去过但从未走出过机场的城市算上,即使把那些我去别的城市时顺带经过的城市或旅行时去过的城市都包括在内,我也只去过其中约 1/4。

而且我曾去过的那些城市也不具任何代表性。名单上大约有 60 座城市在印度——在我到孟买的第一个早晨之后的几年里,我去过印度几十次,我以为我可能已经对这个国家有了一些了解,然而事实上,我只去过印度的 5 座城市。当我意识到我不知道德里久尔、塞勒姆、蒂鲁吉拉伯利或印度其他几十座城市的名字时,我感到很震惊。在这 548 座城市中,有 120 多座在中国,而我只去过其中 4 座。

这些数字凸显了城市星球日益增长的人口优势——我们有一半以上的人已经生活在城市,到 2050 年,人数也许会超过 2/3——以及它的多样性和非西方性。这个事实——即使是经常飞长途航班的飞行员也可能无法遍览整个城市星球——既令人震撼，也令人欣慰。

但对于飞行员来说，他或她所去过的城市之多，可能仍会令人惊叹。因此，只有飞行员才可能有的城市体验给我带来的第二个影响就是：我开始对城市进行分类，不仅从地理上，也从某些对我来说充满吸引力或是意义非凡的特质上，比如有无河流、摩天大楼或古城墙。

现在是凌晨1点，我从这么高的楼层俯视着阿布扎比，思索着从飞机着陆、进入这座城市以后的几个小时里最令人难忘的事是什么。在我看来，阿布扎比这个阿拉伯联合酋长国的首都高楼林立，是一座典型的"高楼之城"。即使我已经站在这么高的地方了，仍然有许多高大建筑物是看不到顶的。它也可以被称为"夜色之城"，因为我们在阿布扎比降落或起飞的时间都是夜晚。我们还可以叫它"灯光之城"，因为当我多年后回忆起它时，它仍然那么耀眼。

我开始下意识地用这种方式对城市进行分类。我是在飞行多年后才意识到自己的这个做法的，但我也不确定这种下意识是怎么来的。可能是因为小时候我十分依赖城市中那些明显的元素和结构来构建我的幻想之城。也可能我只是为了图方便，或者这么做是有必要的，尤其对那些实际去过的城市比计划要去的城市多很多的人来说。也许我借鉴了伊塔洛·卡尔维诺（Italo Calvino）的《看不见的城市》（*Invisible Cities*），至少在构思上如此——这是我最喜欢的书之一，它也是根据相似性原则编排

序言　记忆之城

的。当然，还有令人印象深刻的公认称谓，我们仍然使用这些称谓来指代这些城市，比如"天使之城""花园之城""帆船之都""照亮世界的城市"[①]等。

这种描述城市的方式令我印象最深的一次应该是在我二十出头的时候，当时我读了父亲的自传——他将自己游历四大洲所去过的那些城市整理成了这本书。因此，在他的自传中有一些章节的标题叫"365座教堂之城"和"自行车之城"等。

不管是谁启发了我，我发现这种描述城市的方式很有意思。其中最让我心动的原因是，我知道父亲会喜欢。另一个原因是，这种分类方式不仅强调了城市的个性，也阐明了它们之间的共同点。毕竟，高楼之城有很多，灯光之城也有好多。

城市之间的共同点比我们最初想象的要多得多，我们甚至可以把它们看作公园、图书馆、十字路口和礼拜堂等形式的近乎合乎语法规则的排列。这可能有助于解释以飞行员的方式体验城市给我带来的第三个长期影响：随着年龄的增长，世界上的城市——包括一些大都市，以及许多对我来说陌生的城市——不断繁荣昌盛，这让我感到震惊，也使我的思乡、归乡之情更浓。

[①]"天使之城"（City of Angels）、"花园之城"（City of Gardens）、"帆船之城"（City of Sails）、"照亮世界的城市"（City That Lit the World）分别指美国的洛杉矶、新西兰的克赖斯特彻奇、新西兰的奥克兰和美国的新贝德福德（在19世纪早期，它出口了大量供灯具使用的鲸油）。

我知道我与皮茨菲尔德的关系并不那么简单。我在那里长大，在那里学会了隐藏自己，并梦想着灿烂的远方：一个幻想之城，那么完美，那里的孩子不会受到我曾受过的困扰；还有许多真实存在的城市，在那里我相信我会找到那个属于我的女孩，甚至学会用一种不发"r"的语言或者只有我能发对"r"的读音的语言和她说话。后来，当我长大一点后，我梦想找到一座城市，作为连接皮茨菲尔德和我的幻想之城之间的现实存在，在那里我能轻轻松松地做我自己（主要是指尊重自己的同性恋倾向，但又不仅仅如此）。

自从我离开皮茨菲尔德后，我就清楚地知道，许多困境一直如影随形。我也开始明白，是皮茨菲尔德——大部分仍留在那里的爱我的家人、朋友和邻居；我的老师、图书管理员和童子军领袖；那些帮我攒钱完成赴日暑期交换项目以及随后的大学学业的人们，比如订阅我送的报纸的家庭、在我工作的餐馆就餐时慷慨给我小费的顾客；允许我保留所有自己赚到的钱的家庭环境；这座城市的基础设施，比如我在第一次飞行课上见过的跑道以及从这座城市通往外面世界的那条养护良好的公路——所有这些使我一直想离开家乡的梦想成为现实。

如今，虽然父母已经不在人世，但我还是会经常回皮茨菲尔德。许多我深爱的人仍生活在那里，那里的许多地方对我来说仍然很重要。我一直梦想和马克在皮茨菲尔德附近某个地方享受退休生活。我们可能每天都会去图书馆，或某家咖啡馆，或

序言　记忆之城

野生动物保护区。但我也担心，再回到故乡生活可能永远不会有当初离家时的感觉了。

事实上，我与家乡的关系反复给我上着同一堂课，它告诉我两种互相矛盾的感情要如何共存。离开家乡后，我走出了困境，交到了好友，找到了喜欢的工作，遇到了爱人——马克。我现在在皮茨菲尔德时，会时不时地发现——当我碰到不喜欢的事情，或者想要逃避时——我是那么顺理成章地把家乡和自己混为一谈，我不太敢相信自己这么轻易就这样做了。还有些时候，我发现即使已经人到中年，身边有丈夫陪伴，走在最熟悉的街道上，我仍对自己有一种不确定感。

此外，当我远离皮茨菲尔德时，我越来越清楚，自己对其他城市的看法仍然受到它的影响。

有时我觉得皮茨菲尔德就像一个镜头，它的特殊尺寸和材质决定了我如何看其他地方。还有些时候，它更像是我随身携带的一张地图，每到一个新地方，我都会展开它。比如，当我准备在班加罗尔闲逛一番时，我意识到自己估算的半英里正是从我童年时的家到高中学校的距离。或者当我在纽约地铁站的楼梯口停下来时，我会把眼前的十字路口与我以前在卧室书桌上画的图进行比对，来弄清楚哪条路在东边。

但最主要的是，我觉得皮茨菲尔德在我生活中的作用就像母语一样，当我试图了解其他地方时别无选择，只能求助于它——就像语言学家在整理和描述世界上其他语言时，必须使用一种特定的语言来完成一样。我想正是家乡的这种特殊性，以及我对家乡的复杂感情，解释了为什么皮茨菲尔德总是伴随着我，尤其是在那些与它完全不同的或相距甚远的城市。

有一次我们的飞机在吉隆坡着陆后，我决定跳上一辆开往马六甲市的巴士——在繁忙的机场巴士站有多个出发牌，而我只认得马六甲这个名字。天黑后不久，我到达马六甲市，找了家酒店安顿下来，然后出去闲逛。我沿着一条狭窄的小路行走，然后拐进了一座横跨马六甲河的大桥。我站在那里，想看看河流的流向，看看马六甲海峡和印度洋可能在哪个方向，因为就在几个小时前，我从伦敦飞来的航班还越过了印度洋的东北部。

在那个温暖的夜晚，我站在马六甲狭窄的河道上方，水面映照着两岸长廊五颜六色的灯光，就像石油在河面上燃烧一样明亮。我试着计算当时皮茨菲尔德的时间，想到了流经皮茨菲尔德的胡萨托尼克河，还有冬天在河岸形成的玻璃状冰凌。我也想到了"metropolis"（大都市）、"mother city"（母亲之城）这些词的词源，想到了故乡像母语一样存在的所有情形，比如在马六甲，我家乡那条河的拐弯处就像转弯一样轻易回到了我身边。

对于那些说我们再也回不了家乡的人，我给他们的回答是——用这些年只有飞行员才能收集到的证据——我们从未离开家乡。当意大利爱国者朱塞佩·加里波第（Giuseppe Garibaldi）决定逃离永恒之城①时，他向那些一直陪伴他的人保证："我们在，罗马就在。"我已经不记得第一次看到这句话时所在的城市了——不记得那是座古城还是现代都市，那里是房屋低矮还是高楼林立；也不记得我当时是坐在酒店房间的桌子旁，还是坐在地铁里或是公园的阴凉长椅上。我只知道，当我现在回想起这些时，在阿布扎比短暂的夏夜，我想家了。

我从桌旁站起身，走到玻璃窗前，透过身后房间里反射的灯光，看向对面的摩天大楼，又看向路面。我拉上窗帘，刷牙，定好闹钟，爬上了床。我要早点起床，在气温升高之前，去喝杯咖啡，然后散散步。

---

① 指意大利首都罗马，因罗马是古罗马帝国的发祥地，建城历史悠久而得此名。

City of Beginnings

第一章
初始之城

京都、盐湖城、
米尔顿凯恩斯、开罗和罗马

30多岁时，我读了威廉·卡洛斯·威廉斯（William Carlos Williams）的长诗《帕特森》（*Paterson*）。在前言中，威廉斯写道："一个人本身就是一座城市，开始、寻求、成就、终结他的一生，这也是一座城市所展现出的林林总总的生活方式[①]——如果想象力足够丰富，可以想象自己是任何一座城市——那里所有的细节都可以传达出他内心最深处的信念。"

这并不是说我有意把自己当成一座城市。但如果我们每个人都像一座城市这种说法是可信的，那么每座城市也可能像一个人。因此，我喜欢拿皮茨菲尔德作为想象的对象——这里的路灯像神经一样串联在一起，它的思想在8月下午街道上那层反光的空气中飘浮，它的记忆在1月里从湖面沿着从灰到黑的冰层缓缓向深处坠落——那么，它可能是谁呢？

如果说一座城市像一个人，那么我就能理解为什么人们会把一些城市称为母亲了：麦加被称为"诸城之母"，亚松森被称为南美洲的"城市之母"，开普敦是南非的"母亲之城"。吉卜林（Kipling）曾在诗歌《致孟买城》（"To the City of Bombay"）中这样回忆他出生的城市，"我的城市之母，/因为我出生在它

[①] 此处译文选自梁晶所著的《现象学视阈下威廉斯诗歌美学研究》。

的门口";他在诗中还描述了个人对家乡的依恋,认为它就像"孩子依恋母亲的衣袍"。

这确实解释了为什么我们可以用拟人化的词语来谈论一座城市:城市的精神和灵魂(这一概念至少与柏拉图一样古老),城市的心脏、动脉、肺及骨骼,城市的姐妹,甚至城市的配偶。吉达被称为"红海新娘"。威尼斯有深爱着它也被它深爱的水域,直到现在,威尼斯的总督或市长每年都会按照惯例向海水中投下一枚戒指[①]。这也解释了为什么我们会如此深爱一座城市。当我们闭上眼睛时,也许会想象城市那张仰起的脸,或者试着想象它刚出生时天空的样子。

---

① 这是一项持续千余年的仪式,每年耶稣升天节这一天,威尼斯的总督或市长会乘坐一艘被称作"尊舫"的船驶向亚得里亚海,将一枚戒指沉入海中,以表达威尼斯与大海的不可分割。

皮茨菲尔德

我穿过一片泥泞的操场，走出中学学校。我父母的一个好友喜欢向别人讲述她家是怎么庆祝感恩节的。有一年我们在她家过感恩节，我走过她座位旁时嘴里嘟囔着："这是我过的最糟糕的感恩节！"她后来跟我说，当时我只有 3 岁。

现在，12 岁的我对自己说："这是我读过的最糟糕的中学。"因为里奇——那个和我一起搭树屋、在树林里闲逛、在皮茨菲尔德的货运列车的轨道上寻找被压扁的硬币残骸的朋友——要搬到康涅狄格州了。而里奇之所以要搬走，是因为他那在通用电气公司——这家跨国公司为皮茨菲尔德提供了大部分的高薪工作岗位——工作的父亲晋升了，要去公司总部任职。他有一辆跑车，也很喜欢我，偶尔会带我去射击。

没有里奇的日子我很难过。初中生活很艰难，而里奇性格很坚强，比我受欢迎得多。没有人像称呼我是"书呆子"或"怪胎"那样称呼里奇，也没有人指责他是同性恋。即使他有语言障碍，也没有人敢取笑他。而当里奇和我在一起时，也没有人敢取笑我的语言障碍。也从来没有人会跟里奇指定一个日期，告诉他具体的时间和地点，然后一帮人等在那里准备揍他，但这就是我今天要面临的处境。

上完最后一节课后，我从储物柜里拿了外套，蹑手蹑脚地穿过那片操场往北走。从昨天开始，我的胃就一直在翻腾。该发生的还是会发生，我对自己说。我以前也遇到过这种情况。有一次，在母亲保证不会给学校打电话后，我把这件事告诉了她。母亲对我说，我要站起来反抗。

哥哥也给了些建议。从他七八岁时（那时我五六岁）起，我们俩在大多数时间里都会打打闹闹，父母称之为"家常便饭"。我们有时会在家里打起来，有时会在一堆树叶上或院子里我们堆的雪堡上打起来。哥哥每次都会赢，所以当我走在操场上时，我努力地回忆他给我的告诫："你要尽你所能。"

我继续小心翼翼地走着，一步接着一步。现在我来到操场中央——就是那个指定的时间和地点——但那个威胁我的人并不在。我还没有意识到的是，如果他威胁我的那些话是认真的，那他肯定已经忘了今天的事儿——尽管那些话困扰了我一周多，甚至一个月。

我与几个人擦肩而过，但他们中没有我害怕的那个要我来操场的人。我知道不能回头看，我知道不能跑（而是要一步一步地走）。我走到操场北侧，沿着操场对面那条坡很陡的街道往上走。

几分钟后，我走到街道顶端。当我开始沿着另一侧平缓的街道往下走时，呼吸顺畅了许多。我伸手推开没有上锁的厨房门进了家，放下书包，用刚安装好的家里第一台微波炉做了一杯热巧克力，又往碗里倒满多力多滋①，然后把吃的端到楼上房间的桌子上。在开始写作业之前，我拿出一张白纸，在纸的最上端用大写字母写下我想象中城市的名字。然后，我开始画这座城市，就像是第一次画那样：从乡村蜿蜒而来的铁轨，两条跑道，新建街道那笔直的道路。

京都

我和戴夫并排躺在两个分开的垫子上，抽着烟，烟雾在我们头上弥漫。香烟是七星牌的。"7"是我最喜欢的数字，但这只是因为许多飞机机型的型号中都带"7"。在我俩的垫子之间放着一台随身听，我们各用一只耳机，一起听着英格玛的音乐。在这个夏天之前，我从来没听过这种音乐。我们随着音乐的节奏用燃着的香烟在头顶的黑暗中缓慢地画着数字"8"。香烟在空中留下一道道发光的轨迹，当音乐结束了，那轨迹还没有完全消退。

现在是8月，正是我们参加的赴日高中暑期交换项目的最后几天。我花了2年时间为这个项目做准备：去餐馆洗盘子，在结冰的冬日清晨踩着积雪步行去送报纸。这些付出都是值得的。

我们大约有十几个人参加了这个项目。大多数都是像我一

---

① 一个美国的零食品牌，上市于1966年，推出了美国第一款玉米薯片。

样的 17 岁高中生，即将进入高中最后一年的学习。我们先在东京待了几天——我很惊讶地发现，东京是日本最大的城市——然后又在日本西海岸的金泽待了一个月。我们每个人都寄宿在一个日本家庭里，除周末外，每天都要上语言课。我的寄宿家庭给家里刚出生的一条小狗取名为"马克二世"，几年后，当我上大学去日本探望他们时，这条小狗——虽然我是在它刚出生、最容易受外界影响的那几天里接触了它——看到我再一次走进它家时，高兴得来回跳跃，不停地摇着尾巴。现在，在飞回家之前，我们和带队老师梅格短暂地游览了一下京都——梅格是一名美国研究生，她最近在我日记本的最后一页用带着下划线的大字写下了一句话，告诉我必须永远牢记：<u>无论身处何处，都要保持初心</u>。

我很喜欢这句话，虽然我不确定自己是否理解了她的意思：是不管你走到哪里，都应该努力让自己全身心地投入当下的环境，还是——这个意思在我看来是矛盾的——即使走得再远，人也无法逃避自己？

今天，虽然是在京都的第一天，但我的思绪却不断回到遥远的皮茨菲尔德。而几天之后，我没有其他地方可去，只能回到那里。我父母去年离婚了。母亲离开了皮茨菲尔德。后来她又搬回来了，买了一栋小房子，离父亲、哥哥和我一直住的房子只隔几条街。现在，在她那间小公寓里，我们一家人坐在新买的圆形玻璃桌前，气氛尴尬地一起吃晚餐。

第一章　初始之城

当时，父亲正在和一个女人约会——我认为他会和这个人结婚。她对我很好，但我花了好几年的时间才对她像她对我一半好。现在，我和她之间至少有了与飞机相关这一共同点：她的第一任丈夫是个私人飞行员，已经去世了。他曾在皮茨菲尔德市立机场学习飞行，我也是在那里上的第一堂飞行课。她告诉我她也非常热爱飞机，并跟我分享了一些与飞机有关的故事，比如有一次她前夫带着她从皮茨菲尔德飞到纽约，在晚上 8 点 02 分得到机场允许，将他们驾驶的单引擎塞斯纳 172 飞机降落在肯尼迪机场最长的跑道上。

我很愿意跟人谈论任何有关飞机的话题，比如了解肯尼迪机场对降落在它那儿的飞机的收费政策（她说，8 点前的降落费用是一次 25 美元，8 点后只要 5 美元）。但我和她的这个共同点并不能改变一个事实，就是我父母的离婚令我很难过，并且他们离婚的原因我一直都不清楚。离开——就像我今年夏天那样——会让这件事儿变得更容易接受，有时我甚至会暂时忘了它曾经发生过。

远在日本也让我更清楚地认识了故乡。我第一次清楚地认识到，一方面，世界上像皮茨菲尔德这样的城市不计其数；另一方面，一个人的出生地是永远不会变的，这个地方的名字太重要了，在某些年代，它甚至可能会成为你传给后代的名字的一部分。

我也是第一次想到，对我父母来说，皮茨菲尔德似乎曾是个不太可能被称为家的地方。特别是父亲，他出生在比利时西佛兰德省的一个小镇上，在布鲁日市接受的天主教神父培训。他离开比利时后去了当时的比属刚果工作，然后漂洋过海，在巴西3个大城市工作了10年。

母亲去皮茨菲尔德的过程则更直接一些，但对我来说，仍然不可思议。她出生在宾夕法尼亚州的一个盛产无烟煤的小镇上。她的祖父母、外祖父母都出生在立陶宛，虽然母亲长大后主要讲英语，但她知道很多立陶宛语词汇。年轻时，她是俄亥俄州辛辛那提市外的一个天主教平信徒传教团体的成员。这个组织曾派她去过巴黎，在打算派她去印度尼西亚之际，她决定退出组织，搬到波士顿去。

1968年春天，多年来一直与自己的信仰做斗争的父亲从巴西前往比利时，途中在波士顿停留，因为有人邀请他在罗克斯伯里演讲，介绍他和其他神父在巴西萨尔瓦多市发起的社会与经济公平项目。母亲听了这个演讲后，第二天晚上就邀请父亲一起吃饭。他们互留了地址，但父亲知道母亲当时已经有男朋友了，这也是他认为他离开波士顿回国后他俩再也不会见面的另一个原因。

在比利时，父亲找到布鲁日的主教，告诉他自己决定辞去神职（他后来写道，他不想找任何借口，因为不想再"过一种不属于自己的生活"）。父亲在笔记中写道，主教在几个月内和他见了3次面，并用"圣托马斯·阿奎那在13世纪就已经证明了"的观

第一章 初始之城

点来向他保证上帝的存在,但这些都没有改变父亲的决定。

父亲觉得去美国会是一个全新的开始,再加上他在波士顿已经有一些朋友,其中包括母亲——他们一直在通信——于是,他又一次跨越大西洋来到美国。母亲在洛根机场接的他。第二年,他们结婚了。他们在波士顿住了几年,然后搬到了佛蒙特州的伯灵顿,在那里他们收养了我的哥哥——他出生在若昂佩索阿,这是父亲在巴西的10年中生活过的大都市之一(就像他在笔记中写的那样,这是"美洲最东边的一座城市")。不久之后,父亲在皮茨菲尔德找到了一份工作。此前,他们从未到过这座城市,尽管他们曾在伯克希尔[①]的其他地方度过蜜月。他们到皮茨菲尔德度过第一个冬天后,在第二年的晚春生下了我。

参加这次赴日高中暑期交换项目的其他学生来自亚特兰大、坦帕、旧金山、芝加哥和纽约等城市。这些新朋友中只有一个人以前听说过皮茨菲尔德,我把这一点连同他们在这之前从不认识我这个事实,一起视为一种自由。我不用告诉他们我最近才摆脱了语言障碍。我知道他们中有几个人怀疑我是同性恋,但他们都没有以我最常听到的那种故意侮辱人的方式表达出来。我不用告诉他们我父母离婚了,也不用告诉他们我在家乡所拥有的那些短暂的友情——我向他们描述的那些友谊听着都像是可以持续一生、牢不可破的。

---

① 皮茨菲尔德是伯克希尔县的县治。

在我生命的大部分时间里，我一直梦想着与皮茨菲尔德有这样的距离。因此，这个梦想实现得完全出乎意料：当我从太平洋彼岸回顾我的生活时，我发现，虽然我担心回家——回到高中，回到离异的父母身边，回到这个属于我生命中的一部分而我又迫不及待想离开的城市——但我也确实爱我的家乡。

这种矛盾体现为，我会和其他学生开有关皮茨菲尔德的玩笑。事实上，这个夏天，这种对皮茨菲尔德的戏谑已经成为我的"拿手戏"，而以前我从来不会这样：我跟他们说，"翻山越岭进入皮茨菲尔德需要密码，还需要特殊签证"。一位新认识的来自布朗克斯区的朋友笑着问我皮茨菲尔德是否有特殊的握手方式。"有的，"我告诉她，"如果我愿意的话，我可以换一种方言，但那样你就听不懂我说的话了。"（我已经可以拿不被理解开玩笑了。）

在今年夏天我所结识的朋友中，戴夫和我关系特别好。戴夫几乎和我一样喜欢飞机。他很幽默，我经常被他逗得捧腹大笑。每次大家被要求分成两人一组——比如结伴完成语言练习，或在巴士上坐在一排，或合住一个房间时（就像在现在这家旅馆里一样）——我们就会选择对方。戴夫给我讲了很多关于他的出生地加利福尼亚的事儿，我也给他讲了很多关于皮茨菲尔德的事儿。我不光会对他开一些关于皮茨菲尔德的玩笑，还会努力而笨拙地给他介绍那里的真实情况：那里的山是什么样子的，那里的第一场雪会什么时候下，我哥哥会惹些什么麻烦，我在那里有哪些朋友，还有那些说出来也没人会信的我们做过的疯狂事儿。

第一章　初始之城

在这个安静的旅馆里，房间里几乎全黑了，下一首歌开始播放了，我和戴夫各自又点了一支烟。当我点燃香烟时，我想起了在皮茨菲尔德的一个同学。那天，大家在他家厨房里吃着丽兹饼干，他妹妹对他母亲说，她觉得我是同性恋。他母亲把一只手搭在我肩膀上，宽慰我说："乖孩子，别理她。我要是真的相信她这话，你觉得我会让你睡在我家吗？"

突然间，在京都的这间旅馆里，我产生了一种感觉：自己似乎从来没有离开过皮茨菲尔德。（无论你走到哪儿，你的心都还在那儿。）我不知道这种感觉就是羞耻，但我知道此刻我想想些别的事儿。

如果这不是我的幻想之城——我已经17岁了，尽管置之不理是件幼稚的事情，但我得把这些抛在脑后——那就是京都。在我们到达京都之前，我研究了这个环山城市的地图，试图搞清楚地图上那些密密麻麻的水路、寺庙和神社是什么地方。梅格对我们解释说，京都这个名字可能听起来很陌生，但是在日语中，这两个字的含义非常简单明了，就是"首都"和"城市"的意思。我对这座城市的年龄很感兴趣：京都诞生于哪一天呢？

我向后靠在靠垫上，当我抬起头时，视野中仿佛出现了旅游手册中折叠式地图的简单草图。我们手中的香烟燃烧着，烟雾盘旋着。有那么一阵儿，我都忘记了自己身处何处。这时戴夫说话了，我想象着头顶上的京都地图，仿佛这座城市一直在那里等待我的回答。

现在四周一片寂静，只有我俩吸烟时发出的声音。我想象着房间没有天花板，旅馆没有屋顶，香烟的烟雾围绕着日本天空上的星星旋转。或者我也在天空中，俯视着灯光，俯视着我们自己。我们躺在床垫上，床几乎就是地板的高度，而在我的家乡，只有鞋子才放在这个高度。然后戴夫讲了他朋友的事情，一个关于他朋友的女朋友的故事。在这几乎黑漆漆的屋里，我们可以成为想象中的任何一个人，去任何一个地方。

盐湖城

伦敦、北大西洋、格陵兰岛和加拿大都在我们身后。我们将在几小时后抵达洛杉矶，在夜幕中降落。

现在，我们大致跟上了黄昏的步伐。落基山脉几乎占据了整个驾驶舱前窗。怀俄明州就在下面，几分钟前，从驾驶舱的右侧，我看到了黄石公园，然后是大提顿峰，即使从波音747的驾驶舱这么宽敞、清晰的视角来看，也很难相信它们是真实存在的。

科罗拉多州也在眼前，当意识到自己哼唱的约翰·丹佛（John Denver）的《高高的落基山》（"Rocky Mountain High"）有多难听时，我停下来看我耳机的对讲机是否处于关闭状态，因为它会把声音直接传到机长的耳朵里——机长和副驾驶都是飞行员,飞行时长大致相同,但机长作为飞机和机组人员的指挥官,在飞机上拥有额外的管理责任和最终的法律权力。

我稍大一些后,父亲去了州府驻皮茨菲尔德的办事处工作,而州府的总部设在马萨诸塞州另一边的波士顿。因此,我知道最让父亲紧张的电话来自波士顿。州府虽然位于马萨诸塞州几乎最偏远的地方,但它是权力所在地,不受距离的影响。"因为波士顿让我们这么做。"父亲可能会叹口气这么回答我,那时他正在准备晚餐,而我一直不停地问他问题,想揭开关于他工作的层层面纱。

我一直觉得,波士顿这座城市可能有它独特的魅力,所以才能吸引远方的旅人,这种想法与我在高中时知道的一个令人吃惊的事实不谋而合:无论是这座城市,还是这个因它而获得独立的国家,都可以被看作"山巅之城"(City Upon a Hill),这是清教徒之父约翰·温思罗普(John Winthrop)在"登山宝训"中所看到的:"你们是世上的光,城造在山上,是不能隐藏的。"

我十几岁时,对任何城市都没有像对波士顿这样熟悉——因为父亲会去那里开会,看眼科医生,我去那里的次数也多到数不清——我对那里的熟悉程度可以用"特别"这样的词来形容。

后来,当我搬到波士顿时,我发现把这座我深爱的但很普通的大都市与一座看不见的或想象中的大都市联系在一起——特别是与一座带有神圣意味的城市联系在一起，而这座城市体现了我们可能相信或期望的所有终极完美——有点令人沮丧，特别是当我得知，使波士顿这座城市早期得以命名的三座山中的两座早已被夷为平地，而第三座也被削去了很多（尽管它有自己的名字：比肯山）时[1]。"山巅之城"这个称号对我来说也不算什么安慰。有几次我在上班的路上经过一个反乌托邦式的混凝土广场时，差点被大风吹倒，就为了等那列姗姗来迟、呼哧作响的古老地铁。

现在，我们的飞机飞在怀俄明州西南部的高空。在波音747机头的右侧，一座城市进入我们的视野。我从来没去过盐湖城，虽然我经常从空中俯视它。我希望有一天能去看看。在飞机飞往这座城市的空当，我们似乎正好可以问一下，第一批定居在这里的人看到的山谷是什么样子的。这些人可能是从西北方向来的，而不是像几千年后的摩门教徒定居者那样从东边迁来，或者像今晚我驾驶的飞机这样从东北方向来。

盐湖城的独特之处在于它的灯光，以及被灯光照亮的地形和突然消失的雪。当它在犹他州低海拔地区的黑暗中发出光亮时，我真希望自己能学会识别它红黄交错的网格线，就像我能轻易识别导航屏幕上标记该市机场的圆圈附近的冷蓝色字母

---

[1] 波士顿早期的名字叫"三座山"，因为它原本是一个只有三座山的小小半岛，后来一群来自英国波士顿小镇的清教徒来到这里，将此地的名字由"三座山"改成"波士顿"，并在这里移山填海造城，经过数百年的时间，形成了今天的波士顿。

"KSLC"一样。

从全球角度来看,盐湖城仍然是一座新兴城市。摩门教的先驱们参照《锡安城地图》(*Plat of the City of Zion*)将其建成。约瑟夫·史密斯(Joseph Smith)在距锡安城很远的地方制定了《锡安城地图》这个城市规划,他还在上面用文字做了这样的指示:"当这个方块完工并投入使用后,再以同样方式建设另一个方块,最后让它们遍布全世界。"这座大都市被称为"新耶路撒冷",也被称为"圣城"。理查德·弗朗西斯·伯顿(Richard Francis Burton)的一本书就用了这个名字作书名。这位传说中的19世纪探险家乘坐驿站马车来到这里,也就是现在在我们这架波音747下方的灯火通明的城市,然后在他所知道的圣城名单("孟菲斯、贝拿勒斯、耶路撒冷、罗马、麦加")上再加了一座。

今天黄昏时,在夕阳西下的余晖和机翼反射形成的光晕间,盐湖城如此迷人,尤其是从守卫着城市东部通道的山脉上的深红色积雪上看更是如此,我将这座我迄今为止见过的最引人注目的城市命名为:伟岸之城、新兴都市、红峰之城。几分钟后,当飞机缓缓转弯,几乎飞行在城市灯火通明的街道的正上方时,不难相信,200年后,甚至2000年后,这座城市的孩子们仍能想起杨百翰的那句话,那是他第一次眺望山谷时说的:"对,就是这儿。"这时我们飞机的导航灯正穿过这座山谷上方渐渐暗淡的天空。

随身携带的城市

米尔顿凯恩斯和开罗

我一直在打盹。我刚到英国才几个月,正值 20 多岁。当我最后在这辆只有一半乘客的城际巴士上醒来时,外面一片漆黑。我很纳闷,当时巴士正驶过一个小镇,那一条条笔直的大道、一幢幢现代化的建筑以及一个个宽敞的空间,在我看来是如此有美国范儿,有那么一瞬间,我感觉自己从未漂洋过海离开过美国。

今天晚些时候,我向一位室友描述了我在巴士上醒来时看到的这个地方。当他告诉我那是米尔顿凯恩斯时,大笑了起来,可能有点幸灾乐祸——我不知道他是在嘲笑我还是在嘲笑这个小镇——他还告诉我,这座城市规模的小镇大约有 25 万人,是在 20 世纪 60 年代末才开始规划建设的。

他告诉我,这是一个新发展起来的城镇,实际上可以算是一座新兴城市。当他说这些时,我想起了大学一门课上的一本必读书,本尼迪克特·安德森(Benedict Anderson)的《想象的共同体》(*Imagined Communities*)。这本书探讨了这类新兴城市的命名(这是全书令我印象最深刻的内容),包括纽约(或者确切地说是新阿姆斯特丹)、新奥尔良、新伦敦等。当在这本书一两页的篇幅里看到这些熟悉的城市名字时,我意识到自己以前从未把它们区分开过。

多年后,我成了一名飞行员。当我驾驶的飞机从云层中越过北美西海岸的某座有着平行走向的、有数字编号的宽阔街道的大都市时，这个室友跟我说过的这个词——新兴城市——经常会不经意地浮现在我的脑海中。比如，在我从亚洲一座大都市回来的那一周——这座亚洲大都市可能比新兴城市更古老，人口密度更大，而早期的它可能只存在于神话中或已经消失了。

但是，每当我驾驶飞机飞越那些明显是现代社会的居民点，而它又靠近一个古老的居民点或是某个古老的居民点的一部分时，新兴城市这个说法就会给我带来非常强烈的冲击。例如，在某个晴朗干燥的冬夜沿着尼罗河飞行时，我会一边喝着茶，一边扫视开罗这座大都市，看着开罗市里那些灯火通明的新兴城市，它们就像通了电的工程图，或者像一套新的圣诞彩灯，在被人从整齐排列的塑料架子上取下之前，先要插上电源进行测试。稍后我查了一下它们的名字：其中一个就是新开罗，另一个是新赫利奥波利斯。这些新兴城市中有几个的名字很独特，比如"10月6日"或"5月15日"——很容易让人觉得像是在庆祝刚刚过去的生日，而不是纪念历史事件——它们的街道看起来也很新。

罗马

2月里一个凉爽的早晨，我和丈夫在梵蒂冈城绕着圣彼得广场的中心散步。马克在拍照，我在石雕的椭圆形标记之间走来走去，这些标记上写着来自不同方向、不同季节的风的名字，如西洛克风①、特拉蒙塔纳风②和波南脱风③。

这些标记就像是被排列在罗盘上，形成一个被称为"风向玫瑰图"④的图表。那些机场的设计者依靠风向玫瑰图来校准新跑道，而飞行员可以参考风向玫瑰图来判断机场的天气情况。我通常会用固定在驾驶舱的平板电脑查看风向玫瑰图，但它无法描绘风的拟人化特征，比如我在罗马小心翼翼地避开的"冬季老伯"迎面而来的熊抱，然而那些由直线、圆圈或一截截弧线组成的图形，看起来既具有科学性，又具有艺术性。

和马克散完步，站在广场上时，我开始思考皮茨菲尔德位于罗马的哪个方向，并想到了家乡似乎从没刮过传说中的那些风，也想到了曾经当神父的父亲告诉我的关于这个广场和它正面的大教堂的一切——人们定期从这个教堂向这座城市和世界献上祝福。

我的父母已经去世好几年了。尽管如此，马克和我仍然经常回伯克希尔和皮茨菲尔德，主要是因为这里还有"伯克希尔家族"成员，也就是我成长过程中的那些亲朋好友。在"伯克

---

① 西洛克风（Scirocco）为地中海地区的一种热风，源自非洲，会导致气候变得干燥炎热。
② 特拉蒙塔纳风（Tramontana）为地中海沿岸的一种干冷北风。
③ 波南脱风（Ponente）为地中海地区的一种西风。
④ 风向玫瑰图（wind rose）是一种表示风向和风速的图表，通常用于气象学和航海。

第一章 初始之城

希尔家族"中,我父母那一代的人对我来说就像阿姨("这是我过的最糟糕的感恩节!")和叔叔,而他们的孩子就是和我没有血缘关系的兄弟姐妹。"伯克希尔家族"的 4 个家庭中有 3 个早先住在街对面或相邻的房子里。母亲与父亲离婚后,在她生命的最后几年里,在她的健康状况和经济状况都不再允许她独自生活时,她就和其中一个阿姨住在一起。即使是现在,我 40 多岁了,我们仍然会在圣诞节、感恩节和重要的生日时聚在一起。这些老朋友的存在是那么熟悉、那么温暖,我有时甚至会因此忘记我父母已去世的事实,以为他们只是暂时不在房间里而已。

在"伯克希尔家族"中,我父母那一代人几乎都是在浓厚的宗教氛围中长大的。事实上,除父亲外,还有几个人在信仰改变之前也曾是神父或修女。相同的宗教背景,互为邻里的关系,再加上家里都有年龄相仿的孩子,这些共同构成了这种集体友谊的基础,使我们成为一个大家庭。

我长大后就离开了皮茨菲尔德,成了一名飞行员。我曾数十次飞往罗马,在飞航电脑上,我很兴奋地发现,尽管这座城市的气候比皮茨菲尔德的要温暖得多,但它们的纬度相差不到 1 度。每次从希思罗机场飞罗马,我们都会在起飞后转向东南方向。我们会在英吉利海峡上空某处与最后一位英国管制员说再见。当飞机还在爬升时,我们就会开始与第一位法国管制员对话。当我们在白雪皑皑的阿尔卑斯山上空喝茶时,我们会与一位瑞士管制员对话。最后,在飞机飞越瑞士风景优美的西海岸并开始下降时，我们会陆续和几个意大利管制员对话。然后飞机会着陆、滑行、停止，我们会完成停机检查。如果那时永恒之城碰巧是一个有微风的日子，发动机冷却系统的银色叶片会放慢速度，但绝不会完全静止。

而我不会离开罗马机场。事实上，我甚至都可能不会离开我驾驶舱的座位。到达的乘客一下机，出发的乘客就会登机，然后我们会飞离导航信标台——这个信标台的编码是OST，是对罗马的古老港口奥斯蒂亚的高频呼叫代码。我们会在最佳时间返回伦敦，如果到达罗马的时间足够早，我还可以回家吃晚餐。

直到现在，我40多岁了，才有机会以一名普通游客身份和马克一起来到这里——这座奥维德宣称与世界相连的城市。几天前，从慕尼黑出发的夜班车顺利将我们带到这里。我们一走出罗马的泰尔米尼火车站，就被这里充满生机的早晨弄得不知所措。在此后的几个小时里，我们站着喝咖啡，就像我们看到的当地人那样。我们沿着亚壁古道某段车速很快、路面狭窄且没有人行道的路的边缘行走时，差点被车撞倒。我们参加了几次有导游带队的旅行，生怕错过太多东西。我们开玩笑说，所有这些，特别是我们多次去过的那家比萨店的折叠菜单，一定是令人难忘的。

在所有事物中，让我印象特别深刻的是这座城市的徽章：一顶金色的王冠安放在一面褐红色的盾牌上，盾牌上写着"+SPQR"，是"Senatus Populusque Romanus"的缩写，代

第一章　初始之城

表着元老院和罗马人民。于是，我开始在这座城市寻找这个标记。当我在这座现代化城市的许多普通场所，甚至一些阴暗的地方发现它时，我更为这个古老的缩写而惊叹，例如在巴士和共享单车的两侧，以及排水沟的格栅上。

同样引人注目的还有一个图像标记，就像"+SPQR"标记一样，在罗马无论走到哪儿，你都会看到这个标记：一只狼和两个男孩。李维（Livius）在他的罗马史《建城以来史》（*Ab Urbe Condita*）中讲述了母狼和它所搭救的双胞胎兄弟的故事，令人难忘。

在李维的讲述中，诡计多端的阿穆利乌斯夺取了本该属于他哥哥的王位。他杀死了哥哥的儿子，并任命侄女雷亚·西尔维娅为处女祭司。这一安排被认为可能是为了防止他所篡夺的王位的潜在竞争对手的诞生。李维写道，"但在这座伟大的城市建立之时，命运已经决定了"，雷亚·西尔维娅生下了罗慕路斯和雷穆斯（并声称玛尔斯是他们的父亲）。阿穆利乌斯下令将这对双胞胎兄弟扔入台伯河。河水上涨，国王的仆人把孩子们放在一个篮子里，水退后，一只下来喝水的母狼"转身走向啼哭的婴儿，轻轻地让婴儿吮吸它的乳汁"。

于是，兄弟俩活了下来。后来，他们兄弟的关系陷入困境——也多亏了占卜术对鸟类行为的解释——永恒之城崛起了。

罗慕路斯和雷穆斯渴望在他们被发现和成长的地方建一

座城……由于这对兄弟是双胞胎,不能用年龄来决定他们之中谁更值得尊敬,所以大家一致同意由保护这些地方的诸神通过占卜来决定由谁来给新城市命名并在其建成后统治它。罗慕路斯选择了帕拉蒂山作为观察点,而雷穆斯选择了阿文廷山。

据说雷穆斯是先收到预兆的人,因为有6只秃鹫飞到阿文廷山。预兆刚刚宣布,罗慕路斯就看到双倍的秃鹫飞到帕拉蒂山。于是,两兄弟都被自己的追随者尊为国王:一方以时间早为由要求获得这一荣誉,另一方则以鸟的数量多为依据。然后,他们唇枪舌剑,互相攻击,最终导致了流血事件,雷穆斯在混乱中被杀死……

就这样,罗慕路斯获得了唯一的权力,而这样建立起来的城市则以其创始人的名字来命名。

皮茨菲尔德

3月的一天,我站在一个老旧的墓园里——因为墓园里没有合适的停车位,所以我把车停在了墓园门外的草地上。似乎不应该把车停在这里,尤其是当我想象着这辆租来的尼桑车现在所停的位置曾停着马车,还举办过古装剧中的葬礼这样的场景(马儿们呼出的热气,一身黑衣的妇女们,手拿高帽、面无表情的男人们)时。但没有其他地方可以停车,而且冻结的车辙印

第一章　初始之城

表明，我不是第一个在这里停车的司机。

墓园大致呈正方形，四周被石墙包围着，有些地方的石墙已经坍塌了。我从石墙夹缝中的几个啤酒罐判断出，有些石墙是被故意推倒的。在墓园的西侧，有两棵树与石墙连在一起，似乎墓园的建造者想借助树的力量，或者节省建石墙的材料。

在石墙和大一点的墓碑北面的阴影深处都有积雪，但很快就会消融。开车到这里时，我收听了广播，在天气预报之后是对几个伯克希尔农民的采访。他们说：现在的条件——夜晚霜降，白天解冻——差不多是在枫树上安装水龙头的理想条件；随着季节的变换，枫树树液会发生变化，可以被提炼成颜色更深、味道更醇的糖浆；有一种晚熟的深色枫树树液制成的糖浆，人们可能很少吃到，因为不那么受煎饼爱好者的欢迎。我知道自己不会记住这些有关枫树的新知识，但当我听着这些农民的声音时，我有一种感觉：世界终究会好起来的。

这片墓园所处的威廉斯街是我在这个世界上最熟悉的街道之一。现在这里比我小时候骑自行车来回穿行时要繁忙得多，虽然现在皮茨菲尔德的人口少了。穿过墓园就到了一个火鸡养殖场。这是一个传承了四代的养殖场。我们会在感恩节时去那里，有时候平常的日子也会去看看。墓园东边的山上，圣诞树种植园依然还在，人们依然可以摇摇晃晃地走过雪地，来到这里，自己动手砍圣诞树。

在威廉斯街上有两根破旧的绿色柱子，它们标记着一英里测

随身携带的城市

距的起点和终点——我曾经以为，皮茨菲尔德有独属于自己的计量单位。约翰逊夫人住在街道旁的一条小巷里，她是我高中最后一年的英语老师。现在，我走在墓碑间，回忆起她不戴眼镜时常用链子把它挂在脖子上的样子，回忆起有一天她从黑板前转过身——因为她听到有人在议论我（但我没有听到）——大声呵斥道："我的课堂不允许出现恐同行为。"我一想到这里，泪水就会盈满眼眶。

威廉斯街还有一个让我难忘的原因，那就是它靠近独木舟草地。这是一个自然保护区，它最初是美洲原住民的墓地。在欧洲人在这里定居的一段时间里，莫西干人[①]陆续来到这里，把他们乘坐的桦木独木舟从河里拉出来，由此诞生了此地的英文名"Canoe Meadows"（独木舟草地）。几十年后的今天，我时常会慢跑、滑雪或开车经过独木舟草地。有时我会想，当我和哥哥决定把父亲的部分骨灰撒在这儿的河里时，以及两年后我们把母亲的部分骨灰也撒入这儿的河里时，我们一定想起了这个故事的某些片段。

皮茨菲尔德位于伯克希尔县的中北部，在马萨诸塞州的最西部。它和纽约州之间只隔着一个汉考克镇，曾被称为"和平之城"——巴格达和拉巴斯过去也被称为"和平之城"——它还有一个名字叫"杰里科"，因为据说伯克希尔丘陵与庇护着那个

---

① 莫西干人是北美印第安人的一个分支。

第一章 初始之城

遥远之地的山丘很像。①

我出生的城市位于山谷中,海拔约 300 米。飞行员会把世界各地城市的机场按海拔高度进行比较,它的机场的海拔高度比瓦加杜古的高一点,比日内瓦的低一点。皮茨菲尔德被群山环绕着,群山间点缀着湖泊、农场和比它们小很多的居民点。森林从这里一直延伸到视线的尽头,尽管事实上这些森林并不像我曾经以为的那样古老。19 世纪,许多原始森林变成了牧场,或者被砍伐变成了木炭——用来为该县的钢铁厂和玻璃厂提供普通木材无法比拟的优质燃料。从生态学角度来看,这里的森林已经重新生长,它们还很年轻,不似我记忆中那样古老。

皮茨菲尔德的人口在 20 世纪 60 年代达到顶峰,接近 6 万人。我小时候是 5 万左右,现在正接近 4 万。

皮茨菲尔德也许只能算是一个小城市,也是波士顿最外围的一座城市,尽管它有大量忠诚的红袜队球迷。但我仍然有理由为它感到自豪。1791 年颁布的名为《保护新礼拜堂的窗户》的法规,是美国已知的首个涉及这项全国性娱乐活动的法规。由于棒球的起源地众说纷纭,有些不太严谨的公民就会声称自己的家乡是这项运动的发源地。1811 年,皮茨菲尔德举办了第一届美国农业博览会。19 世纪 50 年代早期,赫尔曼·梅尔维尔(Herman Melville)在这里的一间农舍里创作了《白鲸》(*Moby-Dick*)。

---

① "杰里科"的英文名"Jericho"也有"非常遥远的地方"之意。

1859年，皮茨菲尔德举办了全国第一场校际棒球赛。

皮茨菲尔德也是19世纪末完善实用电力变压器的地方。1893年在这里建造的一个4000千瓦的模型，据说是当时世界上最大的机器。1921年，它在这座城市生成了100万伏的人造闪电。皮茨菲尔德除了以电力技术闻名外，另一个让人们对它印象深刻的地方就是，它经常被深及大腿的积雪覆盖。1936年，世界首次夜间滑雪运动在这里的一个斜坡上举行，而这个斜坡是在一个水貂养殖场的旧址上建成的。布斯凯特山造就了很多奥运选手，不是因为它特别具有挑战性，而是因为去那儿特别方便——它就在城区，而且价格实惠——因此，冬天时许多住在皮茨菲尔德的孩子每天下午或晚上都会去那里滑雪。

如此恶劣的气候，推迟了欧洲人来这个后来成为我家乡（一位早期的荷兰地图测绘者在他的地图上这片空白的地方写下了"冬季山脉"几个字）的地方定居，同样被推迟的还有马萨诸塞州和纽约州的边界之争，以及欧洲人与那些直到20世纪90年代初在我的高中历史书中仍被称为"红种人""异教徒""画中人"的本地人的冲突。然而，到了18世纪40年代初，3个欧洲人后裔——他们的姓氏分别是利文斯顿、斯托达德和温德尔——分别被安置在我家的第一所房子、我和哥哥的儿科医生的办公室以及公共图书馆所在的街道上——他们已经获得了这些土地的所有权，而未来的城市将在这片土地上崛起。

1752年，第一批家庭住进了第一批移民为他们准备的小木

第一章　初始之城

屋。第二年，马萨诸塞最高法院将最重要的征税权授予了"普图西克镇的所有者"——"普图西克"在莫西干语中的意思是"冬鹿出没之地"。1761 年，为纪念威廉·皮特（William Pitt）（我们现在称呼他"长老"）——这位英国官员"凭借在对法战争中的有力指挥，成了新英格兰各党派的偶像"——这座小镇建立了。

13 年后，当皮茨菲尔德的人口增长到 1.7 万左右时，这里的公民同意放弃传统的新英格兰镇民会议政府形式，成立一座城市。

1891 年 1 月 5 日黎明时分，一场大雪从天而降，被认为是"来自上天的祝福"。几小时后，詹姆斯·M. 巴克（James M. Barker）法官向聚集在一起的民众发表讲话。他的第一句话里有一个词让人想起了促成罗马血雨腥风的那场对鸟类的观察："我们在家里。我们在令人愉快的主持氛围里①聚集"。

事实上，没人可以指责巴克法官对这一天的重要性避而不谈："旧秩序即将过去，新城市的脚步即将到来，它将占据指定的位置，承担所分配的工作！"盛大的演讲结束之后，人们在音乐学院举行了一场舞会。据说，出席舞会的 800 名宾客都充分展示了"女性的体面"和"男性的庄重"。25 名音乐家为他们献上了小夜曲，42 盏灯和 1000 支燃烧的蜡烛围成的五角星让舞会大

---

① "在令人愉快的主持氛围里"的原文为"under happy auspices"，其中"auspice"一词有"（古代罗马的）鸟兽声迹占卜者"之意。

放异彩。晚餐在午夜后才开始，舞会一直持续到凌晨 4 点以后。

皮茨菲尔德的所有故事都深深地吸引着我，我有时很乐意花时间去琢磨这些庆祝活动的意义。（皮茨菲尔德作为世界上最新的城市这个记录保持了多长时间？一天还是一个星期？）我特别喜欢想象那些庆祝活动结束时的场景：耀眼的黄色灯光透过学院的大门，在雪地上投射出跳舞的市民摇摆的影子，刺骨的寒冷让他们喘不过气来，泪水浸湿了他们的眼睛，他们或走路或骑着马消失在周围的黑暗里。而在遥远的东方，另一座新城市诞生之日的晨光从海上升起，穿过科德角的前臂，照射在波士顿的圆顶上。

然而，让我略感失望的是，在这些故事中几乎没有什么神话的元素。也许是因为这些细节被记录得太详尽了，也许是因为它们还没有久远到能够变成传说。毕竟，正如李维所写的那样："将神圣的东西与人类结合起来，为城市的初建增添威严，这是古代的特权。"

不过，说到起源神话，创造新的神话永远不会太晚。

皮茨菲尔德以其风景如画的丘陵而闻名，仿佛置身于一个寓言故事中的世界。巴克法官在皮茨菲尔德的建城典礼上说："罗马坐在美丽的宝座上，这在多大程度上帮助了它统治这个世界，我们可能不知道。"然后，他从永恒之城往西画了一条线，一直画到他面前的新城："谁能说美丽的景色、优美的环境、宜人的气候迄今为止对我们有多大的帮助呢？"——一个发生在有丘陵、湖

第一章 初始之城

泊和河流的地方的神话将为大家呈现皮茨菲尔德令人印象深刻的自然环境。它还会提醒我们,所有的城市——都是受地形支配的,它们往往是沿着河流建造的,或建在完美无瑕的天然港口上,或建在道路或铁路的交会处——都是先由大自然塑造,再由人类建造的。

皮茨菲尔德的创建神话也可能像罗马的一样,对那里的狼产生了影响。在我家乡建立之初,狼在新英格兰地区仍然是一个可怕的存在,人们可以用它的头皮换取赏金。这里早期有一位女族长——风华正茂时,她以高雅的举止和优美、挺拔的身材而闻名——当她还是一位年轻的妻子时,有一次,她听到家里的羊群疯狂地撞击着羊圈的门,于是她打开门,发现一只巨大、憔悴、饥饿的狼正在急切地追赶那些羊,于是她开枪打死了它。

或者皮茨菲尔德的神话创造者可能会从萨拉·戴明(Sarah Deming)的故事中寻找灵感。1752 年,26 岁的她骑着丈夫所罗门的坐骑来到这里。她经历过战争、牺牲以及一个城镇乃至一个国家的诞生 [她的儿子诺迪亚(Noadiah)是皮茨菲尔德革命服务记录中所列的三个姓戴明的人之一]。1818 年,萨拉去世,享年 92 岁,她是皮茨菲尔德最长寿的女性之一,当然也是最后一位离开这片土地的人之一。

在这个寒冷的 3 月天,在这个墓园里,我走到写着她名字的四边形白色墓碑前,颤抖着把手塞进口袋里,摆弄着租来的汽车笨重的钥匙链,想起了在戴明公园玩耍时的情景,想起了高中时每个工作日我至少要穿过戴明街2次。我和哥哥骑自行车经过戴明街无数次，但当时我对她的故事一无所知，原因之一是我从未停下来读过她的墓志铭，尽管我面前的方尖碑上的墓志铭仍然清晰可辨：革命之母，以色列之母。

当我回到冰冷的车里，发动汽车，向左驶入威廉斯街时，我试着想象"皮茨菲尔德之母"几个字被刻在大理石上，和其他文字一样。然而，我无法想象，从所知的萨拉·戴明生平少数事实中会有怎样的传奇，我也猜不出她会如何讲述自己的故事，如何讲述这座在她坟墓西边成长起来的城市的诞生。

或者，我们可以想出许多神话来解释皮茨菲尔德的起源，让时间从这些神话中选择。当我前往我最喜欢的市中心的那家咖啡馆时，又经过了独木舟草地，那结冰的水面让我想起了大概7岁时的一个冬夜。哥哥和我穿着滑雪服在后院玩耍，他追着我跑到了一个我们称之为"金鱼池"的地方，虽然我们家从来没养过金鱼。那里夏天是沼泽，冬天是坚冰——我一直是这么认为的，直到那天晚上，我从冰面上掉了下去。

现在回想起来，那里的水可能只有半米深，但当时足以让我害怕。突然坠入冰冷的水里，我以为我马上要死了，或遇到大麻烦了——反正都不是什么好结果。我奋力向前爬，弄碎了一块又一块大冰块，直到被哥哥抓住，并被他抱了出来。当我们往回跑时，我一直在发抖，外套和衣服都变得很沉。院子在近乎黑暗的夜里呈现出蓝白色，而我们的房子似乎是由光建造而成的。

第一章　初始之城

那天晚上的事情发生在我开始对城市问题有很多思考的年龄。因此，让我试试用这个作为皮茨菲尔德的起源神话，或者作为我在随后几年里经常想象的那座城市的起源神话。

在一个晴朗的冬夜，两兄弟来到池塘边——他们早就该上床睡觉了。这里没有狼，但有一只北美红雀飞过冰面，在近乎黑暗的夜空中，哥哥几乎看不到颜色鲜红的它。就在这时，弟弟看到他前面有什么东西在闪闪发光。他走近一看，发现那只是月亮的倒影，当他意识到这一点时，他掉进了水里。哥哥把他拉了出来，抱回了屋里。他们俩盖着厚厚的毯子，睡得比以往任何时候都沉，炉火的火光映衬着他们脸上的忧虑。在这个长夜的睡眠开始后不久，一座新的城市诞生了。在炉火的噼啪声中，在他们共同的梦境中，这座新城市的第一个世纪开始了。

这两兄弟中哪一个会被当作这座城市的创造者呢？不知道。好吧，那就假设他们会为了这个问题一直吵吵不休吧，就像其他人家的兄弟为许多其他事情争吵一样。

City of Dreams

第二章
幻梦之城

利物浦、巴西利亚

多年前,我刚20岁出头,在知道任何有关达拉斯的事情之前很久,我就连续几个晚上梦到了它。在这些梦中,我沿着一条繁忙、车流很快的道路边缘行走。沥青路面上的车道标记被照得很亮。道路弯弯曲曲地缓缓向上爬升,通向一栋栋摩天大楼,随着梦境和道路的延伸,摩天大楼越来越高。我一边走,一边抬头看一个背光的牌子,上面写着这条路的名字:北达拉斯收费公路。

就我对一个理想的、灯火辉煌的城市的想象而言,这些梦再真实不过了。(事实上,我以前从未意识到自己是在梦中。)然而,多年以后,直到我第一次以飞行员的身份飞往达拉斯,我才再次想起了它们。我们着陆并通过移民和海关检查后,机组人员的巴士驶离了航站楼,从一条宽阔的道路驶向另一条,直到我看到前面有一个路标,上面写的不是"北达拉斯收费公路",而是"达拉斯北收费公路"。然后,我们转到了这条公路上,向酒店方向驶去。

后来,我告诉一位来自达拉斯的朋友,我曾不止一次梦到一条高速公路——尽管那时我不知道这座城市是否真的有这样一条高速公路——我俩对我梦中的公路与真实的公路的名字那么相似惊叹不已。我们猜测，我有可能是从报纸、电视新闻或者肥皂剧《达拉斯》里知道了这条公路，但我不记得了。然后出于某种原因，它一直藏在我的记忆深处，以一种杂乱无章的形式被我那些尽职尽责的神经元进行了编码。随着岁月的流逝，这些编码开始模糊，有些甚至开始让人无法确定它们代表什么，直到那晚我飞往达拉斯，看到了现实中的公路，相关的记忆才被唤醒。

皮茨菲尔德

初中数学老师环顾着寂静的教室，没有人举手。我很自责，我知道正确答案——90度——只是我不想说出来，因为"度"（degree）这个单词里有一个字母 r，而我仍然无法准确地发出"r"的音。

我以前不仅字母 r 发音有问题，字母 s 发音也有问题。但几年前，大概在我10岁时，字母 s 的发音问题解决了。我母亲是语言治疗师，是她帮我解决这个问题。但是字母 r 的发音对我来说仍然很困难，我不想再费劲了，因为我们试过几次都没用，现在我甚至不想谈论这事儿。

字母 r 的发音问题给我带来了无尽的烦恼。由于人们常常听不懂我的名字，我不得不一遍遍地重复它，特别是在每学年开学时，或者来了新代课老师时，或者在一些其他情况时。麦克？迈克？当人们这样猜测的时候，肯定没有意识到每次我都会有一种恶心的感觉。

有时，我不得不重复自己的名字。如果那时我极度紧张，我就会把它写下来，或者事先找一个理由这样做。（如果你想让一个不认识你的代课老师允许你上课期间出去上厕所，我给你一个建议：在你走到讲台之前，写一张请假单，然后你就不必说出你的名字了。他甚至可能会因为你的这个举动而感谢你。）

自报姓名对我来说是最难的，因为没有什么词可以代替名字。我对与几乎所有不是从小认识我的人谈话都感到担忧，所以我有时会提前准备好要说的话，以便选择 r 较少的单词，最重要的是避开以 r 开头的短单词。

每当不用考虑这些问题时，我都能意识到它对我的思想有多么大的支配作用。去年夏天，在体育夏令营的第一天，第一个迎接我的负责人介绍自己叫马克。当他问我的名字时，我发现我可以轻松地甚至有些漫不经心地回答："和你名字一样。"然后他笑了，我也笑了，这一份短暂的自由。（我将在 17 年后回忆起这一刻，在伦敦晚春的某一天，在我未来的丈夫向我自我介绍时。）

其他孩子有时会说他们听不懂我父亲的话，尤其是当他们给我打电话而我父亲去接电话时。而我完全不觉得他有所谓的浓重的佛兰德口音。由此我明白，我哥哥也不会觉得我字母 r 的发音是不正常的或不正确的，我非常感激他的原因之一就是，和他说话时，我可以用任何我喜欢的词。

如果说是我的语言障碍使我更加依恋哥哥，更喜欢待在家里——因为在家里我说话更容易些——那么，这也是我想要远离皮茨菲尔德的原因之一。我对外语的热爱与日俱增，这主要是因为我意识到，我或多或少能发出西班牙语字母 r 的音，西班

第二章　幻梦之城

牙语字母 r 的发音与美式英语的完全不同。父亲解释说，在有些地方，字母 r 的发音可能会听起来像字母 h 的发音，例如，在巴西葡萄牙语中，里约这座城市的名字的发音是"hee-o"，而父亲在巴西时很熟悉的城市累西腓的发音则是"heh-ceefee"。因此，我想，只要我长大了，我就可以选择去一些地方——总会有一些城市，在那儿说话和生活都让人毫不费力。

但是现在，在这个中学教室里，我的老师——一个我以前认为很亲切的老师——再次要求我们回答问题。我开始在心里鼓励自己——勇敢点，马克——最终我举起了手。老师叫我回答，我给了我的发音版本的正确答案。"90度？"他微笑着重复着我的答案，很快又补了一句："好的，我想我知道你的意思了。"我低头看了看面前的图表纸，把一只手放在额头上遮住眼睛，开始去某一座城市神游。

利物浦

2002年的一个雨夜，我们三人——飞行教官、我还有另一位学员——从牛津以北的小型训练机场起飞，右转，向利物浦飞去。

2001年秋天，我和其他学员在亚利桑那州进行目视飞行训练，也就是9·11事件发生几周后。几个月前，也就是2002年年初我们完成了训练。我们回到英国，学习如何在无法看到地面、无法借助地面提供的导航线索的情况下，在云层中依靠仪表飞行，在这个阴沉的夜晚完成这个任务再适合不过了。飞机从基德灵顿湿漉漉的跑道起飞后不久，整个世界就被无边的黑暗所取代。当飞机的灯光刺破黑暗时，天空就变成了棉灰色。

坐在我旁边的教官是一位早已退休的波音747飞行员。他总是双臂交叉，除非在飞行任务中。有一次，我试图跟他搭话，问他在波音747的驾驶舱里待了这么多年后，重新驾驶这样简单的轻型飞机是否会不开心，他皱着眉头，叹了口气。最后，他向坐在后座的学员打了个手势，对我们说："好吧，马克，我可以在新加坡的游泳池边和那些听我讲笑话的人一起说笑，也可以在这个寒冷的夜晚跟像你和你的同伴一样的飞行新人一起飞行。"

另一个晚上，我绞尽脑汁用一种巧妙的方式小心翼翼地告诉他："我希望你不要对我大喊大叫，这样我才能做到最好。"他哼了一声，用杰克·尼科尔森说"你不愿面对事实"[1]的语气吼道："做到最好？做到最好？也许你所谓的最好根本就不够好！"

但是，我和其他学员都怀疑，教官极可能就是装装样子，因为他每次都让我们顺利通过了考试。在最后一次考试结束后，也就是几个月后，母亲会从皮茨菲尔德寄一封信到牛津。她经

---

[1] 杰克·尼科尔森（Jack Nicholson），美国演员、导演、制片人、编剧，其主演的作品有《飞越疯人院》《遗愿清单》等，"你不愿面对事实"（You can't handle the truth）是他在某影片中所说的台词。

第二章 幻梦之城

常给我寄卡片、信件，或者她喜欢的文章、布道的剪报。（当最后一封信到达牛津时，我已经离开了飞行学校，所以一个朋友帮我从我的信箱里取了它，但她忘记把信转交给我了，而这封信最终会和她的飞行日志一起被装在一个盒子里，直到十多年后，在我母亲去世很久之后，她才发现这封信。然后，我这个朋友把这封未拆开的信给我，而我把它放在我随身带着的飞行包里，一放就是好几年。每次我期待母亲的来信时就看看它，从中找些安慰——我偶尔会想，历史上没有哪封信能像这封信这样跨越万里吧——直到有一天，我终于按捺不住好奇心，决定拆开它，然后我读到了母亲对我成为一名有执照的飞行员的祝贺。）

那段时间，母亲被卡尔·荣格所吸引，于是她在远方，一直试图通过写信让我对荣格的著作和他对原型和梦的解释产生兴趣。如果她以前就告诉我，理想城市的形象——在某种程度上，原型出现在许多人、社会和环境中——就是原型的一个典型例子；如果她以前就告诉我，荣格做了一个梦，梦到了他从未去过的城市，我可能会对这些内容更感兴趣些。

那是一个冬天的夜晚，天很黑，下着雨。我当时在利物浦。我和一些瑞士人——哦，6个——走过黑暗的街道。我有一种感觉，那就是我们是从港口来的，而真正的城市实际就在上面，在悬崖上……当我们走到高处时，发现一个宽阔的广场,昏暗的路灯照亮了这个广场,许多街道都通向这个广场。这座城市的各个区域都呈放射状排列在广场周围。广场中央是一个圆形的水池,水池中间有一个小岛。

现在我坐在驾驶舱里,这是我第一次飞利物浦,黑夜里,在教官犀利的目光的注视下,飞机沿着一连串圆点组成的线飞行,这些线仿佛是长长的、几乎看不见的电线,从一座信标台延伸到另一座信标台,穿过英国黑暗的夜晚。很快,我们就准备降落了,飞机展开襟翼,放下起落架,在一座不久前以约翰·列侬的名字重新命名的机场的西部降落。机场内有一座列侬的雕像,和一块写着"在我们上面只有天空"的牌子——这是他的歌曲《想象》中的一句歌词。

但今晚我没时间去找这些歌词,也没时间去航站楼边上有时会停放黄色潜水艇的地方,更没时间去欣赏这座城市的其他景致——除了飞机最后冲破最低的云层时所置身的那片闪烁着琥珀色灯光的区域。当飞机穿破云层时,教练提醒我,这是个随时可能发生危险的时刻。我操纵着小型双引擎螺旋桨飞机进入了机场的唯一跑道。还没来得及开始减速,我就打开了油门。发动机发出轰鸣声,螺旋桨再次旋转,飞机猛烈地摇晃起来。于是,我把操纵杆向后一拉。跑道上的灯光消失了,我收回了起落架。当飞机爬进雾中时,世界再次变黑了。

第二章　幻梦之城

巴西利亚

一片对我来说很陌生的土地从飞机的窗外掠过，热带阳光下深绿色的植被中点缀着一块块刚收割完的橙红色土地。几乎完全笔直的道路先分散开，然后重新聚合，继续在大草原上延伸。这片土地很平坦，所以看起来海拔不高，但事实并非如此，这座城市所处的高原海拔约1000多米。

巴西利亚是很久以前就一直让我很着迷的城市。首先，它是我哥哥出生的国家的首都（他作为美洲土著，在新英格兰遭遇种族歧视时，经常向往这片土地）。其次，当父亲住在巴西时，他在这座城市的建设期间曾去过施工现场，并被他所看到的一切深深打动。这座城市吸引我的原因还有很多：巴西利亚的形状像一个十字架，像一只朝东的鸟，或者在许多人眼里，像一架飞机；它不仅是一座有规划的城市，也是一座梦中之城，出现在神父们的愿景中，与它最终诞生的时间和地点相距几十年和数千英里。

在我和哥哥读高中时，父亲学习了绘画。有一天，他决定为他所说的我们家族在美国的分支设计一个纹章。上面要刻的格言，他选择了"Tanto Faz"，这是巴西葡萄牙语，他将其翻译为"无所谓"，他这样解释：

这并不意味着我会对重要的事情无动于衷，我希望人们不必为那些自己不喜欢的小事而担心。

在纹章的中心,他设计了几个符号:一个他的家乡比利时的袖珍版国徽;一只北美红雀——这种鸟在比利时很少见,但在皮茨菲尔德的冬天很容易看到,它的红色羽毛常常是我们家被白雪覆盖的后院唯一一抹亮色;一颗不规则的曲面钻石。在画布背面的注释中,他将这颗钻石描述为"大致是阿尔沃拉达宫①柱子的形状"——钻石同时也是巴西利亚的标志。

因此,巴西总统府阿尔沃拉达宫是我在巴西利亚的第一站——我曾以游客身份在去往圣保罗的一次特别漫长的飞行中途经这里——飞机在巴西利亚着陆几小时后,一辆小巴士把我送到这儿。这座由玻璃、钢铁和钢筋混凝土建成的宫殿矗立在市中心外一片宽敞的湖边绿色区域——如果这样一栋低矮狭长的建筑可以用"矗立"这个词的话。一块指示牌显示,这座宫殿于1958年竣工,是巴西利亚第一座永久性建筑。现在,它只是该市由建筑师奥斯卡·尼迈耶(Oscar Niemeyer)设计的众多现代主义建筑杰作中的一个。

我走向铁栅栏。栅栏上挂着装饰性的金属板,每块板上都刻着一颗大钻石的图案,形状就像我在皮茨菲尔德的家里父亲

---

① 阿尔沃拉达宫又名晨曦宫,位于巴西利亚,被巴西列为国家历史遗产。——译者注

第二章　幻梦之城

的画布上第一次看到的样子。透过栅栏，我能看到同样形状的大理石石柱矗立在远处宫殿的前方。父亲被钻石的形状所吸引，但对我来说，宫殿的名字更令人心动。阿尔沃拉达宫，黎明之宫。我用英语和不太娴熟的葡萄牙语重复着这个名字。

看来我今天进不了宫殿了，所以除了在外面闲逛外，没什么事可做。当我闲逛时，一种我称之为"地差感"（place lag）的感觉在我身上涌动——一种不知自己身处何处的困惑和慌张感，仿佛我们对时间的感觉，还有对地方的感觉，都需要一段时间来调整，才能在一段以飞机的速度完成的旅行之后恢复过来。就像时差感一样，当你在某个地方停留一段时间后，地差感也会减轻。但我成年后总是四处漂泊，以至于我怀疑只有在皮茨菲尔德，我的地差感才会真正消失。但在那里，没有地差感几乎一样令人不安。

一只美洲鸵（一种像鸵鸟的南美鸟类）在远处的一场暴雨后出现的彩虹下漫步。我再次意识到，在去过那么多热带城市之后，我没有理由再感到惊讶：在这里，我可以看到岁月流逝，却看不到树叶落尽，也看不到雪花落在光秃秃的树枝上。大多数情况下，周围环境带给我的感觉就像现在这样。

与皮茨菲尔德不同，巴西利亚是一个水果随处可得的城市——甚至有一个应用程序可以帮你找到你想要的免费水果，或者发布你找到的水果的帖子——包括鳄梨和芒果。我认识它们的果实，但不认识它们的树。还有一些水果我甚至连果实也不认识，比如冰激凌豆、波罗蜜、爪哇李子和马拉巴尔栗子。

年轻的男男女女聚在一起，一边摇晃着番石榴树，一边大声说笑着。其中一个家伙叫住我，给了我一个番石榴。我知道应该入乡随俗，一个合格的旅行者要在他第一天来到一座城市时，毫不犹豫地接过陌生人从树上摘下的水果。但我不知道该怎么吃，也不知道这水果合不合口味，而且当时我很累，不想再和陌生人寒暄——虽然我猜在这种情况下，父亲一定会接过水果吃掉——于是说了声感谢，然后拒绝了。

†

回到宾馆，我睡了很久。起床后，我吃了好多糕点，还喝了好几杯美味的巴西咖啡，但没吃番石榴。这是我来到这座城市的第一天，现在我站在巴西利亚大教堂（它的官方名字是"阿帕雷西达圣母大教堂"，阿帕雷西达圣母是巴西的守护神，也指1717年3个渔民在巴西河流中发现的黑圣母雕像）外面。我来回调整着手机的方向，直到它与地平线齐平。这让我看起来是在拍照片，而不是在对着一张半个世纪前的照片沉思。

几年前，在父亲去世后不久，我发现了一张20世纪50年代他在特拉法尔加广场拍摄的照片。那时，他第一次来到它所在的城市伦敦，直到21世纪初我搬到这里后，他才再次来到这里。他去世后，我走在这个广场上，想在广场西侧找到他当

第二章　幻梦之城

时拍摄照片的位置。他那张照片上有鸽子、一辆红色巴士、人群，所有这些都像是出自某部电影的场景，而现在看似乎也没什么变化。除了那张照片，他还留给了我几盒他多年来在非洲和巴西拍摄的幻灯片。我很珍惜它们，但从来没打开看过。因为我没有幻灯机，而且把它们一张张拿出来，捏着一个角，对着窗户或光线明亮的墙壁，眯着眼睛看那些消失了的微型世界，确实很无聊。

几年前一个圣诞节的早晨，我拆开一份礼物，是一本小册子，里面全是父亲那些年在非洲和巴西拍摄的幻灯片打印出来的照片。为了做这本小册子，马克花了几个月时间悄悄将那些幻灯片先扫描成电子版，然后把父亲在幻灯片边框上留下的佛兰德文字抄了下来，在网上翻译好，配在照片旁进行说明。

第一张照片上有一些严重的划痕，照片里是巴西利亚国会大厦。这也许是这座城市最令人印象深刻的宏伟建筑了。它由两座一模一样的白色塔楼组成——在半空中由一座桥连接起来——塔楼旁边有两个白色的半球体，宛如一个正放的碗和一个倒扣的碗，分别是巴西立法机构的两个议院。

巴西利亚国会大厦的另一边是一个沙漏状的建筑，四周有一圈弯曲的白色柱子，这是这个建筑的肋拱。父亲来的时候还没有这栋建筑，现在这里已经成了大教堂，就是我刚走出来的巴西利亚大教堂。这是尼迈耶的另一个杰作，它和利物浦大都会大教堂享有同样的声誉。这座建筑内部以悬挂在钢索上的天使而闻名，肋拱之间的玻璃上有波浪形的绿色和蓝色图案。在天使下方的地板上，几个形状优美的浅色弧形木质结构深深地震撼了我。一瞬间，我以为自己曾在高端家具的目录中看过它们——过了一会儿我才意识到，它们是现代主义风格的忏悔室。在大教堂外面，我头顶上方，有 4 座钟，它们是西班牙送给巴西的礼物，被安放在一个高大的金属支架上。其中 3 座钟以哥伦布的船只命名，另外一座被命名为"皮拉尔"，以纪念皮拉尔圣母。有人说，她是在西班牙出现的第一个神灵（公元 40 年），虽然她当时仍在地中海对岸过着尘世生活。

巴西作家克拉丽斯·利斯佩克托（Clarice Lispector）认为巴西利亚是按照云彩排列的空间建造的，就像飞行员会把一些城市看成飞机的形状一样。巴西利亚似乎充分地利用了空间：在钟背后，风暴盘旋上升，卷起巨大的可怕旋涡，比我在皮茨菲尔德或伦敦空中见过的云层更复杂、更令人目眩、变化更快。当我试图估测在风暴周围飞行最安全的逆风方向时，我庆幸自己现在身处地面而非空中。

巴西的沿海城市呈狭长的新月形分布，主要的大都市都围绕着空旷的内陆地区。这个国家在距离大西洋约 600 英里的内陆地区建都巴西利亚，其勇气之大令人咋舌。这就好像在 20 世纪中叶，美国把首都从华盛顿向西迁移了几百英里，搬到了人口稀少的肯塔基州。

第二章 幻梦之城

巴西在内陆地区建新首都的设想最早出现在18世纪[1]——这个听起来很不错的名字是后来在19世纪20年代初由巴西独立运动领袖若泽·博尼法西奥·德·安德拉达·席尔瓦（José Bonifácio de Andrada e Silva）命名的。这个设想在不同时期都得到了宪法的批准，但直到20世纪50年代，总统儒塞利诺·库比契克（Juscelino Kubitschek）才将建设新首都作为竞选承诺提了出来。新首都建成只用了41个月的时间，它的建设既开辟了一方新的土地，也让这个庞大的国家有了一个统一的、更能辐射全国的经济增长中心，就如库比契克所言："以内部化实现一体化。"人类学家卡洛琳·S.陶克斯（Caroline S. Tauxe）指出，库比契克的首都建设经验堪比彼得大帝、阿肯那顿法老和罗慕路斯。

《现代主义城市》（*The Modernist City*）——一本关于巴西利亚引人入胜的书——的作者詹姆斯·霍尔斯顿（James Holston）将这座城市描述为"有史以来现代主义建筑和规划最完整的典范"，至少是对勒·柯布西耶（Le Corbusier）理想城市愿景的呼应。巴西利亚的首席规划师是卢西奥·科斯塔（Lúcio Costa），而该市最知名的地标则是奥斯卡·尼迈耶设计的以白色混凝土为主体的现代主义殿堂。

巴西利亚市有两条轴线，我们可以把圆弧形南北向轴线想象

---

[1] 历史上巴西曾先后在萨尔瓦多和里约热内卢两个海滨城市建都。

成一张弓，把比较直的东西向轴线想象成一支箭。东西向的大道被称为纪念轴公路。许多人在这里工作——这里有 28 个职能部门，专门负责巴西政府的各项事务——但是，根据城市总体规划，这里没有住宅。在沿着轴线的中央绿地（就像美国的华盛顿国家广场）旁，是车水马龙的道路（根据最初的规划，没有在这里设置红绿灯）、各政府部门、纪念碑、广场、国家办公室和我面前的大教堂。

另一条轴线是公路轴线（有时也被称为"居民区轴线"），两侧聚集着超级街区，每个街区包括大约 10 座公寓楼和几千户居民，还有学校、公园和商店。这两条轴线在一个交通枢纽交会。

与大多数城市相比——即使是网格化的城市——巴西利亚这座城市设计师个人的风格非常明显。有人觉得这座城市的形状像一只鸟。有一天晚上，我驾驶飞机飞过巴西利亚，向下看，发现它确实有点像一只凤凰——它似乎刚浴火涅槃，像骨骼线条一样的道路仍然在灰烬中发着光。

科斯塔明确指出，这座城市的形状是一个十字架，但许多人看到后说像一架飞机。就算是把尼迈耶找来判断它到底是十字架还是飞机，也不会有定论。尼迈耶是个无神论者，所以不会认为它是十字架，虽然他很喜欢云朵，曾把云朵形容为圣修伯利大教堂，但他害怕坐飞机。所以到底是十字架还是飞机呢？但不管是什么，父亲的生活，还有我大部分的生活，都离不开这两样。

第二章 幻梦之城

对我来说，巴西利亚的早期设计图纸与飞机工程图的相似性是确定无疑的。但是，除此之外，一个飞行员还能看到什么呢？尤其是在像"飞行员计划"这样大胆的航空引喻的启发下——"飞行员计划"是科斯塔的城市蓝图的名字。他还用"翅膀"（葡萄牙语：asas）这个词来指公路轴线的南北两个部分。"致敬即将到来的风"，这是巴西利亚的城市口号，还有哪座城市的口号比这更好呢？

当我联系詹姆斯·霍尔斯顿，请他帮忙解释父亲的一张幻灯片时，他问我父亲在拍摄这张有严重划痕的照片时是否在飞机上，因为拍摄这张新城市的照片的位置看起来很高，似乎在半空中。这没什么好奇怪的：1965年，当父亲来到萨尔瓦多——巴西的第一个首都——工作时，雇了一名飞行员帮他调查他即将要开展工作的那些非正式或经济不发达的社区。霍尔斯顿告诉我，即使在这座城市建成之前，巴西利亚和飞行之间的联系也非常紧密。按照他的观点，航空技术"首先从速度上实现了现代主义者对新技术的理想化"，并与这个国家的社会经济发展雄心相匹配，即"跨越缓慢发展的阶段，到达一个充满想象、光芒四射的新未来"。

1961年，正值南半球冬天的某一天，第一个进入太空的人类尤里·加加林（Yuri Gagarin）来到巴西接受国家南十字勋章，这是巴西授予外国人的最高荣誉。当他刚到巴西利亚时，他有一种感觉，即他"是在另一个星球上着陆，而不是在地球上"。

对于像我这样一个曾经想象那些不存在的城市的人来说，巴西利亚既令人惊叹又令人困惑。这座城市好似把一个同时具有纪念意义和精细细节的梦在一夜之间变得具体化了，并等着我们醒来后在现实中感受一番。也许，至少对于城市来说，梦想和现实之间的界限从来就不明确。

†

现在，在教堂地下室里，我退到一旁，为几个老妇人让路。她们向我点头致谢，并在靠近这座城市最珍贵的遗骨——乔瓦尼·梅尔基奥雷·博斯科（Giovanni Melchiorre Bosco）的右臂碎片时比画了个十字。这位意大利圣徒在巴西被称为若昂·博斯科或多姆·博斯科。遗骨存放在以他的名字命名的教堂的一个骨灰盒里。

多姆·博斯科于1815年在都灵附近出生。他一生致力于照顾儿童，并于1859年成立了名为"圣弗朗西斯·德·塞尔斯协会"的组织，以改善经济动荡时期的贫困青少年及失足青少年的状况。他发现魔术是一种特别有效的与孩子沟通的方式。[2002年，一位慈幼会神父向教皇圣若望·保禄二世（Saint John Paul II）赠送了一根魔术棒，同时请愿要求宣布多姆·博斯科为舞台魔术师的守护神。]

多姆·博斯科从未去过巴西，这使得他在1883年8月30日

第二章 幻梦之城

晚做了一个梦,在梦中,一位天使向导陪着他穿越了巴西中部的高原,这个梦使得他对巴西高原更加神往。

> 我看到山脉的腹地和平原的深处……我看到无数的贵金属矿场……在南纬 15 度和 20 度之间,有一片开阔的土地,在那里一个湖泊正在形成。这时有声音反复说:"此处乃上帝的应许之地,流着奶与蜜。"这里将是无法想象的富饶。

多姆·博斯科于 1888 年去世,他并不知道他的预言如此准确——无论是从巴西利亚的位置(位于南纬 15 度和 16 度之间)来看,还是从它的建成日期(他梦中的预言将在三代内实现,即大约 75 年后实现)来看。甚至他对那个湖泊的描述也很准确。帕拉诺阿湖是该市最突出的地理特征之一。(然而,这个湖是人工湖,创造它的人可能很清楚这个预言。)1957 年,圣博斯科大教堂成为新首都的第一个砖石结构建筑。1962 年,阿帕雷西达圣母和多姆·博斯科(1934 年被封为圣徒)被任命为该市的守护神和副守护神。1970 年,圣博斯科大教堂完工。

我并不惊讶于自己被一个圣徒的遗骨所感动,这座城市正是他所预言的。即便如此,当我离开他的遗骨,爬上楼梯,回到四方的教堂大厅时,同样感受到一种乐趣。它的四周是一扇扇狭长的尖顶落地窗,窗户在 5 层楼高的天花板上缩为一个哥特式的尖顶。这些窗户是由白色和 12 种蓝色的小方块玻璃图案组成的，由一个在圣保罗的比利时玻璃制造商制作，其中一些面板会让人联想到傍晚的天空，而另一些面板则会让人联想到星空。

我坐下来，看着游客和礼拜者来来往往。这不仅是我见过的最蓝的室内空间，也是我待过的最宁静的地方之一。在这座城市的最后一天，我会再次回到这里，参加一场弥撒。

现在，我不需要闭上眼睛去想象另一座城市，一座像巴西利亚一样完美的城市。当然，在这座城市里，并不是每一扇窗户都是蓝色的，但我们可以说，在大约 80 年的时间里，新教堂的窗户只允许使用最新发明的亮蓝色玻璃：这是给那些喜欢蓝色的人的礼物，也是给研究教会建筑的学生的礼物——这个时代的作品非常容易识别。

†

E. T. 的表情凝重，公园里郁郁葱葱的树木不会让它不高兴，它也不可能因为我骑车骑得飞快，掀起阵阵凉风，让阳光透过树冠洒下来而不高兴。

薇薇安带着一个好莱坞电影中著名的外星人毛绒玩具——她带着它只是为了好玩。我已经很多年没提起这部电影了，这个玩具让我想起了小时候我是那么喜欢它，尤其是当我们停下来拍照时——E. T.、自行车篮、棕榈树——就像在为这部电影

第二章 幻梦之城

拍摄新版海报一样,海报上,一轮热带地区才有的大太阳挂在满月高悬的天空。

我很幸运,不仅在我经常飞的几个美国城市有朋友或家人,在少数几个欧洲城市甚至一些更远的地方也有——我在悉尼有一个老笔友,在开普敦有一些亲戚,在新加坡有一个童年时期的朋友。当然,当工作需要你去到世界的另一端时,能见到你认识的人,跟他们一起散步或吃饭,是件令人高兴的事。因此,每次看到客房的服务菜单或枕头后想取消与朋友见面的计划以便留在宾馆休息时,我都会努力提醒自己,如果我不是飞行员,可能这辈子都不会再见到其中一些人了。

我在巴西利亚没有旧识。但是,父亲那批比利时出生的神父大多都留在了巴西,很多人脱离了神职,与本地人结了婚,并有了孩子。这些孩子现在也成了我和在巴西出生的哥哥的"表亲"。爱德华多是最后一位和父亲一起在巴西工作的比利时人,也是将哥哥安排给我家收养的人,现在已经 90 岁了,住在巴西利亚东北 700 英里处的萨尔瓦多。爱德华多写给我和哥哥的那些话是我们以前从未听过的,比如他会提醒哥哥记住他在巴西的根。在最近的一封电子邮件中,他给我的巴西之旅提供了指导,并跟我讲述了他和我父亲从比利时来到这里后一直未能完全摆脱的那种惊讶感,"从一个寒冷混沌的大陆来到这个明亮的热带世界"。感谢爱德华多,我一个在巴西的"表亲"把他的大学朋友薇薇安介绍给了我,薇薇安写信说她很乐意给我一些游览巴西利亚的建议，也可以带我参观这座城市。

昨晚，薇薇安带我去了帕拉诺阿湖畔的餐馆区——她有时会在湖上划船，而水豚会在她身边游来游去。她谈到了在这座城市的艺术场景中她最喜欢的元素（音乐、涂鸦、戏剧、马戏团），她也谈到了巴西利亚在巴西这个已经多元化的国家中独特的多样性——这是因为有许多人从巴西全国各地来到这里，帮助建设这座"希望之都"，然后他们就再也没有离开过，还有许多外国人不断来到这个世界上人口最多的国家之一的首都。当我们聊天时，人们从我们身边漫步而过——夫妻、朋友，还有几代同堂的家庭（现在，在英国或美国，很少能看到这样的家庭了）——他们一边聊天，一边玩着手机，城市的灯光从预言中的那座湖面反射出来。

现在是第二天早上，我和薇薇安、E.T.骑车穿过城市公园。这是尼迈耶的另一项设计，其规模类似于纽约的中央公园，它一直延伸到城市南翼的西面，并与之平行。这是我见过的最好的公园，有湖泊，有适合慢跑和骑行的蜿蜒小路，还有种类齐全的户外娱乐设施。

我喜欢这个公园，但在太阳和热浪中骑自行车并不是一件轻松的事。我涂着厚厚的高倍防晒霜，汗水流到眼睛里，我使劲地眨着眼。我忍不住想，如果这是一部电影，E.T.现在就会注意到我有多么狼狈，他会很乐意施展力量来帮我们的。我也很饿，这种感觉经常在倒时差时出现：虽然意识到时我已经饿过

第二章 幻梦之城

头了,但还是想补充点吃的。因此,当薇薇安建议我们在一个食品摊位上停下来吃点派司塔司(pastéis,一种油炸的长方形糕点),喝点卡多得卡纳(caldo de cana,一种甘蔗汁)时,我特别高兴。摊主是一个男人,大概60多岁,有一张饱经风霜的脸。他问了薇薇安我从哪儿来,然后递给我一截削好皮的甘蔗当作欢迎礼,我接过,津津有味地嚼着这截甘蔗。他又把冰凉的果汁和热乎乎的油炸糕递给我们,然后我们就去了旁边的一张桌子。

当我们坐在摊位前时,薇薇安跟我说了很多关于巴西利亚最初规划的城区(现在巴西利亚只有一小部分人口居住在这里)与后来在其周围发展起来的城区之间的差异。她还谈到了这座城市中各种宗教习俗的力量。我给她讲了父亲当年在巴西时的一个经历:有一次他穿着便服在萨尔瓦多一个被称为"下城"的地区观看了一场玄幻的坎东布雷教仪式。(这是巴西本土的一种宗教,融合了当年被贩卖的黑奴带到此地的西非传统,也融合了罗马天主教的元素。)薇薇安告诉我,巴西利亚以奇幻的天空之景而闻名,尤其是在日出和日落时分。但这种景象并不罕见,因为这片土地是那么平坦,这座城市的建筑是那么分散。她对我说,即使在城市里,你也能看到广阔的天空。

我和薇薇安吃完饭,又骑上自行车,经过爱德华多和莫妮卡广场。薇薇安告诉我,这个广场的名字来自城市军团(Legião Urbana)的一首歌——《爱德华多和莫妮卡》("Eduardo e Mônica")。

我觉得"城市军团"对一个乐队来说是个好名字，因为薇薇安告诉我，他们是巴西有史以来最成功的乐队之一，主唱雷纳托·鲁索（Renato Russo）于1996年死于艾滋病相关的并发症，他的歌词和叙事能力堪比鲍勃·迪伦。

《爱德华多和莫妮卡》记录了一对恋人的爱情，他们首次约会就是在这个公园。虽然他们之间有很多不同之处，但还是爱上了对方。根据歌词，他们就像豆子和米饭。薇薇安说，虽然这对恋人的名字改了，但他们是真实存在的，他们是鲁索的朋友，她相信他们还在一起。

当我和薇薇安骑车回她公寓时，我一路上默默念叨着这座城市的名字。我喜欢这个名字中每个音节相关联的那种感觉，至少在巴西人的发音中是这样的。当我们停在路口等绿灯时，薇薇安问我是不是还很渴，于是过了马路后，我们停在一个路边摊买椰子水。这个挥舞着刀具削椰子的摊主也问薇薇安我来自哪里，并打着手势让我挑一杯椰子水喝，或者直接用吸管插入他用熟练的刀法削开的椰子里喝。我选了用吸管喝。

回到薇薇安的住处，我们把自行车锁在停车场，走进她的公寓。她选好了一家餐馆，但考虑到当天气温很高，她建议我带一套换洗衣服，以便我们骑车到那儿后换着穿。她在客厅沙发上坐着等我，而我去了浴室洗澡换衣服。我关上浴室门，小心翼翼地把她给我的折叠毛巾放在盥洗池上，并再一次被这个昨天才认识的善良人儿所打动，也被她和我父亲之间的相似性所打动——他们都目睹了这座城市的建设。我走进浴室，打开水龙头。巴西利亚这座城市的水从我身上流过，防晒霜溶化了，然后流进我的眼睛里，我难受地闭上眼睛，恍惚间，我感觉自己从未在别的地方生活过。

City of Signs

第三章
路标之城

洛杉矶、新奥尔良、波士顿和基勒

想象一下，黄昏时分，一颗低轨道卫星的镜头在地球某个人口稠密的地区上空移动，那要如何拍到那些灯火通明、道路纵横交错的城市——像电路板一样平整、精细——带着这个星球与生俱来的沉静转向我们的画面呢。

这个场景让我想到，如果我们在这些城市中生活可能会有的样子，我们走路回家可能需要的时间。比如说，和朋友吃完饭后，顺路买点面包和牛奶，然后当我们转动钥匙打开房门，放下手里的杂货，打开灯时，就像我们几乎每天都必须要做的那样，我们再一次无法想象自己已构成了城市照明的一部分，出现在生命稀少的岩石层和没有空气的虚空之间。

从水平方向看，每座城市周围都相对比较黑暗，由一些小的居民点、农场和荒郊组成——如果晚上从天空中俯视这些地区，会发现这里即使并非完全没有光亮，但跟灯火通明的城市相比，也会显得暗淡。我喜欢想象连接这些地区的道路，以及沿路矗立的路标——这些标有城市名字的路标，在深夜可能一连几个小时都没人路过，可能要到有汽车前灯扫过它们才会亮起来。

每条河流都有自己的流域，雨水和融雪都会汇聚于此。同样，每座城市都有自己的边界，由核心区及其周边区域组成。

随身携带的城市

河流的流域在地形图上是显示得最清楚的，这也暗示我们可以设想一座城市的市域：我们可以在地图上标出每个指向市中心的标志，然后把它们用一些线条连接起来，形成一个个环。这些环像等高线一样一圈圈晕染开来，描绘出城市的引力场，也能显明旅行者在该地区最自然而然被吸引的方向。

皮茨菲尔德

距洛杉矶 2852 英里

这是一个秋天的下午,可能是我高中的最后一年。已经放学了,我沿着东街走到皮茨菲尔德的公共图书馆。

这个图书馆的官方名字是"伯克希尔雅典娜图书馆"。很多年来,我一直认为"雅典娜"这个词是皮茨菲尔德独有的,那么自然而然,以至于我没有意识到图书馆的名字中有雅典娜女神的名字,或有她所守护的那座遥远的城市的名字,尽管在图书馆红砖外墙的招牌上这些黑色的金属大写字母再清楚不过了。

我一直不知道这座图书馆的名字的渊源,直到 20 多岁时的一天,我看到一份关于另一个雅典娜图书馆的资料,那是古罗马的一个图书馆。我惊讶地发现,那个雅典娜图书馆是由哈德良皇帝创建的学院和知识库——他也复兴了雅典城。不过现在,我只知道皮茨菲尔德的雅典娜图书馆(拉丁语格言:为保存时代而保护这个时代最好的东西);的确,它是我在这个世界上最熟悉的建筑之一。

皮茨菲尔德的雅典娜图书馆有两个入口,分别位于两条平行的街道上,每个入口通往不同的楼层。其中一个入口通向底层和儿童区，它旁边有一个图书馆的还书滑槽。小时候，我会把要还回去的书放在滑槽里，看着它们自由滑落下去，发出令人满意但又令人担忧的砰砰声，我也因此被教导要小心爱护图书。从这个入口进入图书馆，经过饮水机，就是收银台。这是我记忆中屈指可数的几个母亲的身高是我的两倍的地方。

图书馆的另一个入口在西边的那条街上，通往图书馆的上层和成人区。如果是在午休时来，我通常会坐在北面的窗户边上。在这里，不同的季节，我可以观赏到不同的风景——枝繁叶茂的街区，或雪花飞舞的街道。冬天，我坐在这里阅读时经常不穿外套，窗户附近虽然有暖气片，但瀑布般的冷空气还是会从高高的窗户上倾泻下来，流淌在我身上。多年以后，当我学习飞行员课程中的气象学时，这种感觉再次出现在我的脑海中。教练告诫我们不要把空气看作一种连续流动的混合物，相反，要把它想象成是一块块的，与其他块状空气产生联动。

这些年来，我一直梦想着成为一名飞行员，因此在工作日去图书馆时，我常常会申请借阅最新一期的《航空周刊》(*Aviation Week*)。不过今天，我借了一本大地图册来到桌前。我坐下来，随便翻开某页，身子向后靠在图书馆的简易木椅上，这时我想到了另一把木椅——它就在我家餐厅的桌子旁，几十年后，我仍然会在这样的时刻想到它——然后瑟缩一下。

我在那张餐桌上做了很多作业，我经常靠在其中一张椅子上，那些椅子和那张桌子是我父母唯一珍爱的家具。母亲总是警告我

第三章　路标之城

不要这样做——事实证明,她是对的,因为有一天放学后,当我向后靠时,椅子的两条后腿断了,椅背裂开,我摔到了地上。

我跑去找哥哥。

"没事。"哥哥很平静地说。(多年后,当我第一次看《低俗小说》中的弃尸场景时,还是会想到这个紧张的时刻。)他接着说,我们家有6把椅子,但只有4口人,除非父母邀请至少2个客人来家里共进晚餐(但这不经常发生),否则多余的椅子就只是放在地下室的某个角落里。在这种情况下,谁会马上知道少了一把椅子呢?即使他们发现少了一把椅子,也不会因为这事责备你吧?他合计了下,我们只需要处理掉我弄坏的那把椅子就好。于是,我们把那把破椅子搬到了阁楼上,放在他铺在地板上用来接锯末的报纸上,放在悬挂在倾斜的天花板上光秃秃的灯泡下。当哥哥用父亲的红柄钢锯快速地锯这把破椅子时,我紧紧握住另一端。接着,我们把这些残骸都包在垃圾袋里,在父母到家的前几分钟把它们扔到了街上的垃圾桶里。完美的犯罪!大概6个月后,父母为了找那把椅子,把房子翻了个底朝天,甚至花了几个小时给所有可能借椅子的朋友和邻居打电话。我看着哥哥眯起的眼睛,嘴里说着"对不起",然后真相大白了。

早在我把我家餐厅变成犯罪现场之前,它对我来说就很特别了。小时候,我和父亲经常坐在桌子旁看家庭地图册。那时,对我来说,一座城市几乎就等同于它的名字,而我对一些城市的名字的喜爱程度远远超过其他一些城市。首尔,很容易让人联想到灵魂①。拉斯维加斯，我以为它指的是多颗明亮的织女星②，而不是一个表示"草地"的西班牙语单词，这使得这个原本就很动听的名字变得更加悦耳。甚至几十年后，如果我走在拉斯维加斯的街上，漫步去理发店或去吃墨西哥卷饼，当我在路口停下来等绿灯，低头看着脚上那双 40 多岁的飞行员的鞋子踏在灼热的尘土上时，我会发现，我的某部分正站在另一个拉斯维加斯，那个曾经被误译的名字所幻化出来的布满星星的拉斯维加斯。

在这个图书馆里，当我身体向后靠在椅背上时，其他城市的名字会出现在我的脑海里。里斯本。内罗毕。日内瓦——父亲告诉我，日内瓦的法语是"Genève"，德语是"Genf"。"东方之都"东京。"北方之都"北京。

现在，我闭上眼睛，仿佛不是在图书馆，而是在家里，坐在餐桌前。那是几年前的事了，桌上的地图册摊开着，我没有把身体靠在椅子上，因为父亲就坐在我旁边。我们都觉得利雅得这个名字很不错。虽然里面有个我读不出来的字母"r"，但我还是很喜欢。多伦多这个名字里含有三个短元音"o"，但中间的一个发音不同，这使得这个单词的节奏很优美。尽管我有语言障碍，个别字母发音有问题，但我对多伦多中间的 r 的发音完全没问题。我确信，如果我必须要说这座城市的名字，语境会让

---

① 首尔的英文名为"Seoul"，与"soul"（灵魂）一词很相似。——译者注
② 拉斯维加斯的英文名为"Las Vegas"，与"Vega"（织女星）一词很相似。——译者注

我自动发出那个我无法发出的音。海牙——父亲解释说是"树篱"的意思。下一次当我想要更改幻想之城的名字时,我会想起:如果你能把一座城市叫作"树篱"的话,那么你就可以叫一座城市任何你喜欢的东西的名字。

当然,还有洛杉矶。在我和父亲翻阅的所有城市的名字中,它不仅是我的最爱,而且它所处的位置所显示的美国的辽阔也让我感到惊讶:看起来我们似乎离这座城市几乎和离欧洲一样遥远,远到连父亲和母亲都没有去过。

莫哈韦沙漠上空 3.6 万英尺处
距洛杉矶 190 英里

拉斯维加斯在我们身后,我透过驾驶舱右侧的窗户向西望去,看到几乎已经西下的夕阳。我摘下太阳镜,把它塞进飞行箱前袋里,拉上拉锁。

1770 年,出生于巴塞罗那的军事工程师米格尔·科斯塔索(Miguel Costansó)——他是一支探险队的成员,这支探险队曾在洛杉矶开始崛起的地方探过险——是这样描述南加利福尼亚的山峰的:"它们为我们提供了一些可以作为我们确定位置的地标的地方。"今天,我们的波音 747 上的计算机正在自动对接离我们最近的导航信标台,而我们只需向前看就好。也许是出于谦逊,也许是导演想要制造悬念,在这里,一张被白雪覆盖的岩石和森林组成的帷幕似乎已经升起，环绕着这个曾经被称为"天使女王圣母玛利亚之城"的城市。

洛杉矶于 1781 年建立。大卫·基彭（David Kipen）在《亲爱的洛杉矶》(*Dear Los Angeles*)——一本关于他的家乡的文集——一书中记载，19 世纪末的一位旅行者将这座城市的空气与古埃及的空气相比，并惊叹于他在其他任何地方都没有"看到像南加利福尼亚这样明媚的阳光，这样清透明亮的空气"。当然，今天这里的空气不那么纯净了，但城市里和城市上空的光线仍有一种金色的柔和。当夜幕降临时，这种柔和会被一种清透和明亮所代替。当我在黄昏时分到达这里时，就像今天一样，很容易发出这样的感慨："多么耀眼的城市啊！"就在此时，地平线进入视线，太阳渐渐西沉。

洛杉矶确实很耀眼。它的面积很大——有一段时间，它是世界上面积最大的城市。它的灯光很璀璨，虽然即使是一个灯火阑珊的城市也会在周围沙漠、山脉和黑暗海洋的衬托下显得很突出。日落之后乘坐飞机的乘客，在飞机降落时，不停地按着相机的快门，像地图一样的城市灯光照片在机翼下徐徐展开，这一幕可能会在他们的记忆中停留许久，久到他们为此感到惊讶。例如，1946 年，埃莉诺·罗斯福（Eleanor Roosevelt）在前往帕萨迪纳看望孙子孙女的途中写道："飞往洛杉矶最令人印象深刻的时间是晚上，所有的灯都亮着，城市就在你的下方，像一堆五彩缤纷的珠宝。"

第三章 路标之城

现在,我远远地望着聚集在陆地上的灯光和白昼的尽头。从我们目前的高度和距离来看,它们几乎是连续的,甚至是融为一体的。我想起了我曾经和一位来自加利福尼亚的人聊起过我对洛杉矶的爱。他对我这个来自新英格兰的人对这座城市感到目眩神迷一点都不惊讶。但他接着说:"请记住,你所谈到的关于洛杉矶的事很少是真的。"我问他是什么意思。他回答说:"哦,只有从空中看时,它才是一个地方。"

飞机缓缓倾斜,我也转过身来,几乎直直地俯视着莫哈韦国家保护区的煤黑色地面。建筑历史学家雷纳·班纳姆(Reyner Banham)写道:"旧金山是由一波又一波从海路抵达的移民建成的,而洛杉矶的移民主要从陆路而来。"的确,洛杉矶是从离海岸14英里左右的内陆开始的,在没有港口,也没有有轨电车和汽车将你快速送达你要去冲浪的海边的情况下,你不一定会把这个位置视为沿海。20世纪初,情况尽管有了一些改善,但纽约的一家报纸仍然认为洛杉矶"永远不可能成为一个伟大的商业中心,因为它离海洋太远了"。

飞机转弯之前,我向右看了看15号州际公路,这条公路现在与我们西南方向的飞行路线大致平行。今晚,它比我看到的其他任何道路都要明亮,我花了好一会儿才意识到——在匆忙的工作中,可能很难记住这些普通的事实——这是周日晚上。那么,我和飞机右舷的其他人所能看到的就不仅仅是高速公路上汽车的尾灯了,还有数以千计的刹车灯。这些车的驾驶者们在周末外出后返回洛杉矶，同时还有其他旅行者——毫无疑问，他们即将成为最新的洛杉矶人。他们在我们这架正在下降的波音747下方的空旷沙漠中踩着刹车踏板，或减速，或停车，形成了这条光线之河，在傍晚时分蜿蜒流向前方的城市。

新奥尔良
距洛杉矶 1894 英里

新奥尔良离一条可以直达洛杉矶市中心的州际公路不到2英里。在新奥尔良一家拥挤的餐馆里，我们喝着酒，一位朋友的眼睛亮了起来，因为他回忆起了多年前他在加利福尼亚海岸看到的两个路标。那时他刚从英国搬到加利福尼亚，一天他将车开到这条公路和这块大陆的尽头，才意识到自己在美国人生地不熟。这时他看到两个路标，一个向左指向洛杉矶，另一个向右指向旧金山。他笑着说，除了它们，什么都没有。

我也跟他分享了我当年开车遇到第一个洛杉矶路标的经历。大学时，早在我去洛杉矶之前，我就认识了一位来自洛杉矶的朋友——莉娅。我和莉娅很聊得来，几乎无话不谈。由于她母亲是印第安人，她对历史和文化的看法与我哥哥有很多相似之处。我对她心怀感激，因为我意识到，对她来说，我是同性恋是世界上最普通不过的事情。

随着我和莉娅的相互了解，有时我会跟她讲一些皮茨菲尔德

第三章 路标之城

的事。在遇到我之前,她从没听说过这个地方,而这个地方离她跨越整个大陆去读的大学只有一山之隔。不过,我更喜欢谈论她的家乡。她告诉了我洛杉矶的天气和交通状况,还有山脉(有时甚至被积雪覆盖)是如何在许多道路的尽头若隐若现的。她证实,在洛杉矶,人们确实可以在同一天冲浪和滑雪,但她怀疑几乎没有人这样做过。十几岁时,莉娅喜欢唱歌、弹吉他,总是放学后一个人或与朋友坐在码头或海滩上。所有这些对我来说都像是电影中的场景。

毕业几年后,我第一次去了洛杉矶,与莉娅和她母亲住在一起。那时她母亲已经搬到了圣费尔南多谷。她们解释说,虽然搬到了圣莫尼卡山的另一边——那似乎是一个天然的分界线——但事实上,她们仍然住在这座城市管辖的范围内。

在洛杉矶的第一个晚上要睡觉时,莉娅的母亲问我是想睡在室内还是室外。我对这个问题感到很惊讶。在马萨诸塞州西部,这个问题像个无聊的笑话,因为睡在室外,不同的季节要面临不同的危险,夏天是蚊子,冬天是熊或寒冷的天气。"室外,"我回答说。于是她在后院搭了一张四脚床。这样,在洛杉矶的第一个晚上,我睡在了星空下,月光照在一台健身器上,投下长长的影子——健身器也在室外,在穿过草坪的高架露台上一个精心安排的位置。

第二天早上,吃完早餐后,莉娅出去办事了,她母亲——一位心理治疗师——对我说:"咦,你看起来像是想开车去兜兜风。"以前从来没有人对我说过这样的话，尽管我想这在洛杉矶也许是一种常见的"诊断"。不管怎么样，她说对了。我笑着承认了，并加了一句，她一定很擅长她的工作。她建议我去一个地方喝杯高级咖啡，然后又推荐了一条她认为我会喜欢的穿山路线。她让我从她的两辆车中挑一辆，我走过莉娅家所在的安静街区，上了一辆车，然后小心翼翼地开车走了。

不管在世界任何地方，我都会被那些指向一座城市但不提及它名字的路标所吸引，因为这样的路标不可能有其他目的地。我曾经在多伦多国际机场看到一个简单的路标，上面有一个箭头，旁边写着：开往市区的列车。几年前，在印度一辆离开机场的巴士上，透过窗帘的缝隙，我惊讶地看到一个路标上只有"City"这个词。类似的路标我在开普敦也见到过，上面用南非荷兰语和英语写着"Stad/City"。这让我想起了十几岁时，我哥哥、他的朋友和其他一些皮茨菲尔德的酷孩子说到"城市"这个词时的情景，大家都认为"城市"不是指奥尔巴尼、哈特福德或我们的州府所在地波士顿，而是指纽约，虽然纽约距离我们很遥远。

然而，洛杉矶是一个如此美妙的名字，只要一看到这个词，我就心旷神怡。很久以前的那天，离开莉娅家几分钟后，我在高速公路入口附近的一个红绿灯前停了下来。在那里，我意识到，这是我有生以来第一次在一个指向洛杉矶的路标下面。我抬起头，呆呆地望着那个路标，被我最喜欢的这座城市的名字经常施展的新鲜而又强烈的魔力所吸引，直到后面车里的人看到红灯变了，不停地按喇叭。我挥挥手表示歉意，把咖啡放在杯架上，开始了新的一天。

波士顿
距洛杉矶 2980 英里

飞机降落一小时后，我们就到了后湾站附近的机组人员酒店。作为一名飞行员，我最喜欢的几次旅行都是去的这座我曾经生活过的城市。冲了澡后，我简单整理了下行李，然后就迈着轻快的步伐走出酒店，沿着达特茅斯街去一家我熟悉的咖啡馆吃煎饼。

在路上，我会绕道经过我在波士顿的第一套公寓。在搬到英国成为一名飞行员之前，我就住在那里，干着一份办公室的工作。这是一间四楼的五人合租公寓，离爸妈结婚前各自住过的公寓只有几个街区远。选择住在这里时，我并不知道这一点，但我喜欢这种偶然性。当我走在这些街道上想起这些事时，心里就很高兴。

在达特茅斯街和亨廷顿大道的拐角处等红绿灯时，我望着对面的公共图书馆，看到上面令人肃然起敬的文字——"波士顿公共图书馆·由人民建造，致力于推动学习"——和厚重的黑色烛台，这让人联想到中世纪的武器或王冠。

我爱波士顿吗？我在这座城市时（这座城市的格言是：上

帝与我们同在，就像他与我们的父辈同在一样），经常回忆起我所了解的父母搬到这里后的新生活，还有他们在这个街区的生活——我年轻时对这里也很熟悉。

除了"山巅之城"这个称号外，我并不认可波士顿的其他称号（"美国的雅典"在某种程度上既不谦虚又缺乏自信，而"宇宙中心"这个称号的主要问题是这看起来不可能）。然而，当我住在这里时，我很快就对这个我无法确定自己是否会离开的城市感到自豪：当我坐在科普利广场老教堂外的长椅上，凝视着汉考克大厦玻璃外墙上映照的石头结构时；当我试图为波士顿地铁事故频发开脱（它的工作人员态度非常和善，毕竟它是这个国家的第一条地铁）时；当我走过公共花园，想起母亲在 20 世纪 60 年代末在这里拍的一张黑白照片时——这张照片足以让我深深地爱上这座城市，因为它让我想起了母亲年轻时在这里的时光：夏日的某一天，她在一棵垂柳下欢笑着摆着姿势。

当我在这里时，我也不禁想起了情景喜剧《干杯酒吧》（*Cheers*）中很多我喜欢的场景。这是我在皮茨菲尔德度过的童年时期每周四晚的固定节目。事实上，对我和哥哥来说，这常常是我们一周生活中最精彩的时刻。当然，我觉得它非常有趣，我喜欢酒吧楼上取名叫"梅尔维尔餐厅"（我猜，应该是因为梅尔维尔与大海和皮茨菲尔德都有关联）的海鲜餐厅，我也喜欢精神病学家弗雷泽·克兰（Frasier Crane）鼓励几个焦虑的飞行员去想想他们的快乐之地的那一集——那个地方就是伯克希尔。对

第三章 路标之城

我来说，这部剧和它的主题曲也代表着一种温暖和接纳，这是我认为一个大城市可能提供的东西。当我看这部剧时（尤其是讲人们对前红袜队同性恋球员的到访的反应那一集），我从来没有想过故事就发生在经过我家乡附近的最长公路尽头的那座城市。

事实上，在这座城市的步行街上漫步的人们很容易忘记通往皮茨菲尔德的道路——马萨诸塞州高速公路（又称 90 号州际公路）——就在他们脚下，就在地下。当红灯变绿时，我向左望去，准备穿过科普利广场，我要留心，否则很容易错过那条穿过下面的隧道通往高速公路的单车道下坡道。

在这个坡道上方的路标上，有一个向下的箭头和一座城市的名字：纽约。我肯定路过这个路标几百次了，但它仍然让我感到很好奇。毕竟，纽约离这里有 200 多英里远，离 90 号州际公路也很远，而 90 号州际公路通向马萨诸塞州第二大城市伍斯特和第三大城市斯普林菲尔德，然后在经过皮茨菲尔德附近后，通往奥尔巴尼、克利夫兰、芝加哥和西雅图。事实上，因为波士顿在美国东北角附近，所以几乎任何一座美国城市都可以在这里设立路标。也许这个路标说明了大苹果不对称引力对骄傲的波士顿人的想象力的影响；也许这是一项交通研究得出的结论：纽约是波士顿人最常去的目的地。

不管它的渊源是什么，当我第一次遇到交通工程师在指示城市道路方向的路标上使用"控制城市"这个词时，我就想到了这个令人费解的设在波士顿却指向纽约的路标。在一条漫长的道路上，控制城市会随着你的位移而改变，这个过程会一直持续到道路的尽头，要么是在与另一条道路的交会处，要么是在到达最终的控制城市时。

当你在皮茨菲尔德附近驶入 90 号州际公路时，你可以选择西行车道——前往奥尔巴尼，或者东行车道——前往波士顿。在飞机降落后运送机组人员的巴士上，坐在靠窗座位有时可以看到更多醒目的路标。离开哈立德国王国际机场后，有一个巨大的通往利雅得的路标，但在某个地方，我们到达一个路口，那里有一个指向东北方向的达曼的路标，和一个指向西南方向的麦加的路标。那么，在这里，利雅得就是引导我们沿着机场道路向东南方向行驶的控制城市；达曼和麦加就是我们行驶途中遇到的控制城市。

道路的控制城市往往也列在里程倒计牌上。小时候，家人开车从伯克希尔到波士顿，我喜欢看着车窗外那些标着到波士顿还有多远的路标——我曾经记得所有这些路标上的里程数。[当我读到山姆·安德森（Sam Anderson）的《繁荣之城》（*Boom Town*）时，我想起了那些旅程，以及看到那些时不时出现的里程倒计牌的兴奋感。我了解到，在俄克拉荷马城建立的最初几十年里，一位热情的领导人不仅小心翼翼地将这座吉祥的城市命名为"城市"，还在道路上远远地竖起里程倒计牌，希望从他在这片土地上竖起的期待中唤起这座新城市的威严。]

当我还是一个孩子的时候，我从未问过这个距离究竟是从波士顿的什么地方开始测量的。然而后来，当我穿过一座城市，到达它肚脐似的中心（普鲁塔克①曾写过的罗马的金色里程碑、东京的日本桥，或者位于伦敦查令十字车站以西，为标记13世纪埃莉诺女王的葬礼队伍而竖起的最后一个十字架的位置）时，我经常回忆起一家人沿着高速公路向东行驶的情景。

与此同时，在所有道路的上空，当我们在世界天空划分的空中交通区域前进时，一个更为字面意义上的控制城市的概念会和飞行员产生共鸣。这些区域通常以主要城市的名字命名，比如，管制员可能会指示飞行员"现在请联系亚特兰大中心"，按照西行航班可能遇到的城市顺序，接下来会是孟菲斯中心、沃斯堡中心、阿尔伯克基中心，最后是洛杉矶中心。

基勒
距洛杉矶 207 英里

我在出租房里早早醒来，这个房子里的家具、水槽上方的蕾丝窗帘、厨房中间那张适合一两个人使用的小桌子，让我想起了祖母在宾夕法尼亚州的家。

我打开灯，开始煮咖啡，然后站着喝完第一杯咖啡。我试着想象这就是我年老时在这间房子里的日常生活：每天早上天还

---

① 普鲁塔克（Plutarch，约公元 46—120 年）是罗马帝国时代的希腊作家、哲学家和历史学家。

没亮，我就醒了（至少在冬天是这样），然后沿着铺有地毯的过道从卧室走到厨房，把平底锅放在炉子上。

我人生中第一次也是最后一次坐在这间厨房的桌子旁，浏览着手机上的新闻。吃完早餐后，我洗了咖啡杯，把它斜放在水槽边晾着。我拿着包走到外面，走下台阶，关上挂着"禁止进入"牌子的大门。

夜晚天空已经放晴，我可以看到这里和死亡谷之间的第一道山脉。它蜿蜒于树木的轮廓和星星之间，形成一条条潦草的弧线，上边是即将到来的白天的闪电般的蓝色外壳。我的车结了一层冰，车里没有刮刀，我意识到这不是在长滩租车的标准配置。我摸了摸车后座的搁脚处，发现空空如也，于是只好等汽车变暖，冰自己融化。

我关上车门，转动钥匙，发动机开始启动了。我还记得在皮茨菲尔德的那些早晨，我坐在一辆被雪埋得严严实实的汽车后座上，在昏暗的灯光下感受着阴森的寂静。而母亲或父亲则在外面跺着脚，掸着身上的雪，仿佛他们粉刷了一整天。我把气候控制面板上的刻度盘扭到红色区域。渐渐地，从通风口吹出的空气吹化了挡风玻璃上的花朵图案，我打开雨刷器，将湿漉漉的残冰扫到车道上。

几天前，我飞抵洛杉矶。当我第一次飞往那里时，我像探索任何一座陌生城市那样对它进行了深入的探索。随着时间的推移，我开始偶尔离开这座城市，去探索它周边的环境。有时，

第三章 路标之城

我会开着一辆载满同事的卡车去洛杉矶的州立公园或国家公园徒步。如果只有我一个人,我可能会开车去达吉特,在66号公路的一段路——斯坦贝克的"母亲之路"上停下来,伸展一下双腿,这时我可能会被大到能看到面部表情的蜘蛛吓一跳,或者像飞行员一样盯着柱子上指向底特律、东京和香港的木制箭头(也许只有飞行员才会这么做)。然后,我可能会继续开车,经过巴格达咖啡馆,前往"尚未消亡的鬼城"安博伊,在镇上的咖啡馆里看着轻型飞机从窗口滑过,飞向附近的跑道,或者琢磨一张看起来很正式的、上面写着"外国军团"的标签怎么会出现在地上金字塔形的混凝土上。

这次出差的时间比平时更长,所以我决定在城外过一夜。在死亡谷徒步旅行了几次后,我开车向西,穿过那耸立在地球上最热的地方(之一)上的山脉,经过扫雪机和提示在暴风雪中要使用防滑链的警告标志。傍晚时分,我来到欧文斯山谷的东侧,找到了通往基勒(2010年有66人住在这里)和这座小房子的路。

基勒曾是一个湖边小镇,有一个码头,但这个湖早已消失了。昨晚睡觉前,我在镇上转了一圈,引得狗一条接一条地吠叫。街道上是开裂的柏油路,混杂着泥土和碎石。路两旁干枯的金色小草在不断吹过湖床的风中喃喃自语。镇上的一些房屋似乎被遗弃了,旁边有生锈的车辆,有些甚至已经杂草丛生。我经过一个游泳池,里面只有灰尘。然而,从别的房子里,我能听到电视声,闻到柴火的烟味。当我和一位女士在几乎与山上的雪线相接的云层下聊天时,她告诉我,这里曾是个鬼城,但现在正在慢慢复兴。

现在,在近乎黑暗的夜色中,我的车灯照在这条近乎笔直的平坦道路上,并从路面边缘散射开来。我沿着山谷向东南方行驶,但很快我就会转向西南方,穿过山谷,前往奥兰查镇。车灯的余光照亮了路两侧的滨藜丛和干枯的风滚草——上面结着一层厚厚的、幽灵般的冰霜,呈现出一种像灰烬一样的灰色。我以为我很了解冰霜,但我从未见过这样的冰霜。一个朋友后来告诉我,这是一种被称为"pogonip"的冰雾——这是印第安人的说法。

在靠近山谷西侧的道路和 395 号公路——沿着内华达山脉的东部边缘延伸,有时被称为"山地公路"——的交会处有两个通往洛杉矶的路标,第一个在路口前不远处,另一个立在路口另一边。

1860 年,一位植物学家在洛杉矶营地写道:"要想让一个地方成为天堂,大自然需要的只是水,更多的水。"到 19 世纪末,这座城市的水源基本上已经枯竭。如果不是出生于贝尔法斯特的威廉·穆赫兰(William Mulholland),这座城市的人口可能永远不会超过 20 万(这座城市当时大概的人口数)。穆赫兰 14 岁时成为一名水手,20 岁出头就来到了洛杉矶。他在这座城市开始了自己的职业生涯,成为一名沟渠管理员。后来,他在引水方面的才能被拿来与古罗马的工程师相提并论。

第三章 路标之城

1904年,穆赫兰和洛杉矶前市长弗雷德·伊顿(Fred Eaton)从城市出发,沿着一条马车道向北骑行数百英里,经过不幸旅行者的坟墓和变白了的马骨,进入这个山谷。这里最初是被称为"东莫诺人"的派尤特人的家园。到19世纪末,农民们为了农业的发展,已经把从白雪皑皑的高塞拉斯山融化的大部分雪水引到了这里。穆赫兰经过奥兰查,也就是我现在要到达的小镇,不久之后,他就被在这里发现的清澈水源所折服。洛杉矶出生的历史学家雷米·纳多(Remi Nadeau)在他的著作《洛杉矶:从传教士到现代城市》(*Los Angeles: From Mission to Modern City*)中将此地描述为"像逃离埃及后的流奶与蜜之地"。

穆赫兰在清澈的水中看到了他移居的大都市所需要的东西——"如果你现在不取水,你就永远不会需要它",他后来这样警告洛杉矶人。他还发现,从这么高的地方引水根本不需要抽,借助重力和水渠,水自己就会流下来。于是,洛杉矶引水渠建成了,这是当时世界上最长的水渠,由大约5000名工人建造,资金来自洛杉矶市民购买的数百万美元的债券——但这条水渠的建成是洛杉矶历史上一个传奇的骗局的结果[①]。洛杉矶

[①] 洛杉矶引水渠的水源来自200多千米外的欧文斯湖,理论上讲,欧文斯湖并不属于洛杉矶市,洛杉矶市无权从那里引水,但洛杉矶当时的市长伊顿为了获得用水权,首先以私人名义买下欧文斯湖周围的农场和牧场,再将用水权转交给洛杉矶,"骗"来了欧文斯湖90%的用水权。然后,为了让市民出钱修水渠,伊顿让时任洛杉矶水电局局长的好友暗地里将洛杉矶水库中的储备水排向太平洋,同时宣称旱情造成了水源短缺,并顺利发售了数百万美元的水渠债券,建成了洛杉矶引水渠。

人拿着锡杯来到引水渠的开幕式上接水喝。当水开始流出来时，穆赫兰喊道："水就在那里，拿去用吧！"

在这条水渠的滋养下，洛杉矶迅速发展起来了——事实上，它的规模成了人们津津乐道的一个笑谈，有居民在很远的地方立了一个"现已进入洛杉矶市范围"的牌子，并跟它拍照合影。正如大卫·基彭所说，"即使你到了喜马拉雅山，依然无法逃离它的范围"。

这条引水渠为后来著名的"水战"——这场争斗点燃了城乡居民之间的怒火，引发了武装对峙和爆炸，城市的建筑设备也在争斗中被扔进河里——埋下了隐患。不用说，洛杉矶最后赢了，并发展成美国第二大城市，而欧文斯湖干涸的湖床成为美国最大的颗粒物污染源。因此，历史学家纳多将欧文斯山谷描述为"它帮助建立的城市的附属省份"，这让人联想到罗马腹地。作家华莱士·斯特格纳（Wallace Stegner）用水文学术语将洛杉矶描述为"悬挑在空旷的空间之上的城市"。穆赫兰，这位曾经的沟渠管理员，将被加州大学伯克利分校授予荣誉学位，上面写着"他击碎了岩石，把湖水引到干旱的土地上"。

我在第一个通往洛杉矶的路标前停车，关掉引擎，拔掉钥匙，停掉音乐。在这突如其来的安静中，我向北望去，看到一片片雾气笼罩在尘土飞扬的湖床上。然后，我又沿着山路向南望去。在世界许多地方的上空飞行，我已经习惯看到公路、水路和铁路穿越沙漠或耕地，通往它们所辐射的古老城市。这时，

第三章　路标之城

我想起了物理课上一位老师用保龄球在蹦床上的图像来说明质量是如何扭曲时空的;也想起了生物课上,我在思考把一座城市对周围环境的影响描述为肿瘤的血管更贴切还是树的根更贴切。

汽车发动机冷却时开始咔咔作响。当我离开基勒的小房子时,根据租来的汽车上的数字显示,气温是零下 2 摄氏度。在奥兰查,在山谷对面大约 15 英里处,在与 395 号公路的交会处,在靠近从高塞拉斯山顶滑落的冰冷气团可能最先着陆的地方,气温是零下 8 摄氏度。我下车伸展双腿,等待太阳升起。

我朝着路口和上面的群山走去,脚踩在冰冻的土地上嘎吱作响。我停下脚步,向北望去。弗里蒙特的三叶杨披着冬天的金色外衣,在平静的天空下一动不动。奶牛被铁丝网围在路边的田野里,哞哞地叫着,我像羊妈妈一样担心它们会不会冷。在它们身后,一层薄雾笼罩着欧文斯湖床。这条路上除了我的车外,没有别的车。在与 395 号公路的交会处,我听到一阵卡车的声音,就像远处的战斗机发出的声音,过了好一会儿,它们才缓缓驶入我的视野,让我暂时停止了自问——即使到了我这个年纪,我仍然会自问——我这样形单影只地站在路边,甚至都没有点一支香烟,别人会怎么看呢?

在卡尔维诺的《看不见的城市》中,我们可以读到马可·波罗对忽必烈的描述,他穿过一片荒野,走向塔玛拉城,在这段旅程中,"眼睛很少能看到一个东西,只有当它意识到这个东西是另一个东西的标志时才会看到"。卡尔维诺认为，这位 13 世纪的威尼斯旅行者可能以这种方式引导了元朝皇帝的想象力。

我在通往洛杉矶的两个路标的第一个路标处停下来。我喜欢路标，因为它们能间接发挥作用，并且这种作用相当巨大，但即使是最新、最亮的路标也只能指代某个地方。而在 GPS 导航系统取代许多路标后，这个本来就很模糊的目的地，似乎变得更加缥缈了。

路标上用于指示指定路线或目的地方向的箭头，应指向正确的角度，这样才能清楚地显示要走的方向。有这么多种类的知识、这么多种类的工作，填补了这么多不同的生活。这一次我感到惊讶，不是因为现实世界和这些城市看起来有多么容易被完善，而是因为任何实用的东西都能被制造出来。

在我前方一个丁字形路口的顶端，立着另一个路标，上面标着从这里到洛杉矶的距离。这座城市名字的字母占据了路标的大部分空间，最大字母的高度与垂直边框的高度基本相同。我半闭着眼睛，试图想象在一个像今天这样寂静的冬日早晨迷失了方向，然后偶然看到这个路标，第一次读到这座城市的名字，会是什么感觉。

我走过路标，抬头看去，目光越过三叶杨光秃秃的树枝，落在离我最近的高塞拉斯山上被冰雪覆盖的教堂上。所有非独立照明的路标的背景都应该是可以反光的。两辆高速行驶的卡车之间无声的空隙像一盏灯一样掠过我站立的地方。有那么一瞬间，我感觉洛杉矶的温暖就像春天一样难以想象。

在这里，在被称为"天使圣母"的大教堂以北约 200 英里处，为该教堂主持仪式的主教谈到了"我们这个由诸多城市组成的伟大城市"，谈到了迁徙的家庭、卡车司机，以及孤独者可能听到的钟声。我意识到自己在发抖，而我没有带更多行李。再待下去可能会有危险，一个来自新英格兰的旅行者应该知道这点。于是，我走回车里，发动引擎，打开暖风，放上音乐，重新驶回那条公路，然后向左转。

City of Prospects

第四章
愿景之城

谢南多厄、苏黎世、香港和匹兹堡

想象一下，一个沿海城市，三面环山，有一条重要的道路通向它。这条路在山坡上蜿蜒上升，但很平缓——一条宽阔的道路必须满足这一点。当沿着环山公路向上行驶时，电子路标会提醒司机检查刹车，并警告他们马上要进入的高海拔地区可能会出现冰雪天气。在高海拔地区，最严重的冬季风暴可能会导致公路封闭数小时，让司机转移到海拔较低和更绕的路线上，随后那里就会出现拥堵。

最后，当山的坡度太陡，即使是这样一条精心设计的公路也无法爬上去时，这条双向仍有五六个车道的公路就会在山的中心变成一条弯曲且略微向下倾斜的隧道。这条隧道被精心养护着，它的车道线——除了靠近入口处的头几米外，永远不会被雪掩盖——被小而明亮的灯泡照亮着，这些灯泡在黑暗中闪烁着，就像早期电子游戏中的元素一样。

隧道内的镜头，伴随着小调音乐，经常出现在以这条路通往的城市为背景的电影中。比如，一对夫妇从派对上开车回家，路灯灯光照在他们脸上，而他们一直不说话。由此我们意识到，隧道和照明技术可能会改变，但人不会。

当这条公路最终出现在城市一侧时，它的海拔仍有 100 米左右，接近山谷的顶部——山谷斜坡上的建筑让人联想到半山区，有陡峭的自动扶梯通往那些山坡上的社区，香港有几座看似摇摇欲坠的摩天大楼就是从那里拔地而起的——然后又通向山谷上方的一座铁索桥，之后很快又继续通向谷底。

在这一刻，游客一下子就能看到两座截然不同的摩天大楼，真是令人难忘——就像从远处看曼哈顿时，中城和下城似乎是两个独立的城市一样——而第三座摩天大楼则矗立在照亮港口的桥梁远处，旁边是由渡轮的灯光组成的缓慢变化的"星座"。这种景色太美了，以至于在隧道的最后1/4英里处，车速被限到很低，车辆不允许变道，并设有警告司机的路标：眼睛要看路，不要盯着城市！

皮茨菲尔德

我走下高中学校的台阶，停下来看是在东街向左走去图书馆，还是直接穿过这条街去父亲上班的州府大楼。

我今年16岁，读高三。在皮茨菲尔德高中，三年级和四年级学生可以在午餐时间离开学校。我们通常会去邓肯甜甜圈店（我的最爱）、热狗餐厅（我离开后才知道，这样的餐厅在皮茨菲尔德异常受欢迎）、比萨或汉堡店，这些店里的食物无疑是学校食堂的单调饭菜的美味替代品。

即使我从家里带了午餐，有时也会离开学校去外面吃饭。如果午餐时间去图书馆看书，我会在路上吃三明治。不过，今天我决定和父亲在他的办公室一起吃午餐。我穿过东街和停车场——今年年底的某个下午，在天气预报没能播报准确的5厘米降雪中，我将在这里进行驾照考试。我经过一楼机动车登记处的路标，从一个侧门进入，乘电梯上到父亲办公室所在的楼层。

大部分时候，父亲是个快乐的人，每当我走进去，他就从办公桌前抬起头来，露出轻松的笑容，这表明无论他在做什么，我的到来都能受到他的欢迎并让他感到放松。而且他从来不会问我为什么不和其他孩子在一起。我和他坐在他办公桌的两侧，就像我们经常玩笑说的在开一个非常正式的会议那样，然后我们各自拆开今天早上在厨房餐台上做的三明治。

算上往返学校的步行时间，我们在一起的时间只有20分钟左右。我不在时，父亲在这个办公室的其他时间对我来说都很神秘。我知道他在为国家心理健康项目组织服务，但我不明白他实际上在做什么、这间办公室里的人每时每刻都在做什么。

有时，他会谈到团体或社区之家——许多人一起住在那里并接受监督。至少我对这些有一点了解，因为其中一个就在我兼职送报纸的第一条路线上，门口总是有一个人在等着迎接我（父亲说是上夜班的助手）——这在早上6点是不寻常的，尤其是在冬天天还那么黑的时候——就像每家每户亮着的客厅一样，我逐渐明白，它与某个人家的客厅不同，但也不太像酒店的大堂。

父亲的办公室有两点我特别喜欢。其中一点是一株橡胶植物，它长得很高。父亲把它安置在角落里，而它穿过天花板上一个未完成的维修工程留下的洞长到了楼上的办公室。几十年后，父亲的工作因组织重组而被终止很长时间后，甚至在他去世后，每当我开车经过他曾经办公的大楼时，都会想象这株植物还在继续生长，它的枝条会扭成奇怪的角度，以便让向阳而生的叶子在布满灰尘的窗玻璃上伸展。而在其他地方，它的根会穿破石膏，与电线缠绕在一起，让电路发生故障，短暂地切断远处的网络。这就像一个关于大自然不可阻挡的童话故事，或者一个讲述即使是有规则意识的成年人也会偶尔跳出界限去寻找快乐的故事。

父亲办公室我喜欢的另一点是，它在很高的楼层上。吃完三明治后，我像往常一样，走到朝南的窗户边站了一会儿。我看向右边，透过光秃秃的树梢，望向皮茨菲尔德最高的 14 层市中心酒店，望向远处的山丘。然后我吸了一口气，向下朝街对面的高中门口望去。当我看到其他孩子跑着走上台阶，走向那沉重的大门时，我知道我也该走了。

谢南多厄

这一年我大概 10 岁，和 12 岁左右的哥哥坐在车后座。母亲正开车从皮茨菲尔德回她的故乡谢南多厄，现在还剩几英里路程。谢南多厄位于宾夕法尼亚州的无烟煤产区，这里所有的村庄都依地形而建，而这里的地形高低起伏，谢南多厄正位于一个规整的盆地。

作为成年人，每当听到《谢南多厄》这首歌的新版时，我都会错误地但又心满意足地想起母亲的家乡。这个小镇——更确切地说这是一个自治县，大约有 5000 人——很小，但人口却惊人地密集。一些房屋之间的间隙很狭窄，能让小孩子倚靠着两堵墙爬到房顶，甚至有些房屋之间根本没有间隙。它不像我所见过的任何其他城镇。这让我觉得，虽然父亲不是土生土长的美国人，但母亲更像是一个来自异国的人。

今晚，像往常一样，我期待着在从皮茨菲尔德到谢南多厄的旅程即将结束时看到一些特别的景色。当我们行驶到最后一座山时，小镇的黄色灯光一下子洒满了挡风玻璃。这个视角与我对一座城市在夜晚可能出现的关于壮观景象的所有想象密切相关。长大后，我会觉得这种联想没什么道理，毕竟谢南多厄那么小。我会想到，除了皮茨菲尔德，我还没有在天黑后如此频繁地从高空俯视过别的地方。

再过几分钟，我们就到外婆家了——她就是从那里寄贺卡给我们的，卡上写着"给马克少爷"的字样，字迹非常漂亮，似乎是刻出来的，而不是用墨水写出来的。她的房子就像这个矿区里其他房子一样，和我所知道的其他地方的房子都不一样。在楼下，煤通过前面一扇专用的矮门被直接送进地下室，放在一块皱褶的银色搓衣板和一个手摇绞衣机旁边——我和哥哥会一边转动绞衣机，一边大胆地用手指靠近它。

在楼上，煤通常被用来在厨房做饭——通常是一种装满馅料的欧式煎饺（有外婆手工包的，也有本地品牌 T 夫人家的）和波兰香肠，我们每次都是一袋子一袋子地装好，拿回皮茨菲尔德——但有时也被烧来取暖。母亲解释说，从每年 10 月到第二年 4 月，炉子会一直烧着。

餐厅里放着一个漆黑锃亮的橱柜，上面有个大盘子，装着小卷的薄荷糖和什锦水果糖。我和哥哥有时会去偷一整卷的糖来吃。我们的想法是，偷一整卷不仅吃得更过瘾，而且更安全。多年后，这个橱柜上会放一块厚厚的糖霜蛋糕——也许是为表妹的婚礼准备的——我会在房间的角落里看到外婆用手指沿着蛋糕刮一圈，把刮到的糖霜举到唇边，抬头看着我，发出"嘘——"的声音，然后眨眨眼，走开了。这是我唯一想到的能和外婆联系在一起的放纵行为。

我直到成年才会慢慢意识到，这个小镇是母亲的皮茨菲尔德，而这个小房子一定是她的某部分还一直居住的地方。我会想起在伯克希尔某个气温零度以下的早晨，母亲在做早餐时会启动电烤箱，然后把电烤箱的门打开几厘米，让厨房比房子其他地方更暖和舒适。

现在，我们快到谢南多厄了。我们从一排彩灯下经过——就像一年中的圣诞节一样，我总是这样想——这条彩灯悬挂在道路上方的运煤机上。离我们翻过最后一个山头只剩下几秒钟了，我怕错过谢南多厄向我们敞开的那道光，于是向前面母亲的驾驶座靠去。我使劲睁大眼睛——这景色只持续了一会儿——然后我放松地靠回后座上。引擎的声音变了，车开始下坡了。谢南多厄的每一处街道都布满了灯光，终于，我们来到母亲曾住过的老街道。当她缓缓停车时，我抬头看到外婆站在走廊上，两只手抓着走廊的黑色金属栏杆，紧绷着脸看着我们，好像她整个晚上都在为我们的旅程担忧，然后走出来责怪我们天这么黑还开车。

苏黎世

在明媚的午后，我们机组人员乘坐的德国制造的面包车从机场驶进大约1英里长的米尔切巴克隧道——这条隧道向南延伸，穿过山坡，进入市区。

我第一次穿过这条隧道，是在我飞从伦敦到欧洲大陆的短途航线的第一年，那是我第一次去苏黎世。我对同事们说，这条隧道看起来真不错，就像仓库或工厂里的走廊。我们开玩笑说，它更像是《007》里的反派人物可能会建的那种枝形吊灯通道，而不是呼啸而过的汽车应该行驶的公路。

无论从哪个角度看，这都是一项不错的公共工程。然而，当我们快要驶出隧道时，我已经准备好面对熟悉的失望了，因为出了隧道，就是苏黎世的中心。我渴望看到我小时候经常想象的场景：一座被群山遮蔽的城市突然出现。当然，这样的景色最容易从山坡的中间或顶部看到，而这条宏伟的隧道正是为了让我们免于攀爬而建造的。

皮茨菲尔德

我刹车时，车前灯扫过弯道外幽灵般的白桦树树干。我和朋友德西拉在开车，她住在离我几个街区远的地方。

这条通往皮茨菲尔德东南山城的路很有意思——有很多弯

第四章　愿景之城

道——这条路使得我们离开家乡成为可能。住在那儿的最后几个月，我们比以往任何时候都更渴望体验一下离家的感觉。现在是我们高中的最后一年某天晚上的 9 点或 10 点，父母不再担心我们去哪儿，或什么时候出去。

德西拉家就在我送报纸的路上，只要我不去送报，她就会发来消息——比如去年夏天我在日本时。成年后我们也一直是朋友。30 年后，当我第一次以飞行员的身份飞往伊斯兰堡时，她在那座城市工作。在伊斯兰堡一个安静的夜晚，我们隔着她那张凹凸不平的桌子面面相觑，然后摇着头微笑：这两个来自伯克希尔的老朋友，在她那位于喜马拉雅山山麓附近新建的首都的小公寓里，吃着米饭和鸡肉。

当开车驶离皮茨菲尔德时，我们点了一支烟轮着抽。所以虽然天气很冷，我还是把父亲的车前窗降了下来。我调高音乐的音量，让那首关于来自伦敦某一区的男孩与另一区的女孩相遇的歌比风声更大。我们都不知道成为伦敦西区女孩意味着什么，但我们一致认为，德西拉就是皮茨菲尔德版的伦敦西区女孩。另一首歌开始了，歌名是《这是一种罪恶》("It's a Sin")。我怀疑"这"指的是同性恋，但我没有问德西拉是否也这么认为。相反，我开了我们经常开的玩笑，说不要停下来。

然后，像往常一样，我把父亲的车头调转过来，开始滑行——这是我们的感觉，从这些几乎没有中心的山城出发的路就是这么陡峭——我们都在等待一个地点出现，在那里，我们知道我们会看到皮茨菲尔德的灯光透过光秃秃的深色树尖。当然，镇上的灯光不多，再加上森林以及道路的斜坡和弯道的影响，即使是这样的景色也总是不完整的，但我们还是喜欢它。

现在，就在我们期待的那个地方，夜幕下的皮特菲尔德并不令人惊奇，也不会有人把它误认为波士顿市中心，更不用说曼哈顿了。然而，有那么一瞬间，我们在足够晚的时间从足够高、足够远的地方看到了我们城市的灯光。我把音量调得更高，第二支烟的火花飞出窗外，被车旁掠过的气流卷走，旋转着飞入身后的黑暗中。德西拉大叫一声，把手伸过方向盘，从我手指中抽走香烟。当皮茨菲尔德几乎所有的灯光都消失在树梢下时，我知道我们快到家了。

香港

太阳落山了，我们开始沿着从欧洲出发即将抵达香港的飞机最常遵循的路线降落。这座城市是我第一次驾驶波音747飞往的目的地。这是我生命中最激动人心的一次飞行，之后去那里的每一次飞行都是这次旅行的愉快回响。飞机上的当地导航图上有无线电信标，即使到现在，经过了这么多次旅行，它们的名字——东龙岛、龙鼓洲等——仍提醒着我，我离家乡有多远。不过，有一个名字——长洲岛——令人惊讶，因为我很熟悉它。十几岁时，我和一个住在长洲岛上的笔友莉莉通了好几

第四章 愿景之城

年信。虽然我和她很久没联系了,但我仍记得她家所在的街道名,甚至门牌号,还有那些薄薄的淡蓝色邮包——我会定期把它们寄到我今晚要去的这座城市的一个岛屿上。莉莉现在也是中年人了,像我一样。我想,她可能还住在香港,甚至可能还住在长洲岛。

今晚潮湿而温暖——这是香港的典型气候,莉莉可能曾在我们的第一封信中这样描述过她的家乡——云层遮住了大部分的城市景观,没有雾的时候,在城市灯光的衬托下,堆积的云层看起来是纯黑色的而不是灰色的。

我年轻时衡量一座城市是否伟大,就看这座城市的天际线,它就像世界上所有高楼在图表上都用柱形表示一样简单明了。事实上,当我成年后第一次去一些欧洲城市旅行时,对那里的摩天大楼居然那么少感到很困惑,我从未想过有哪座城市的居民会接受这样一个缺点。

无论你是否接受,从远处看,天际线是一座城市最明显的特征(而从城市内部看,往往是一座高楼的观景台最能让你欣赏到其他高楼所形成的景色)。即使在今天,当我坐在出租车或机组人员的巴士后座上时,特别是在进入一个对我来说很陌生的城市时,我仍然能感觉到自己的肌肉记忆——我压低自己的身子,就像在我和父母开车去波士顿或纽约时那样,以便在置身于这些高楼时能更清楚地看到它们——在抽搐。

哪座城市的天际线最美?当然,我最喜欢的单体摩天大楼是波士顿的汉考克大厦。这座新英格兰最高的建筑由贝聿铭的合伙人亨利·科布（Henry Cobb）设计。白天，它是梦幻般的蓝色的，它的玻璃可以映照出天空的云；晚上，明明暗暗的办公室形成了一幅垂直的光线拼图。小时候，父母经常带我和弟弟去它的观景台——这是我最常要求父母让我在波士顿做的事——后来，当我在波士顿某公司工作时，我的第一个圣诞办公室聚会就在上面举行，发生在我真正开始工作的几周前。那是一场以赌博娱乐为主题的奢华宴会。我强忍着不去谈论那些飞往机场的飞机——从上面可以看到下面的机场。相反，我试图记住我遇到的每个人的名字，并尽量让穿着那套刚从皮茨菲尔德市中心的老式男装店买的新海军蓝西装的自己显得轻松自在。

自我成为一名飞行员以来，我所看到的天际线远比我梦想的要多，而且我也有机会观察它们的变化。迪拜的天际线似乎每个月都比上个月看起来更加壮丽。迈阿密的则总能让我情不自禁地从驾驶舱起身。多年前，在一次去芝加哥的旅行中，我在一家商店里和一对法国夫妇聊天，他们是建筑师，来芝加哥只是为了看看这座城市的摩天大楼。从他们那里我了解到，从专业或历史的角度来看，芝加哥的天际线可能是地球上最有意思的。

还有香港的。

这座城市是世界上人口最密集的城市之一，高楼林立。在夜晚，沉睡中陡峭山脉的朦胧阴影与倒映在水面的城市古老港口的摇曳灯光交织在一起，更加令人惊叹。

虽然很俗套，但衡量天际线的一个标准是，高150米及以上——相当于一栋大约35层的现代办公大楼或半座埃菲尔铁塔的高度——的建筑物数量。根据高层建筑和城市住宅协会的数据，截至2021年4月，香港有482座这样的建筑，远远超过其他任何竞争对手。与香港接壤的深圳以297座位居第二，纽约以290座位列第三。事实上，在这份榜单上排名靠前的20座城市中，有9座在中国，只有4座——纽约、迪拜、芝加哥和多伦多——不在东亚。

今晚，离在香港着陆只剩下几分钟时，我们将波音747向左转，再向左转，然后就不再转弯了，开始排队进入一条暂时还看不到的跑道。

很快，我们和这座几乎完全被云遮蔽的城市之间只剩下一片云了，它那哑光黑的轮廓看起来就像船帆一样。我们掠过它的顶部，下降到它迷蒙的中心。片刻之后，突然，就像开关被打开一样，我们出现在它下面。任何看到过世界上最茂盛、最高耸的电子森林在飞机左翼下蔓延的人都没法想象出另外一片更大的电子森林。在驾驶舱里，我们还没来得及欣赏这座城市的景色，就已经融入了周围海水的粼粼波光中，所以我们必须目光向前，穿过波浪，望着那条指引我们向西到达机场所在的岛屿的灯光。

匹兹堡

我们正在新英格兰西部的高地森林上空，距离匹兹堡东北方约 400 英里。这时机长想起我们之前的谈话，问我家是不是就在这附近。

我低头看了看导航屏幕，然后指向驾驶舱对面他左边舷窗外一个看不见的被卷云遮挡的城市的方向说："在那里。"我重读了家乡名字的第二个音节："我来自皮茨——菲尔德，在那边大约 30 英里的地方。"

我以前从未去过匹兹堡，但我总觉得与它有些联系。这并不是因为母亲来自宾夕法尼亚州（匹兹堡就位于该州，而她的家乡在该州的另一边）。更确切地说，这种联系和混淆，源于这个名字和我家乡的名字太像了[①]。这两座城市的命名都是为了纪念英国政治家威廉·皮特（William Pitt）。两座城市的格言都是"上帝的旨意"，而他们的官方印章的设计灵感都来自威廉·皮特的家族徽章。

当然，这种联系是不对称的。匹兹堡的人口大约是皮茨菲尔德的 50 倍。的确，匹兹堡太有名了，皮茨菲尔德则名不见经传，连父亲的比利时家人都曾以为我们住在匹兹堡。一个表哥十几岁时曾来和我们一起过暑假，我们在纽约肯尼迪机场接到他之后，明显能看出他对我们要带他去的城市的规模感到失望。当

[①] 匹兹堡的英文名为"Pittsburgh"，皮茨菲尔德的英文名为"Pittsfield"。

第四章 愿景之城

我第一次旅行，跟别人说我来自哪里时，我发现几乎没有人听说过皮茨菲尔德，他们有时会认为我说的是匹兹堡。如果我跟他们只是短暂相遇，而我又懒得纠正他们，那我可能会很乐意想象自己来自匹兹堡。

几分钟后，我们就要开始降落了。我们在匹兹堡着陆，停机，完成文书工作，然后在航站楼里寻找来接我们的巴士——这通常是第一次飞往某座城市最让人晕头转向的事情。我们有时会开玩笑说，这也应该事先在模拟器上练习一下，就像与飞行有关的其他很多事情一样。我找了个靠前的座位，看着司机带我们经过标有 376、79 等数字的陌生州际公路的路标。我们离开机场时已是傍晚时分，我被这座因工业而闻名的城市周围的绿色所震撼，就像我在飞机进近和着陆的整个过程中所感受到的那样。路两旁能看到的大部分地方都是树林，至少在这方面，接近匹兹堡就像接近皮茨菲尔德一样。

几个星期以来，我一直为能来这里而兴奋不已，所以我一直在查阅关于这座城市的资料。最令我震惊的是，匹兹堡坐落在三条河流的交汇处：俄亥俄河、阿勒格尼河和莫农格希拉河——这是一座城市繁荣发展的基础。

匹兹堡傍众水而生，被称为"桥梁之城"似乎也是理所应当的。匹兹堡有至少 29 个河流交叉口，大约 450 座各种类型的桥梁（纽约和汉堡各自声称有 2000 多座桥梁，而威尼斯据说有 400 多个河流交叉口）。匹兹堡也有大山，从 19 世纪中叶开始，这里修建了缆车索道，以便将货物、煤炭和通勤者运送到传统火车无法到达的陡坡上。

这是我在匹兹堡度过的第一个夜晚，当巴士行驶时，我计划着明天体验一下缆车。这让我想起了在香港第一次乘坐山顶有轨电车登上维多利亚山顶，欣赏那个遥远但也同样山多水多的城市的经历。我会步行回到匹兹堡金三角，这里是城市的核心地区，该市的两条河流在这里交汇，形成了第三条河流。[①] 晚上，我会和全体机组人员一起去看棒球赛，匹兹堡海盗队对阵芝加哥小熊队。在比赛中，我越来越急切地回想起那天早些时候我在教堂停留时读到的一句话："为我们祈祷，为钢铁之城祈祷。"

现在，我们的车继续向前行驶，周围的环境变得更加发达，但仍然没有一点我们明天将会看到的大都市的迹象。这里没有棒球场，没有摩天大楼，连一条河都没有——更不用说三条了——当森林从我身边掠过时，我又想起了比利时表哥直到快到皮茨菲尔德时才看到这么多树时的困惑。

现在，在快速变昏暗的光线中，我看到前面有一个山坡。在车驶入皮特堡隧道之前，我几乎来不及想道路该如何绕过它。山坡上的森林，除了隧道的入口外，看起来几乎没有被破坏过，我猜测着隧道出口离匹兹堡市中心还有几英里。又或者，这条

[①] 阿勒格尼河和莫农格希拉河共同交汇于俄亥俄河，并构成了一个三角形，所以这里被称为"三角"。又因为这里是整座城市的经济交汇中心，有100多座办公大楼屹立于此，所以这一特性被形容为"黄金"，故而此地有"金三角"的称呼。

隧道会通到市中心，看不到上面的建筑，车直接从城市下方进入这个完全成形的大都市中。

不到一分钟后，我看到隧道的尽头正在向我们靠近。我猜不出远处是什么灯光。接着我意识到，那是摩天大楼的灯光，而且我看到的灯光不是来自大楼的底部，而是中上楼层。

从十几岁起，我就喜欢想象一座城市可能以哪种引人注目的方式向那些接近它的人展示自己。现在，我突然发现这样可能是最有效的。我没时间打开手机相机，因为匹兹堡那些塔楼的灯光正在闪烁、晃动，并且非常迅速地向我接近。于是，我索性把手机扔回座位上。我们驶出被城市的灯光所改变的黄昏，越过树梢，来到一座黄色桥梁——它高高越过三条河流中的一条，然后缓缓地下降，最后降到下面的某条街道。

皮茨菲尔德

我和马克停下来买了3份三明治和2袋苹果甜甜圈。然后，我们驱车前往布斯凯山的山脚下，那是靠近皮茨菲尔德机场的高山滑雪场。现在是9月初，至少在伯克希尔，夏季的炎热已经消失了。今天是个晴朗、干燥、多风的日子，秋天的第一缕火花点亮了我们周围的山顶。

哥哥很少来皮茨菲尔德，除非要和我见面。今天他会一个人来看我们——第二袋苹果甜甜圈是送给他妻子的，她今天要去给人当篮球教练——我们很高兴他能来看望我们。哥哥在一家自行车店工作，在温暖的月份里，大家都想要新自行车，或修理旧自行车。

我和马克下车在停车场闲逛。我口袋里装着一部手机，号码区号是马萨诸塞州西部地区的，这是我离开这个地区很久以后才找到的。还有一张皮茨菲尔德的银行卡，我从六七岁起就一直用着这个账户。当时这家银行在皮茨菲尔德的小孩子中是最知名的，这要感谢那个把老式红色马车停在银行门外的爆米花小贩。我口袋里还有一张伦敦机场停车场的开门卡，和一把来自三大洲各个国家的硬币。在等哥哥时，我们又半真半假地谈起了要在伯克希尔度过晚年的事。我明白，像平常那样，我再一次被一个熟悉的愿望吸引了：来到我生活的第一座城市皮茨菲尔德，住在它附近，而不是它里面，在我的世界的另一端，从一个默默无闻的城市最大限度地回望皮茨菲尔德。

哥哥的车在夏末的灰尘中停了下来。透过后窗，我看到了辐条、车轮和一个明亮的银色自行车车架。徒步远足是我一周中最重要的运动项目。但对他来说，这根本算不上是运动。在远足之后，他通常会绕伯克希尔的大部分地区骑行很长一段路。他喜欢自行车，就像我喜欢飞机一样（我们开玩笑说，我俩有点像莱特兄弟）。但他也很容易因骑车受伤——被刹车线刺穿手掌，从半山腰的小路上摔下来露出骨头——每当我要见到他时，总是很担心。

第四章　愿景之城

不过，当他从车里出来时，看起来状态还不错。我们拥抱了彼此，然后我递给他一罐驱蚊剂。蚊子绕着我们转来转去——现在还没有出现严重的霜冻——但在皮茨菲尔德山及附近的飞行员可以用来识别高度的信标台下，我感觉到了秋天的气息，于是我把一件连帽运动衫塞进背包里，以防寒冷。

我们三个开始走上"漂流者"小路，这是这里最温情的一条小路。我小时候会滑一点雪，但永远比不上那些穿着专用滑雪服或高中队服的孩子们，也比不上哥哥的一半。我对这座山的记忆主要停留在其他孩子从我身边飞驰而过，还有哥哥放慢速度，在面罩和护目镜（用来保护我们免受皮茨菲尔德最寒冷的夜晚的伤害）下大声指导我怎么滑雪的场景上。

我们离开滑雪道，沿着新刷的亮蓝色长方形路标来到一条新开辟的小路，进入树林。直射的光线消失了，小路变得陡峭起来，风穿过树冠发出阵阵叹息。我们来到第一条粗糙的石阶前，这些石阶是在山坡上开凿出来的，要是没有它，山路坡度就太陡了。我们爬上石阶，继续前行，穿过枫树、橡树、山核桃树和山毛榉树，在一些横倒的树苗底下穿行——这些树苗在最近一场暴风雨中倒下了一半，现在斜倚在小路上，卡在其他树木的弹弓状树杈中，看着既令人想笑，又令人担忧。

我们到达了一块倾斜空地的底部，那里有两个几乎是圆锥形的石堆。我们穿过它，蜿蜒而上，来到一个朝南的观景台。这不是伯克希尔最壮观的景色，但前方的树木和下方起伏的地形轮廓增添了它的美丽。

在伯克希尔远处的天际，可以看到莫纽门特山，1850年8月，赫尔曼·梅尔维尔和纳撒尼尔·霍桑（Nathaniel Hawthorne）在这山顶躲避雷雨。1个月后，梅尔维尔在皮茨菲尔德买下了一个农场，农场里有一个很大的壁炉，他那用鱼叉改成的拨火棍就放在壁炉旁。莫纽门特山的右边是埃弗雷特山，我曾经分不清它和珠穆朗玛峰[①]——当时我还小，曾听父母计划要去那儿徒步旅行或野餐。在它远处的某个地方，是纽约的摩天大楼，而在我们的上方和右边，隐藏在山脊后的是一座消防塔，我和哥哥有时会沿着另一条小路徒步前往。当我们还是孩子时，不仅可以爬到塔的底部，还可以一直爬上去，从灯塔里面看风景，这也是我们短暂的快乐。

这里视角不错，但我们觉得还能找到更好的视角。我们回到空地上方的树林里，沿着山脊，向滑雪道顶部走去。我们经过一座电信塔。我在亚利桑那州的凤凰城完成了一部分飞行训练，在某些飞行中，我会被要求在南山顶上的桤杆树林附近驾驶。我喜欢南山这个名字，因为那也是皮茨菲尔德一座小山的名字，离这座山不远。凤凰城那座山上的发射器信号特别强，有时商业电台的音乐会突然闯入航空频率。这是一个很有必要

[①] 埃弗雷特山英文为Mount Everett，与珠穆朗玛峰的西方名称（Mount Everest）形近。——译者注

第四章 愿景之城

的提醒：随着山脊和高楼在这架小飞机的前窗中越来越大，是时候转向了。

我们经过一个堆放着用来营救受伤滑雪者的担架的棚子和一间滑雪巡逻队用来取暖的小屋，还有老式缆车的山顶轴轮和被废弃的终点站小屋的废墟，继续向北走，然后梅尔维尔称之为"最伟大的陛下"的格雷洛克山在眼前拔地而起，再往前走几十米，皮茨菲尔德就出现在格雷洛克山和我们所在的小山之间的低洼处。就在这里，坐缆车过来的滑雪者会完成第一个加速。我猛地呼出一口气，因为我想起了另一个季节的刺骨寒风以及它吹在我脸上时的麻木感。

我们来到一张粗糙的户外木制餐桌前，坐在饱经风吹日晒的桌子上——这样既可以躲避草丛中的蜱虫，也可以更好地欣赏风景。我把三明治分给大家。这张桌子靠近城市一侧的地面上堆着一些烧焦的木头和灰烬——有人在这里生了火，肯定是晚上，然后坐在火堆旁欣赏皮茨菲尔德的灯光。某个晚上，我们也可以这么做一次。我看向哥哥，他正俯视着小镇；又看向马克，他离自己在港口城市南安普敦的童年家园那么远；再看向皮茨菲尔德，一架银色的小飞机正穿过绿地，驶向我们脚下看不见的机场，那是我高中第一次上飞行课的地方。

从这里看，就像从飞过的客机驾驶舱看一样，皮茨菲尔德最具特色的城市景观是100号大楼。它是一个巨大的米白色矩形建筑，这里曾经是组装和测试变压器的地方，现在它是这座城市伟大的制造业时代最著名的纪念碑。我曾从这里沿着一条不起眼的街道——我忘了这街道的名字——向西走，一直走到市中心一排尖塔状建筑和一座高高的酒店里，那儿离我的高中不远，我高中的毕业舞会就是在那里举行的。

我试图在山间找到胡萨托尼克河——我和马克最近在这条河上划过独木舟——的任何一条支流，但无果。恢复这里的生态环境仍然是《伯克希尔鹰报》(*Berkshire Eagle*)经常报道的主题。我曾经送过这家的报纸，现在仍在订阅，不过只是在线阅览。所以有时，当我在金奈、北京或马斯喀特黑漆漆的酒店房间睡不着时，就会用手机在线看《伯克希尔鹰报》，来自家乡的各种新闻会一直陪伴我，直到入睡。

我向北看去，这座城市的复兴体现在我和马克越来越喜欢的那家咖啡馆上，体现在各种稀奇古怪的生意上，包括一家钟表修理店，它那陈旧的招牌——更别提货架上布满灰尘的布谷鸟时钟了——就像个令人眼花缭乱的梦。不远处有一家供应美味炸薯条的小酒馆，还有一家生意兴隆的剧团。再往前走就是我出生的那家红砖混凝土砌成的医院，那也是母亲去世的地方。

我拿了一个甜甜圈——它是用少量从这个山脊远处斜坡上的果园里采来的苹果酿的酒，还有从更远的地方买来的糖和肉桂做的——然后把袋子递给马克和哥哥。我和哥哥经常开玩笑说，我们至少能吃 4 个。或者可以这么说，这些就是我回家的原因。

第四章 愿景之城

　　我再次向外望去,对着绿色的海洋眨了眨眼。我知道这些树的诡计:至少在这个季节,它们有能力掩盖它们下面的所有东西,从我这个角度是看不到的。它们上面的树枝遮住了皮茨菲尔德的许多小型建筑,包括大部分住宅,让人产生一种错觉,认为这座城市比实际的小。我知道这一点,但我仍然忍不住感叹:好多绿色啊。太多绿色了,不难想象,如果再多下点雨,多出几分钟太阳,或者多施点矿物肥,那我们爬到山上就能看到整片森林了。

　　登山的时候我觉得很暖和,但现在我几乎一动不动,暴露在从山顶呼啸而过的寒风中,几个月来第一次感到了寒冷。我期待着第一场雪的到来,想象着雪带来的寂静,以及当雪降下时,它会如何将这座城市隐藏起来。

　　我松开马克的手,开始收拾东西。他和我哥哥在笑着谈论两人都喜欢的一个节目中的某个场景。当他俩从户外餐桌上爬下来准备走时,我把手伸进背包里找我那件捆成一团的运动衫。我花了好一会儿才找到它的袖子,在风中费劲地把它穿上。等穿好后睁开眼睛,城市那个方向一片耀眼的阳光,我举起手遮了一会儿眼睛,然后从被太阳晒得发烫的桌子上爬起来,四下寻找我的丈夫和哥哥。我慢跑着穿过杂草丛,赶上他们,一起下山。

City of Gates

第五章
奇门之城

伦敦、旧金山和吉达

想象一下，在一个大城市里，只剩下几座古老的门。其中保存最完好的已被纳入更大、更现代的建筑中，因此，在火车站大厅里，在一个由玻璃和钢铁组成的明亮的中庭拱顶下，你可以看到摩天大楼的灯光不断上升，直到消失在云层中。你可能会发现一座古老的石拱门和一座塔楼，上面有一块写着它们的故事的牌匾，比如，它们在这座城市被围攻时所发挥的作用。通勤者和旅行者发现，在车站的喧嚣中，他们不再寒暄天气问题，这些废墟成了一个天然的聚会场所。孩子们则喜欢沿着嵌灯奔跑，这些灯光显出了城墙的轨迹，它从大门和塔楼蜿蜒而出，穿过现在人流如织、夜间光可鉴人的火车站大厅的大理石地板，仿佛这座城市的电气化版格言——我喜欢想象，这与马德里城墙最震撼人心的那一段格言相似：我的墙是由火建成的——已经成为现实。

我们也可以说，在遥远的过去，除了守卫最森严的城门外，其他城门在晚上都是关闭的。因此，随着时间的推移，这些城门被称为"午夜之门"。午夜之门在20世纪初随着城墙一起被拆除，但它又以一个地铁站的名义保留了下来，现在这个街区是年轻的公寓猎人们最向往的地方之一。事实上，尽管大门已经不复存在，但其旧址周围的地区比以往任何时候都更有名了。这要归功于这个门的名字很容易被用在诗歌、小说、歌曲以及电视节目和电影中，它既能让人联想到现代大都市 24 小时不停歇的活力，又能让人想起城市中某个焦虑或失眠的夜晚。然而，当地铁乘客听到"下一站是午夜之门，车门将在右侧开启"时，很少有人会想到这个名字的由来。

与此同时，如果你正驾驶汽车，用智能手机导航进城，你可能会听到"您已通过午夜之门，请继续……"，以及即将引你入城的那条路的名字。当你接近它时，那扇早已消失的大门的图像会在手机屏幕上出现，变得越来越大，直到你经过仍然以这个名字命名的地方，它会飞向屏幕的左边、右边和顶部。再往前走，屏幕上道路的颜色就会从灰色变成绿色，表明这里是老城，是城市开始的地方，如果它的城墙仍然矗立着，那么现在在里面的你就安全了。

皮茨菲尔德

我正在皮茨菲尔德郊外的一条公路上跑步，这条路几乎是笔直地通往一座森林茂密的小山。一只鹿跑开了，一群火鸡挤在最后一栋房子的草坪旁边，还有一个黑乎乎的东西——是只浣熊还是头豪猪？——在我跑步的这条路旁的陈年落叶中穿行，弄出沙沙的响声。

正值盛夏，我浑身已经被汗湿透了。我继续向前跑，沥青路变成了土路，不久就到达了山顶。那里有两扇门，左侧大门禁止车辆进入通往水库的道路，但行人可以沿着别人在门旁边踩出来的一条小路通过——这条小路有时被称为"微笑之路"，因为它的形状像圆括号。右侧大门横在一条曾经崎岖不平的道路上。自从停止维护后，这些年来，这条路实际上已经变得与伯克希尔的其他森林小径没什么区别了。

我把手放在右侧门上。我知道，用不了一会儿，就会有几只蚊子找到我。我知道待不了多久，但在冰凉的金属栏杆上休息的感觉真好。当我用手指按压脉搏时，感觉到脉搏在跳动。这和我最近去吉达工作时看到的城门完全不同，同样是城门，为何如此不同呢？我计算了一下沙特阿拉伯西海岸的时间，估摸着那里现在肯定更热，因为即使是在冬季，那里也是如此。我还想到了这条小路通向的野生动物保护区和高中生物老师奥尔茨先生。他告诉我们，生命在多大程度上依赖细胞膜或细胞壁来完成许多非常重要的事情：阻挡熵和入侵者，但允许原材料、能源和信号进入。

我把身体向冰凉的大门靠得更近了一点，看了看门上的锁。如果让我选择最喜欢的两个城门的名字，我可能会选择吉达的麦加门（Mecca Gate）、伦敦的摩尔门（Moorgate）和哥本哈根的诺尔门（Nørreport）。我想，面前的这扇门肯定没有名字。我收回手，用被大门冰了一会儿的凉手擦了擦额头，转过身来。从这里看，大部分树木都在我下面，我开始往下跑，眨眼就把它们都变成了塔。

伦敦

在北线地铁的国王十字车站，我把包夹在两腿之间，这样当地铁驶近卡姆登镇站和尤斯顿站之间的隧道并发出刺耳的轰鸣时，我就能腾出双手，捂着耳朵。

我闭上眼睛，想象一座城市的地铁不会发出这样的噪声，然后再次睁开双眼，盯着车厢对面的北线地铁地图和上面的两个名字，这两个名字都是那么动听：海格特（Highgate）和摩尔门。

第五章 奇门之城

　　小时候，我为幻想之城画地图，城市的边界经常是模糊不定的。随着年龄的增长，它们变得越来越清晰，也许是因为我开始意识到城墙的存在和其历史的重要性。也许，当我那么笃定地继续把所有希望都寄托在那些遥远的城市上，希望有机会更轻松地做自己时，我开始意识到，一个可以提供这种保护的地方本身也需要保护。

　　卡尔维诺在《看不见的城市》中这样写道："是什么将城内和城外、车轮的隆隆声与狼群的嚎叫声分开？"城市的城墙和城门一定是由如同推动细胞进化一样的压力产生的。但随着城市的发展——和幸存，这在一定程度上得益于它们的城墙，因为城墙可以减少城市被围攻和入侵的次数——城市的管理者倾向于拆除城墙。这些石头可能对其他建筑有用，而被拆除的城墙所留下的痕迹往往会成为道路，尤其是环路。

　　现今，大多数城市的城门或城墙都已支离破碎，或完全消失，但由城门和城墙构建的城市边界内是安全的这一古老承诺可能会继续存在。对我来说，大门所带来的威严感和安全感还是那么迷人，每次看到一座城市的地图，尤其是欧洲和亚洲一些非常古老且有城墙的城市的地图时，我的目光首先就会被那里门的名字所吸引——如果名字是英文的，或名字中有我认识的字符，比如"porte""puerta""tor"，或"门""門"。

　　就这样，在许多城市里，大门以社区、街道、教堂和车站的名字继续存在着。每一扇门都是一个传送门——也许是通往

随身携带的城市

这个大都市一个更古老、更微小的世界，也许只是通往其中的一座城堡或宫殿。不过，我想，并不是伦敦所有门的名字都是一样的。车厢颠簸着，咆哮着，我想象着火花从车轮和轨道的碰撞中旋转而出，进入一片黑暗中。摩尔门就尤其引人注目，因为我把它与荒野联系在了一起[①]——多亏了夏洛克·福尔摩斯——当然，这条街的名字很直白，叫"伦敦墙"，离摩尔门车站很近。拉德盖特（Ludgate）听着也不错，还有奥尔德斯门（Aldersgate）和克里普门（Cripplegate）也都很不错。旅行者会在同样起防御作用的巴比肯附近遇到它们。

伦敦曾经有一个 Newgate，纽卡斯尔也有，突尼斯、开罗和耶路撒冷也有。除摩尔门外，我最喜欢伦敦的"主教门"这个名字，部分是因为它体现了宗教的威严感，但主要是因为它现在也是一条大道的名字，有"主教门78号"这样的现代地址（就像皮卡迪利大街、白厅大街或斯特兰德大街上的那些地址一样）——对我来说，不含"大街"或"大道"的地名更显庄严。

我在国王十字车站下车，等环线列车。这条线路有三个包含门的站名：摩尔门站、阿尔德盖特（Aldgate）站和诺丁山门（Notting Hill Gate）站。诺丁山门和海格特一样，是以一个收费站命名的，而不是以穿过伦敦以前的城墙的通道命名的。

[①] 摩尔门的英文是"Moorgate"，荒野的英文是"moor"。

第五章 奇门之城

我第一次被皮茨菲尔德的国王十字车站的名字迷住,是在听到一首宠物店男孩(Pet Shop Boys)唱的关于该车站及其周边地区的歌时。在他们的另一首歌中,我听到了另一个车站的名字——芬兰站,这个站不是在芬兰,而是在圣彼得堡——这个名字在我脑海中留下了更深的印象。我喜欢这种用一个地名来给另一个地方命名的想法。

长期以来,用一个地名给另一个地方命名的方式在门的命名上很受欢迎。奥兰加巴德,印度的"城门之城",据说曾经有52座城门,其中一座至今仍矗立在那儿,以与它遥遥相对的城市德里命名。德里和拉合尔都有一座以克什米尔命名的大门,它们都朝克什米尔地区的方向敞开。耶路撒冷有大马士革门和雅法门。

有时两座城市的城门会互为镜像:在汉堡的交通地图上,可以找到以柏林门命名的车站,而柏林曾经也有一个汉堡门。在根特曾经矗立着一座布鲁日门,而在父亲求学的城市布鲁日,也有一座根特门。

传统上,许多城市在晚上都会关闭城门。这是一种预防措施,会让人想起当初为什么需要城墙,以及城墙外的黑暗曾经意味着什么。比如,哥本哈根的诺尔门曾经是午夜后唯一开放的城门,那时游客需要向看门人支付一点费用才能进城。在某些时代,吉达的城门会在日落时关闭,但海关门和麦加门除外,前者会在日落后继续开放1小时,后者则会在日落后继续开放2小时。然而,在斋月期间,由于许多白天的活动都受到限制,这两个城门会一直开放到午夜。在夜间宵禁期间,首尔的城门(其中 6 座城门和大部分城墙至今仍屹立不倒,有一座宏伟的博物馆是为之而建的)会关闭;它们的开放和关闭是通过敲钟来宣布的,现在除夕夜也敲钟,好像是为了迎接新的一年。

环线列车驶近帕丁顿站,我和车上那些拖着行李的人准备下车。我拉着包上楼,向 7 号站台走去,登上了前往希思罗机场的火车,然后停下来,转过身,仰望着我最熟悉的伦敦火车站站台的穹顶。这个宏伟到不能称之为"火车棚"的地方上方的朦胧感,已经和大多数老式柴油火车一起消失了,但在这样一个雾蒙蒙的早晨,或者晚上,如果你眯起眼睛,还是很容易想起它。

车厢门"哔——哔——哔"地响着,提示车门即将关闭。我放好行李,在列车的右侧找到一个靠窗的座位。在商务人士和背着背包的年轻旅行者中,我看到有人穿着和我一模一样的制服。我不认识他,但还是向他微微点了点头。然后,我转身朝向窗户,窗玻璃反射的清晰倒影吓了我一跳。在列车驶出城市时,我对着窗户整理了一下领带。

旧金山

我向西北方向的金门公园走去,手里还有几张寻人启事,所以每隔几个街区,只要在公园里或在围着长椅聊天的人群中遇

第五章 奇门之城

到无家可归的人,就会停下来和他们聊一聊,并递给他们一张。

探险家约翰·C.弗雷蒙(John C. Frémont)将这条通往旧金山湾的海峡称为"金门",以唤起希腊人对拜占庭中心水道金角的记忆。(也许他还知道君士坦丁堡的金门,它通往罗马的埃格纳蒂亚大道。)

在一些早期的地图和资料中,弗雷蒙对"金门"的英文翻译是很随意的。然而,无论在希腊语还是英语中,"金门"这个名字都是再好不过的。昨天,当我们的波音747在那座与之同名的灰红色高楼——这些高楼从白浪中拔地而起,猛烈的西风掀起阵阵海水撕扯着它们,而我们的导航计算机必须要考虑这一点,才能计算出连续的航路点之间的飞行方向——上方转弯时,我又一次想到,世界上可能没有比这更好的通往城市的天然大门了。

小时候,我会在心里把其他孩子分为快乐的和悲伤的,虽然用外向和内向这两个词可能更准确。亨利住在离我家几条街远的地方,他十几岁时就和伯克希尔那帮人走得很近。他开朗乐观,笑起来很有感染力。在寻人启事的照片中,他的笑容就很明亮,很温和。他在高中度过了一段快乐的时光,也就是说,他偶尔会惹麻烦,但他是个好孩子——每个人,甚至那些有时会因他而感到沮丧的老师和学校官员,都认可这一点。大学毕业后,亨利爱上了一位年轻女子,搬到了旧金山,在那里找了一份与电脑有关的工作。

但几年后，他的生活开始崩溃，原因之一是吸毒。他丢了工作，把财产都变卖了，恋情也结束了。很快，他就无家可归了。与此同时，亨利的母亲和哥哥试图劝他接受封闭式治疗，但他一直不愿意。

我父亲一直特别喜欢亨利。2004年，就在圣诞节前几天，他飞到旧金山去找亨利。这是父亲唯一一次使用我这个新入职的飞行员提供给他的折扣备用机票。一到那里，73岁的父亲就花了一周左右的时间，在收容所、社区中心、公园、街上，特别是亨利经常出没的卡斯特罗，打听亨利的情况。最后，父亲在大都会社区教堂的免费膳食服务中心找到了亨利。在接下来的几天里，他们去吃了百吉饼，去了中餐馆，还去了公共图书馆。晚上，亨利睡在父亲在多洛雷斯教区附近的一家汽车旅馆预定的房间的小床上。父亲在日记里描述了他们的最后一顿饭：

> 他选择在市场街2217号的孟买印度餐厅吃晚餐。服务员又给我俩拍了两张照片。他一次又一次地拥抱我，向我表达感谢，然后我们告别了。
>
> 那是一个寒冷的夜晚。我们看到商人们把空纸箱板摆在外面，他准备在睡的地方下面放几层纸箱板，以防地面的寒气。他没有睡袋或帐篷，但他的行李袋里有一条毯子和一些保暖衣物。我告诉他别忘了前一天藏在灌木丛里的那个黑袋

子里装着可以换钱的空汽水罐。他很清楚自己把它放在哪里。我朝汽车旅馆走去，他在相反的方向消失了。

3个月后，74岁的父亲在一次例行支架植入手术后因中风去世，去世前他身体其他方面状况良好。他去世2年后，我开始驾驶波音747，经常飞往旧金山。那时我对这座城市还知之甚少，但它的前卫，尤其是对同性恋者的包容态度，一直吸引着我。然而，这些年来，亨利的生活提醒我，在一个离你从小居住的城市如此遥远的地方迷失自我意味着什么。飞行结束后，我和同事们会一起去吃晚餐，我们会一路谈笑着，有时会猛地一下意识到，我总是忘了观察身边经过的那些年轻的无家可归者的面孔。当我一个人出去时，我会张贴寻人启事，或者在收容所、公园或街上寻找亨利，但我从来不像父亲那样善于此道。直到多年之后，我才终于找到他。

吉达

我放下手中的茶杯，拨动传输信号的开关。"晚安，雅典。"我回复道，接着是这条航路上最后一位希腊管制员发来的新频率。我在键盘上敲下新频率的代码，再次开口说话："开罗，开罗，晚上好。"

我每次飞从伦敦到吉达的航班都是在晚上，这让我很难记住这是一名伦敦大型客机飞行员可能飞行的最短航线之一，因为整个航程都一直在喝茶、漫无边界的夜空以及午夜时光三者之间来回循环。希腊管制员将管制权移交给埃及管制员时，我们刚飞过克里特岛，但亚历山大港附近船只的灯光几乎就要映入视野。从驾驶舱看去，这些文明如此接近，一个接一个地出现，这让我不再对那些我们用来描述埃及古老文化的词语——莎草纸、象形文字、石棺、金字塔——感到惊讶。

现在，埃及已出现在我们的视野中。凌晨一两点钟，向北流动的尼罗河冲积而成的宽阔三角洲在呈扇形分布的居民点的漫天灯光中闪闪发光。当飞机越过亚历山大港继续向南，逆着河流反向飞行时，这个光锥随着河流逐渐变窄，直到开罗密集的灯光淹没整片黑暗。离开开罗后，生命越来越紧地依附在看不见的尼罗河上，从上空往下看，很容易把下面灯火通明的像流线一样的聚居区误认为尼罗河。

不久之后，我们经过卢克索附近——这里以前叫底比斯，或百门底比斯（古希腊大诗人荷马称底比斯为"百门之都"），以区别于希腊的七门底比斯——然后向东急转，飞向埃及的红海海岸。我们现在还在埃及领空，之后就要开始准备在吉达降落。东方天空云层最薄的边缘开始变亮，而其上方星星密布的黑暗中还没有一丝天亮的迹象。我们朝着慢慢变亮的地平线，在水面上疾行，转向远处海岸上的灯光——有时候，在万里无云的夜晚飞行，就是这么简单。

第五章　奇门之城

根据《吉达：一座阿拉伯城市的画像》(*Jiddah: Portrait of an Arabian City*)一书的作者、历史学家安吉洛·佩塞的说法，第一架载着麦加朝圣者的飞机于1938年在吉达着陆。那架飞机被命名为"闪电"，之所以以一种长着翅膀、像马一样的东西来给它命名，据说是因为是它把穆罕默德送到耶路撒冷的。我们驾驶一架没有名字的喷气式飞机穿越红海，然后沿着人迹寥寥的城市街道向北航行。这里的跑道不仅与风向平行，而且与海岸线也平行。当我们降落时，城市的海滨从左侧的驾驶舱舷窗掠过。飞机的右侧是麦加，还有阿拉伯半岛的其他地方，以及太阳即将升起的山头。

吉达，约有400万居民，是沙特阿拉伯的第二大城市。它是这个国家的商业中心，据说它所展现的是一种外向的沿海世界主义，与首都利雅得的稳重形成了鲜明的对比。利雅得距离吉达大约500英里，相当于底特律到纽约的距离。

几个世纪以来，吉达这座城市的名字有许多罗马拼写方式[①]。这种多样性使人们注意到了吉达的历史及其重要性：外国人很早就和这座城市建立了联系，并试图用自己的语言把它的名字写出来。

这个名字的词源通常被认为是阿拉伯语中的"祖母"——

---

① 原著中此处列举了多个发音相近的单词，分别为：Jeddah、Jiddah、Jedda、Gidá、Gedda、Jidda、Djeddah、Djuddah、Juddah、Djudda、Zida、Dsjidda、Judá、Guida、Grida、Zidem，是为了烘托多样性在地名中的体现。——译者注

词，这个词源与吉达和夏娃之间的联系——吉达和夏娃之间的联系至少可以追溯到 10 世纪，并以位于城市东北部的坟墓为中心，据说那里是夏娃的安息之地——交织在一起。然而，这座城市的名字还有其他解释。11 世纪，阿拉伯地理学家阿巴克里（al-Bakri）写道"吉达是指与大海或河流相邻的那部分土地"，而佩塞收集了历代旅行者记录的其他可能的含义，包括"道路""公路""这座城市是通往上帝之家的道路"——也就是通往麦加。这座城市的名字还可能包含"富饶""有水的平原"或"海滨"等意。所有这些在现代游客听来都很准确，即使不那么令人回味。

吉达的早期历史已经失传，不过在最初的几个世纪里，不管是什么时候，它的人口肯定只有几百人——用佩塞的话说，"顶多是个小渔村"。公元 2 世纪，托勒密虽没有提到吉达，但他确实提到了吉达以东 50 英里处的两个居民点，即我们现在所知道的麦加，以及往北约 250 英里处的麦地那（"麦地那"的字面意思是"城市"，实际上是"发光之城"的简称）。

吉达的第一道城墙是由来自波斯的移民在 6 世纪建造的。穆罕默德于 632 年在麦地那去世，他的女婿奥斯曼·伊本·阿凡（Uthman ibn Affan）成为第三位哈里发。他为麦加寻找到一个港口，与当时正在使用的吉达南部的港口相比，这个港口可以提供更多的安全保障，能更有效地抵御海盗的入侵。阿凡在这里的海水中洗完澡后倍感舒适，于是邀请"他的追随者跟他

第五章 奇门之城

一起来到这里"。他指定这个新兴城市为麦加的官方港口。从那时起,吉达就成为那些需要乘船前往麦加的人的中转站。随着穆斯林世界的扩张——繁荣的商业路线使长途朝圣成为可能,而这在一定程度上又推动了这种扩张——越来越多这样的朝圣者来到这里。

16 世纪初,葡萄牙在印度洋的军事和商业力量因新开辟的环绕南部非洲的航线而崛起,这不仅威胁到了吉达的贸易利润,也威胁到了这座城市本身。因此,吉达重建了城墙,而且就在 1517 年 4 月葡萄牙第一次试图洗劫这座城市之前不久。在同一时期,吉达,就像埃及和红海的大部分地区一样,落入了奥斯曼帝国的正式控制之下(在阿拉伯的劳伦斯时代和 20 世纪现代沙特国家的建立之前,吉达基本上都以这样或那样的形式存在着)。从 17 世纪开始,荷兰和英国作为海上大国的崛起进一步削弱了它的贸易财富。然而,18 世纪(当时吉达的城墙已经破败不堪,有些地方甚至可以骑马越过),英国东印度公司在这里保留了一个仓库。19 世纪,根据一份为该公司员工编写的指南,我们得知这里的商品包括豆蔻、姜黄、麝香、水银、檀香和硝石。

对于现代游客来说,吉达也有很多值得一看的地方。这座城市有许多户外雕塑,包括穆斯塔法·森贝尔(Mustafa Senbel)、亨利·摩尔(Henry Moore)和琼·米罗(Joan Miró)的作品。这里有世界上最高的喷泉,它以每小时几百英里的速度向天空喷射高达 300 多米的水柱，在夜间形成一道明亮的羽状物，在黑暗中飘荡，然后又滚落海中。

从大喷泉下面，这座城市沿着红海的海岸展开了它长长的、被摩天大楼装饰的手臂。吉达的滨海大道——滨海大道这个词通常指的是在悬崖边缘开辟的沿海公路，但许多海湾城市都用它来指称海滨长廊——是整个阿拉伯半岛我最喜欢的地方之一。它最吸引人的部分是自行车道。高耸的白色遮阳板，就像机场的朝圣者航站楼一样，让人联想到风帆和沙漠帐篷的线条。沿途还有一些小吃摊，挤在那些青翠欲滴的草地边——日落之后，很多几代同堂的大家庭会在这些草地上野餐。

除了"红海新娘"外，吉达还被称为"领事之城"或"领事馆之城"，因为越来越多的外国人关注到这座城市及其周边地区，他们有时会在这里享有特权，即使阿拉伯世界其他地区仍然是外来者难以随便穿行的地方。

然而，对我来说，吉达最常见也最独具特色的别称是"麦加之门"。

因为一座城市如此坦率地用另一座城市的神圣和尊贵来装点自己，这非同寻常。简而言之，吉达位于两个天然大门之间。红海的大部分海岸线上都有着长长的锯齿状礁石，它们是劈开船体的理想工具，就像过去的强盗一样，可能会伤害那些设法上岸的失事船只上的幸存者。然而，有一条水道——除了当地的飞行员外，其他人很难找到——能穿过礁石，通往吉达港口的安全地带。伊本·朱拜尔（Ibn Jubayr），一位出生于巴伦西亚的穆斯林，在 12 世纪 80 年代前往麦加的途中在吉达附近遭遇风暴，他记录了他对水手们的钦佩和感激之情，"这些水手进入狭窄的水道，并像骑手骑着一匹轻便而温顺的马一样顺利通过"。

第二道门在陆地上：千百年来，东部的山脉被侵蚀，形成一条从麦加通往大海的道路。这似乎注定了这座城市会在海中的这道门和山中的这道门之间崛起，并且从沉积的礁石中开采的石头成了这座城市天然的建造材料。

旧金山

当我驾驶着从加州租来的汽车向北穿过金门大桥时，我高兴地想，其他司机可能会觉得我就住在这里，他们可能会以为我就是一个加利福尼亚人，经常穿行于这座桥上。所以，当我看到附近的高楼笼罩在雾中，而它旁边的建筑却清晰可见时，我表现得像他们一样毫不吃惊。

昨天，我驾驶最后一班波音 747 抵达旧金山。今天早上，我要去看亨利，因为得知他住在城北的一家精神病院里。他母亲提醒我今天是他的生日，所以我租了车后，从一家超市的面包坊买了几个装饰鲜艳的超大杯纸杯蛋糕。

当我在淡黄色的光线下从清晨的薄雾中走出来时，气温是十几摄氏度。而当我把车停在医院时，气温已经超过 30 摄氏度。我报了自己的名字，伸手从钱包里拿出驾照，看了看上面夹层卡上的电话号码。作为飞行员，我可以从世界上任何一座城市免费拨打这个号码，与医生交谈——由于这个特权在全球范围内都有效，包括在许多居民无法获得高质量医疗服务的地方，因此它不仅让人放心，而且比我知道的任何其他特权都更有说服力。有一次，我不得不从墨西哥拨打这个电话，大约一个小时后（尽管已经是半夜了），一位医学专家敲开了我酒店房间的门——他穿着一身厚厚的深色西装，背着一个老式医疗包，郑重地把名片递给我。

我向警卫出示了驾照。他记下细节就走了，过了一会儿回来说，亨利不想见我。我告诉他，我走了很远的路才来到这里，问他以他的经验判断是否值得等一段时间再去问问亨利。警卫耸耸肩说，这得看他。这意思就是，除了亨利还有谁能知道呢。我想哭。我希望，比很久以前更强烈地希望，此刻父亲能在这里，因为父亲会知道接下来该说什么，做什么。

过了一会儿，我问警卫，是否能把蛋糕交给他，让他带给亨利。他说，这不允许。我低头看了看那些超大杯纸杯蛋糕，它们完好无损地装在精美的透明硬塑料盒里。我问警卫要不要这些蛋糕。"我不要。"他说着，突然挺直了身子。于是我把蛋糕拿回来，顶着白天的高温，走回车上，然后把蛋糕放在旁边的副驾驶上，找到回高速公路、金门大桥和城市的路。

第五章 奇门之城

吉达

手机闹铃声响彻整个酒店房间。我关掉闹铃,取出耳塞,穿过房间,走向透过窗帘下缘的褶皱射在地毯上的光线。

我把窗帘拉开,盯着窗户和通往小阳台的玻璃门。它们都是湿漉漉的,有那么一瞬间,我眨着眼睛想:下雨了?吉达下雨了?不过,这不是雨,而是冷凝水。酒店的房间温度很低,外面的空气又很潮湿,就像夏日午后从冰箱里拿出一罐苏打水一样,整幢大楼外层都覆着一层冷凝水。这些水滴越聚越多,往下面的楼层流去,从窗内看就像下雨了一样。

正如旅行家阿马卡迪西(al-Maqdisi)在 10 世纪时对吉达的描述,它一直都"非常热"。盛夏时节,吉达的酷热让我想起了纽约 8 月的时光——当你走过一栋紧靠人行道的巨型建筑物的空调口时,你可能会把身子缩成一团或伸手挡住自己的脸。只是在吉达,似乎整座城市都受到了同样的吹风机式的狂风的冲击。

除了天气炎热,我今天待在屋里的另一个原因是,今天是斋月的某一天,如果我想在市里吃饭,必须得等到日落之后。我去了健身房——在那里,我发现旁边跑步机上那些健身的人甚至连水都不喝——然后回到房间看书,又写了点东西。过了一会儿,我站起身,伸伸懒腰,走到狭窄的阳台上。

我的房间朝东,远离海滨和那些耸立在海边的高楼——主要是其他酒店。外面大多是一些白色、米色和铁锈色的低层建筑，还有宣礼塔、通信塔、购物中心、棕榈树和金褐色的山脉。如果我稍稍眯一下眼睛，忽略这里潮湿的天气和宣礼塔，很容易误以为自己身处凤凰城。

桌上的麦加指南针让我想起了飞机飞行管理电脑上名为"伊斯兰"的航路点。当有乘客向机组人员询问祈祷的方向时，即使我们离麦加很远，也能快速定位它的方向。今天，在吉达，我有史以来第一次这么近距离地接触这座城市。我想，马上就是黄昏了。当这座城市和麦加之间的山峰变成玫瑰色和深红色时，我下楼来到了街上。

文艺复兴时期的学者库萨的尼古拉（Nicholas of Cusa）在一项关于感知和创造的本质的思想实验中，描述了人是如何完全在想象中构建一个世界的：只用我们通过感官收集到的信息。他把这些信息比作城市的大门："宇宙学家是一个拥有感官和智慧的完美生命体，他的内部世界有5扇门，也就是我们的5种感官。全世界的使者都进入这些大门，带来了世界的信息。"

5种感官，5扇门。1050年，根据波斯作家和旅行家纳西尔·胡斯拉（Nasir Khusraw）的说法，吉达有两扇门："一扇朝向东部和麦加，另一扇朝向西部和大海。"对一个要为内陆圣城服务的港口来说，这肯定是最低要求。13世纪时，出生于大马士革的地理学家伊本·阿穆贾维尔（Ibn al-Mujawir）认为吉达有4扇门；根据16世纪晚期一个被葡萄牙人奴役的非洲人的记录，吉达有3扇门；在1851年的奥斯曼地图上，吉达有7扇

第五章 奇门之城

门:沙特小说家莱拉·阿尤哈尼(Laila al-Juhani)最近在她的小说《贫瘠的天堂》(*Barren Paradise*)中提到了9扇门——麦加门、也门城门、新门以及另外6扇通向大海的城门:

> 你已经知道,我们所钟爱的事物对我们有很大的魔力,但怀疑可以促使我们走得更远,有时还会让我们奔跑起来。你已经穿过吉达的小巷,奔向了爱的终点。现在你在海边……游到离海滩不远的地方,离吉达和9扇城门不远,每扇门都有2名哨兵把守,他们会问每个来访者通过城门的密码。每扇门都有密码:大海,请掀起波浪;云彩,请睁开眼睛;吉达,请打开城门。

当我到达吉达老城的郊区时,夜幕降临。空气变得凉爽起来,祈祷声回荡在耳边。在红绿灯前,微笑的男孩和年轻人跑到汽车旁,递上系得松松垮垮的透明塑料袋,里面装着传统的开斋礼物——枣和水。也许因为我看起来就是游客,我得到的东西多得都拿不了。跑完步后我饿了,狼吞虎咽地吃了这些甜滋滋的枣,然后我一如既往地惊讶于这么自然的东西竟然这么甜美。

在一座清真寺外,数百名男子席地而坐,吃饭、喝水、大笑。很快,沿着一条繁忙的多车道公路,我来到一扇城门前。这是一个巨大而可怕的石头防御工事,对我来说,它就像是城堡周围的一面幕墙。它由两个圆形堡垒组成，顶部有留有孔洞的护墙，在一个尖形拱门的两侧形成一个大约 7 米高的入口。我穿过大门，然后穿过马路，来到一个依然是泥地的地方，在棕榈树和明亮的灯光下，重建的吉达城墙的残骸就矗立在那里。我请一个路人给我拍了张照片，然后谢过他，继续往前走。

我现在进入的这个地区，每 100 个吉达居民中只有 1 人居住在这里，它在英语中被称为"Old Jeddah"或"Old Town"，而在阿拉伯语中被简单地称为"Al Balad"，即城镇。它与这个现代化的、高速公路环绕的大都市形成了鲜明的对比，似乎格格不入，好像某个时代的人不知道如何处理他们手中的另一个时代的遗物。事实上，它迷宫式的布局在很大程度上仍然遵循着至少可以追溯到 16 世纪的模式。这也许最能反映这座城市气候的恶劣程度。街道——其中许多就像吉达机场的跑道一样，与主要风向的西北风走向一致——足够狭窄，可以帮助居民遮挡阳光，而沿街高大房屋的上层可以捕捉到吹过的微风，再加上各楼层之间的温度差异，据说可以形成一股舒适的气流，然后穿过房屋。

阿沙菲清真寺的宣礼塔估计有 900 年的历史，而这座城市最古老的建筑据说是一个可以追溯到 12 世纪的仓库。然而，老城最著名的建筑是那数百座 19 世纪的罗山塔式房屋，它们以独特的飘窗设计而得名——飘窗在中东地区很常见。这些华丽的飘窗——由进口的硬木雕刻而成，就像这里所有的木材一样，选择它们是因为它们非常适应这里的湿度、热量和昆虫——向街道延伸,扩大了房屋的生活和睡眠区域,并在保护隐私的同时增强了通风效果。在吉达,一栋楼的罗山可能会与另一栋楼的相连,形成一个全新的类似于外墙的结构。它们被刷成白色或粉色,上面的雕刻通常是一代又一代商人,当然还有朝圣者带到吉达的亚洲传统。

当我穿过城门时,商店已经灯火通明,为晚上的生意做好了准备。灯光并没有照到那些高大的黑暗建筑上。我问自己,吉达老城是如何在追求财富和城市规划的浪潮中幸存下来的——这些浪潮已经淹没了许多海湾居民点的历史。如今,在这个时代,许多像吉达这样的海湾城市都在精心展示它们前石油时代遗留下来的东西,而吉达老城的许多地方却显得不修边幅,也没有被美化。卖杂货和廉价塑料制品的商店和摊位与清真寺、传统咖啡馆和似乎再过几个小时就会倒塌的房屋挤在一起。猫咪们在看似废弃的建筑工地的阴影中互相追逐。我从一条光线暗淡的小巷拐进一条窄得不能过汽车的小巷,然后拐进一条拥挤但稍微亮一点的街道,在霓虹灯招牌和一串串五颜六色的彩旗下,经过一排雕刻华丽的天蓝色柚木门。吉达原有的城墙也许已不复存在,但老城区给人的感觉仍然是一个自给自足的世界。

我是偶然走到这里的,这似乎是我去吉达老城任何一个地方的必经线路,比如老城最西部或者港口门(Bab al-Furda,虽然叫"港口门",但它并不在海边——这就是现代城市向西填海

随身携带的城市

扩张土地的结果——而是在一个以珠宝、手表和香水店以及几个购物商场为主的街区里）。港口门是由四根长方形石柱建成，中间有一个半圆形的拱门。在雅致的聚光灯下，可以看到一条人行横道直接通向它。它看起来完全是一种仪式性的建筑，而非军事性的建筑，设计它似乎只是为了唤起边界的威严感，而这边界是前人浴血奋战得来的。在它前面有一些路标，有点像我在马萨诸塞州许多十字路口看到过的标志，上面用措辞严厉的英语（而不是阿拉伯语）写着，"国家法律规定车辆要为行人让行"。

我给马克发了几张城门的照片。他在南安普敦长大——约翰·温思罗普和追随他的清教徒们就是从那里出发，远渡重洋来到波士顿，并将其建成"山巅之城"的——城墙和城门的概念散落在他童年的风景里。马克小时候和他的兄弟从南安普敦市中心回家时乘坐的巴士，就是从他们城市的城墙遗迹附近的一个站点发车的，在那里能看到 12 世纪修建的古城门（Bargate）。马克的母亲珍总能分清楚是在"古城门上方"还是"古城门下方"，前者是她最喜欢的商店所在的街道，后者则是在城门以南，在旧城墙那边的路上，通往这个港口城市的水门遗址。

我从吉达的港口门回到老城区。英国少校亨利·鲁克（Henry Rooke）在 18 世纪晚期访问过吉达，他在书中描述了吉达"总是爆满"的咖啡馆，还说"那里的老百姓总是聚在一起喝咖啡，就像我们聚在小酒馆里喝啤酒一样"。我在一家咖啡馆点了一杯卡拉克茶，这是用炼乳、小豆蔻、肉桂和丁香调制而成的一种饮品。这里还有扎姆扎姆水卖，它是从麦加的一口井里采来的，是朝圣者带回家的传统礼物。咖啡馆老板坚持要送我一瓶作为礼物，于是我们就聊了起来。

像许多住在老城区的人一样，他不是在沙特出生的，他是来自埃及南部努比亚的老移民。我不知道他是否因朝圣而来到这里，但他不会是第一个这样做的人。据估计，吉达的大多数居民都是朝圣者或商人的后代，他们来到这里后就再也没有离开过。他问我为什么在吉达。我告诉他我是个飞行员，前一天晚上刚从伦敦飞来，越过他在埃及的家乡。然而，他并不想讨论飞机或努比亚。因为我既是英国人又是体育迷，所以他想和我聊聊板球和曼联。

我端着茶走进咖啡馆的座位区，找了一张桌子，把包放在上面，然后走到房间的前面。我看到一份裱好的1926年法国杂志上的一篇文章，作者说吉达（"祖母之城"）的精致建筑没有现代或欧洲建筑的痕迹，但很遗憾的是，也缺乏宏伟的大型公共纪念建筑，比如开罗和大马士革的喷泉。墙上的玻璃柜里放着一部老式电话、几盏油灯和一本据说已有600年历史的《古兰经》。我在一个摊位上买了几张明信片，只是因为我来过沙特阿拉伯几十次，这是我唯一一次见有人卖明信片。

座位区远处的墙上挂着一张摄于1940年左右的带注释的黑白航拍照片，照片中吉达的城墙还矗立在那里。在照片上还可

随身携带的城市

以看到麦地那门、几座清真寺、一座监狱、海水冷凝器、埃及公使馆、英国公使馆和新门——这是20世纪初，专为汽车进城而建造的，照片上的城市里确实可以看到至少一辆汽车。

照片上的吉达看起来很古老，比一个村庄大不了多少，或许是因为照片中大部分是保护居民免受海上敌人侵犯、免受沙漠侵蚀的城墙。事实上，很容易从这张照片联想到这座城市已知最早的一幅画——那幅画是16世纪一位葡萄牙书记员绘制的，他曾陪同这座城市的破坏者到过这里。在那幅画中，画的左上角写着"吉达"的字样；高耸的城墙围绕着一个建筑物密集的半圆形结构，构成整座城市；一支只葡萄牙人的舰队——一些船只扬帆航行，另一些划桨而行——在近海区集结。那幅画是那么写实，那么典型，就像卡尔维诺可能暗示的："这个世界只存在过一座城市，无论在现实世界中它们的名字或结构如何不同。"它还表明，这个如此重要的堡垒曾经一定经历过像500年前那位葡萄牙书记员所记录的那种艰难的考验：一支远道而来的舰队兵临吉达城下，就要摧毁这座城墙塔楼上悬挂着旗帜的城市。

我离开咖啡馆，来到老城中心的一个广场。广场上有一棵树、一门缴获的葡萄牙大炮——上面睡着一只猫，还有吉达最著名的建筑：纳西夫之家。这座建于1881年的7层建筑，在1970年之前一直是这座城市最高的建筑。据说它的楼梯很宽，可以让骆驼直接把货物运到4楼的厨房。

第五章 奇门之城

广场上的树是印度楝树,属于红木科。据说这棵树是在 19 世纪晚期种的,是吉达最古老的树。有人说,在 1920 年之前,它是吉达唯一的一棵树。如今,这座城市的道路两旁和海滨有数不清的棕榈树,需要大量灌溉的绿化景观随处可见,但其成本难以想象。这座位于阿拉伯沙漠边缘的城市的潜在沙化危机,远远超出了熟悉亚利桑那州或加利福尼亚州被灌木丛或仙人掌点缀的地形的人的预期。在 11 世纪,一位游客写道,这座城市"根本没有植被",而在 16 世纪,另一位游客记录说,"这片土地产不出任何东西"。

今晚,我坐在印度楝树下,听着它的枝叶沙沙作响——像好多还未睡熟的鸟儿发出的声音,想起几个吉达人给我讲的故事。一名从摩洛哥经吉达前往麦加的朝圣者希望向住在这棵树旁的一个房主表示感谢,因为房主给了他食物和礼物。朝圣者不知道确切地址,所以把信寄到了"吉达树旁的房子"。在当时,这样写就够明确了,因为在一座只有一棵树的城市里,邮递员是不会弄混的。

几个月后,我在家里写信,希望这样写地址仍然能将信寄到。这封信的收件地址用英文和阿拉伯文写着"沙特阿拉伯吉达市大树旁的房子",信里附着一张便条,是寄给现在占据 106 个房间的博物馆的。又几个月后,我的信原封不动地被退回来了——现在吉达的树太多了。

我站起来,离开了广场和那只还在打盹的猫,走过老城的东部，来到麦加门。它矗立在一片墓地和老麦加路之间的广场上，高高的中央拱门两侧有两个较小的拱门。广场上的石头光可鉴人，映照着附近商家的华丽灯光。广场上还镶嵌着暗红色的八角星图案——由两个同心的、相差45度角的正方形形成——它是反复出现在伊斯兰风格的艺术作品和设计作品中的元素。

这不是最初的麦加门，也不在它原来的位置。在城市现代化的过程中——其中包括1947年拆除城市的最后一堵墙——它被东移到了这里，并进行了重建。这使得环形公路可以沿原来的路修建，从此开启了这座城市的疯狂扩张。而在过去的4个世纪里，它的边界几乎没有变过。

圣门旧址周围的市场曾因拥挤和国际化而闻名，朝圣者们会在那里为前往麦加的旅程购买食物。今晚，每隔几分钟就会有三五成群的年轻男子提着塑料购物袋穿过大门。他们有说有笑——我很少看到女性在这里行走，不过最近我注意到这里开始有一些女司机。有一次，我一个人在广场上闲逛，从一个拱门进去，又从另一个拱门出来，嘴里嘀咕着"我在吉达，我不在吉达"，而那些大型汽车闪着明亮的前灯在广场周围飞驰，驶向郊区，驶向麦加，驶向我想象之外的时间和空间。

我穿过大门往回走，来到一家吉达本地的鸡肉快餐连锁店——阿尔拜克。它和我去过的其他快餐店一样，只是比大多数快餐店的东西更美味，而且男女顾客要分开排队。我排着队，盯着英文菜单和上面熟悉的阿拉伯数字——它们与沙特阿拉伯经常使用的数字完全不同。轮到我时,我点了一份辣鸡肉三明治和一杯气泡饮料,要花 10 里亚尔。我摸索着钱包里的钞票,翻来翻去,找到一张印有数字"10"的钞票。想到身后排队的顾客,我向收银员道歉,但他微笑着摇了摇头,用英语对我说:"没关系,欢迎下次光临。"

旧金山

几个月前,亨利给他哥哥打了个电话,留了一条简短的语音信息。他说,他是用社工的电话打的。在接下来的一个月里,我们拨了二十几次这个号码,但一直没人接听。我们用尽了所有能想到的方法,但没有一个机构或权威部门能告诉我们亨利不想让我们得到的信息。

还有几个月我就不再驾驶波音 747 了,要开始接受一种新机型——波音 787 的驾驶培训。这很可能是我最后一次驾驶飞机飞旧金山,因为这不是波音 787 目前飞的航线。

因此,在这次旅行中,我和朋友又发了一轮寻人启事。当我再一次接近金门公园时,手里只剩下几张寻人启事了。于是在进入公园前,我停下来和一群无家可归的年轻人聊天。

在国外,我经常会为一种令人眼花缭乱的意识感到震惊——比如,当我在巴士上听年轻人用我听不懂的语言谈论他们手机上播放的视频时;或者当我盯着不知道在宣传什么产品的广告牌或电视里播放的广告时——每一个国家，甚至每一座城市，都自成一体，我可以余生都在那里居住和学习，但也许永远不会有在家的自在感。

我想，让这些自成一体的小世界更好地、越来越多地联系在一起很重要：通过历史和故事，通过移民者和旅行者，通过电脑，还有飞机——如果这么说不是太骄傲的话。然而，在旧金山——我经常想起亨利年轻时，这座城市曾实现了他的梦想：一个女友、一套公寓、一份工作——我有两个不太可能实现的想法：一个是希望即使在一座城市里也会有许多自成一体的世界；另一个是亨利也许还在旧金山，但已经不在我眼中的这个旧金山了。

虽然这样，但当我拿着寻人启事和胶带到处张贴时，我意识到这里的大多数人都想帮助我。我也许会因为这种小世界里互相联系的可能性而感到宽慰，然后明白作家简·莫里斯（Jan Morris）的话，"几乎在任何一个国家、任何一个地方的任何一排房屋里，都住着正派的人，他们随时准备释放笑声、泪水和善意"。

这些年来，我接触的无家可归者几乎无一例外都很善良。似乎是怕弄错，他们一遍又一遍地看亨利的照片，不停地重复着他的名字。有些人可能读不太懂手中寻人启事上的文字，于是会把它递给身边的人看，或者建议我和他们一起走到街道另一边去找他们认为可能会帮得上忙的人。他们可能会多拿一张去张

第五章 奇门之城

贴。后来我偶然看到寻人启事被贴在了一些我自己都没想到的地方——比如在多洛雷斯公园西北角的公厕门口——我盯着它看了一两秒钟,想不通寻人启事到底是怎么被贴到这里的。

我们聊天快结束时,他们经常会说,自己可能曾经在哪里见过亨利——虽然说实话,他们也没法确定。有时他们为了帮助我,会在我没弄清下一个要找的地方的名字和大致方向时不让我走开,因为这可能会把我引入错误的道路。然后我想起,距皮茨菲尔德的人最后一次找到亨利已经过去很多年了。我意识到,如果不听从他们的建议,将是多么愚蠢。

今天,我一直在和一群无家可归的人聊天。其中有一个人很瘦,金发碧眼,很像20多岁的亨利。他离其他人很远,拿起剩下的最后一张寻人启事,仔细看了看上面的照片。然后他看着我的眼睛,发誓说他会找到亨利,找到后他会给我打电话。我虽然不知道他为何能说得这般肯定,但这同样是一种安慰。

我再次提醒他,亨利那张像素极其模糊的照片是很久以前拍的。我谢过他,然后走进了公园。1个月后,在我最后一次驾驶波音747离开旧金山后,他给我发来短信,后来我开新航线时他又给我发了几次:"别担心,我在找,我还在找。"

City of Poetry

第六章
诗歌之城

法戈、威尼斯、伦敦和德里

德里的黄昏

在我眼里,世间的享乐不过是尘埃。
除了血,还有什么在内脏里流动?

翅膀化为尘土,已是力不从心。
它们甚至可能被风吹走。

这是谁带着天堂的面孔向我们走来,
他走的路上铺满了玫瑰花,而不是尘土?

我应该对自己好一点,即使她不在。
我是如何白白浪费了呼吸!

仅仅想到春天,他们就醉了;
这与酒馆的门和墙有什么关系?

我为自己强烈的爱感到羞愧。

在这破败的房子里,我多么希望能成为一名建筑工人啊!

今天我们的诗句,阿萨德,只是一种闲暇的消遣。
那么,炫耀我们的才华又有什么用呢?

——米尔扎·阿萨杜拉·汗·加利布
(Mirza Asadullah Khan Ghalib)

皮茨菲尔德

我坐在后座,听着母亲一边驾驶着旅行车穿过市中心,一边向坐在她旁边的一位来访的亲戚解释说,大多数美国城镇都有一条主街,皮茨菲尔德的主街就是北街。

她停好车后,我们3人下了车,走到皮茨菲尔德市中心的英格兰兄弟大百货公司。母亲在一楼处理完事后,我们就坐电梯去四楼买玩具。电梯上方是一个半圆,就像钟面的上半部分,提示着轿厢所在的楼层。指针向左,铃声响起,穿着制服的操作员推开剪刀门,示意我们进去。

1857年,巴伐利亚兄弟摩西·英格兰(Moses England)和路易斯·英格兰(Louis England)创立了英格兰兄弟公司,它是陪伴几代当地人成长的公司,也是伯克希尔第一家拥有电梯或自动扶梯的商店,在明信片上被描述为"伯克希尔中心的大城百货商店"。这家店以前的口号是"没有英格兰兄弟就没有北街"。这口号与我学生时代对它的感觉很相符,尤其是当我去那里观看圣诞老人和那只名叫"罗伯特"的会说话的驯鹿时(一个躲起来的员工假装驯鹿在说话),或是挑选圣诞礼物时。

那是 20 世纪 80 年代初的某一天，当时我还太年轻了，还不知道这家对皮茨菲尔德来说像心脏一样充满活力和永恒的商店已经开始衰落了。终于，在 1988 年父亲 57 岁生日那天，英格兰兄弟公司倒闭了。这极大地降低了市中心的繁华程度。

皮茨菲尔德的第一个外地购物中心将在 7 个月后开业（某个秋日放学后，我会乘坐一条新路线的巴士去那里，然后走过一排排商店——在我看来，这是一条令人惊叹的室内街道，一条无须扫雪也没有尘土的无车大道）。10 年后，英格兰兄弟公司的老建筑将被拆除，但它独特的天蓝色外形以及它由 3 盏串在一起的黑色灯组成的标志，会不时出现在我的生活中，直到下个世纪父亲那被母亲用白色纸巾包好的圣诞装饰品的最后一角碎掉，被我扔掉。

英格兰兄弟公司是我童年时代的一个固定游玩场所，所以后来我很难相信，我唯一知道的它的地址——北街 89 号——并不是它的第一个落脚点。事实上，这家店直到 1891 年才搬到那里。正是在这一年，皮茨菲尔德正式成为一座城市。摩西·英格兰一定在这座城市的落成典礼上，或者在报纸的头条上，看到了下面这首诗——在这首诗中，西点军校毕业生、美国内战老兵和历史学家莫里斯·沙夫将军将世界上最年轻的城市的希望与对永恒之城命运的警告联系在一起：

第六章 诗歌之城

致皮茨菲尔德：论她从城镇到城市的转变

骄傲的小镇！你承载着无上的荣光
穿过倦怠的和平与战争的红焰，
把一个纯洁耀眼的名字举向高处。
罗马女王佩戴着那颗璀璨宝石
直到城邦变革；然后——听！她的哀叹
从加图的坟墓里传出——光熄灭了……

†

伊恩停好车，但我们都没有伸手去开门。我们把在唐恩都乐买的咖啡——我最近才开始喝咖啡——带到了湖边。

伊恩关掉大众汽车的引擎后，在死一般的寂静中，我想起自己几乎不了解他。我16岁，伊恩19岁，已经上大学了。我们在皮茨菲尔德高中共同学习的那一年里，没有一起上过课，只在学校走廊里见过彼此。他毕业后，给我写了一封信，这封突如其来的信让我俩开始通信，于是有了今天的会面。

我以为我很了解尴尬的感觉，但今天我发现它到了新的高度。我啜着咖啡，把目光从伊恩身上移开，穿过松树，看向海滩。小时候，家人曾带着我来过这里吃烧烤和游泳。伊恩的车显然是个安全话题，所以我决定聊聊在未来几个月里我将会因为学习驾驶有多兴奋。他问我是否想尝试一下驾驶的快乐，但随即他又说，我们还是别太疯狂了，似乎在重新考虑自己的提议。我们还是不要上街了。

我甚至还没拿到驾车学习许可证。我们换了座位，我想象着我们从斜坡上冲进湖里，想象着这成为第二天报纸上的丑闻头条，但这份报纸我没法亲自去送了。我打开引擎，倒车，让车慢慢地在停车场里转圈。很好。这将会很有趣。我停好车，关掉引擎。

我们下了车，向水边走去。我告诉伊恩我很爱游泳。在我们面前的小海滩上，即基督教青年会的夏季游泳和体育中心，顺着一条小路可以看到湖的出口的另一边。有一年，我们家在那里买了一个夏季的会员卡，但许多家庭负担不起。前台有一份所有会员的名单，每天接待员都会在会员到来时划掉他们的名字。通常情况下，如果名单上的某个兄弟姐妹没和你一起来，你可以偷偷带一个同学或邻居进去。有一次，我和哥哥还有几个朋友一起去游泳。我们报了名字，店员看了看我们，笑着说："别想了，你们两个不可能是一家人。"这是我在未来几年里经常会回忆起的一件事，当我和哥哥越来越多地谈起童年往事时（特别是在父母去世后），当我们被两种看似矛盾的认知拉近距离时：我们都曾生活在同一个小地方——至少卧室相邻，我们都在与一种深深的无归属感做斗争；但皮茨菲尔德对我俩来说是完全不同的城市。

第六章　诗歌之城

玻璃般静止的水面上隐约可见格雷洛克山。当时的我和伊恩还不知道，在接下来的几年里，我们会在超越友谊的交往中一起去那里很多次。现在，我们也许可以聊聊有多少英语老师曾告诉我们，赫尔曼·梅尔维尔的杰作《白鲸》中鲸鱼的形状和颜色的灵感就来源于这座常年被冰雪覆盖的山。

梅尔维尔在海上生活了多年，后来又在宁静的皮茨菲尔德度过了数年——他在一间咯吱作响的低矮房间里写道（在几次学校旅行中，导游曾带我看过这间房子）："我在乡下有一种身处大海的感觉，因为地面都被雪覆盖了。"——但他对大城市并不陌生。他出生在纽约，也死在那里。他四处游历，任意书写着在各个城市的见闻——关于利物浦和罗马；关于朝圣者离开开罗前往麦加的大门。

据我所知，梅尔维尔从未在诗中提到过皮茨菲尔德。但他确实写了一首关于这个湖的诗，而我和伊恩现在就停在湖边，向远处眺望。也许《庞图苏克》（"Pontoosuc"）（"在悬崖上，下面的湖闪闪发光，/一些柱状的松树井然有序地排列着……"）这首诗可以算是提到了皮茨菲尔德，因为诗的标题不仅能让人想到湖的名字，也能让人想到皮茨菲尔德在被设为城市前就是"庞图苏克镇"。

我和伊恩离开湖边，在庞图苏克山山坡上的一棵松树下找到一张野餐桌。我们边喝咖啡边聊天，聊了很多，然后回到海滩，穿过它，走上一条通往岸边绿色植物的小路。我跟他说起了我父母以及他们分居的事儿，还有我想第二年夏天去日本的愿望。我告诉他，对我来说，去这么远的地方能让我更容易接受这些事儿，因为事实上，我目前还没有女朋友，而且我已经等不及要永远离开皮茨菲尔德了。他做了个手势——我不确定是指整个皮茨菲尔德还是只指这些湖边的树——告诉我，离开并不能解决一切问题，他很高兴我们能在这里聊天。

†

英语老师皮尔斯先生宣布："我们一起去穹顶吧，这是一年的结束；事实上，对你们来说，这真的结束了。"

他是对的。再过几周我们就要高中毕业了。"穹顶下的家"是我们对学校的昵称。这很贴切。我并不是唯一一个承认小时候的自己没有意识到位于市中心那宏伟的高中建筑与华盛顿的国会大厦之间的不同的人。

我们跟着皮尔斯先生穿过大厅——大概 6 个人——来到一扇我们以前从未被允许通过的门前。皮尔斯先生有钥匙，或者他从管理员那里借了一把。当我们爬上楼梯时，那种规则正在消失的感觉就像从高处俯瞰我们的城市一样令人兴奋。

我们从楼梯间尘土飞扬的阴暗处走出来，进入一个被风吹得冷飕飕的高处，这里到处是炫目的白色柱子。我把手放在栏杆上，凝视着街对面父亲的办公室。我很高兴地意识到，如果他

第六章 诗歌之城

碰巧从办公桌上抬起头来,就能看到我。我的目光沿着街道望向公共图书馆和公园广场两旁庄严的老建筑。然后,我转到东南方向,试图透过树木看到我的家。

皮尔斯先生问谁要离开皮茨菲尔德,要去哪里。他笑着谈起这座城市的文学成就,似乎他真的认为,当我们一起站在皮茨菲尔德的上空时,他可能会说服我们中更多的人留下来。

他没有提到诗人伊丽莎白·毕晓普(Elizabeth Bishop)——她曾多次到皮茨菲尔德来看望男朋友,一个名叫鲍勃·西弗(Bob Seaver)的本地人。(也许是因为皮尔斯先生知道,1936年毕晓普拒绝了西弗的求婚后,西弗经纽约切尔西酒店给她寄了一张明信片,上面写着"去死吧,伊丽莎白",然后开枪自杀了。)他也没有提到老奥利弗·温德尔·霍姆斯(Oliver Wendell Holmes),他的故居至今仍矗立在霍姆斯路上。1850年,他在皮茨菲尔德新公墓的落成典礼上发表了一首诗(也许是因为皮尔斯先生认为这首诗的语气——"死亡天使!延续你无声的统治吧!"——不适合年轻人,尤其是在离他们毕业只有几周的明媚春日)。

不过,皮尔斯先生确实给我们讲了一个关于亨利·沃兹沃思·朗费罗(Henry Wadsworth Longfellow)的故事。1837年,他在瑞士遇到了弗朗西斯·伊丽莎白·阿普尔顿(Frances Elizabeth Appleton)。后来,他们在榆树山庄度蜜月,那是一座坐落在皮茨菲尔德的房子,属于他妻子的祖父母。正是在这一次参观皮茨菲尔德最宏伟的建筑时，朗费罗看到了激发他创作《楼梯上的老钟》("The Old Clock on the Stairs")的灵感的钟表：

>……一群群快乐的孩子在那里玩耍，
>少男少女在那里做梦；
>哦，宝贵的时光！哦，黄金盛年，
>还有充裕的爱和时间！
>就像守财奴数他的金子，
>古老的钟表告诉我们，
>"永远——永不！
>永不——永远！"

皮尔斯先生告诉我们，榆树山庄建于 1790 年。但他解释说，在 1929 年，房子就被拆除了，然后我们的学校在这里拔地而起。

法戈和威尼斯

我和基伦在短暂的夏夜中一直向西行驶。当我们驶入北达科他州和法戈市时，后视镜中的天空开始变亮。大学临毕业的前一年，我们一直在芝加哥工作。这是一个更好地了解这座城市的机会，也是一个仰望那座被称为皮茨菲尔德大厦的 38 层摩天大楼的机会（皮茨菲尔德大厦因芝加哥百货公司的创始人马

第六章 诗歌之城

歇尔·菲尔德的遗产而得名——他出生在马萨诸塞州西部,17岁时的第一份工作是在皮茨菲尔德北街的一家干货店)。现在,在回学校之前,我们有几天空闲时间。所以昨天,我们没有去赶风城的晚高峰,而是坐上了一辆借来的皮卡,驶上了高速公路。

90号州际公路是一条马萨诸塞州人可能都认为自己很熟悉的道路。然而,这是一条很长的公路——事实上,它是美国最长的州际公路——而且它的中西部路段对我来说都很陌生。我们在威斯康星州托马市的郊区路段以90英里的时速行驶,驶入94号州际公路,沿着它向西北行驶到明尼阿波利斯,然后来到北达科他州最大的城市。现在,天快亮了,我们又饿又累。下了高速公路,没走几分钟,我们就迷失在法戈的住宅区里。此时大概是早上5点半,我们把车停在郊区的一条街道上,那里都是精心打理的中产阶级住宅。

我们关掉引擎,摇下车窗。一路上经过了芝加哥的高楼大厦,经过了高速公路上几个小时的飞驰和黑暗,我们惊讶地发现自己被困在了这条寂静的街道上。已经是第二天了,但我们一直没睡觉。这是一座陌生的城市,除了车道上的车牌,没有任何东西能让我把这条大道与皮茨菲尔德那数十条类似的大道区分开。我的视线沿着人行道从法戈的这家转到另一家。这种昏昏沉沉、近乎水下的慢节奏对于曾经在黑暗的下雪天早晨挨家挨户送报纸的人来说可能都很熟悉。楼上的大多数窗户仍然拉着窗帘。路上没有行人,没有自行车,也没有汽车。车库的门也都紧闭着，看不到里面的工作台或挂在钉子上的园艺工具，没有吹叶机的嗡嗡声，也没有孩子们踢罐子时的大喊声。

我和基伦的友谊始于刚上大学的某个晚上，后来我们偶尔会一起旅行，这巩固了我们之间的友情。那天我们参加了一个很喧闹的聚会，后来为了更轻松地聊天，就从屋里出来了，但从打开的窗户仍然可以听到里面的音乐声和说话声。一两个星期后，我就在她的房间向她坦白了我的性取向。她的房间就在走廊尽头，离我的房间不远。这些话我几乎从未告诉过任何人，所以这次交谈对我来说压力很大。但我后来才知道，其实我不必如此，因为她已经猜到了。

现在，在法戈，我不知道10年后，会是基伦，而不是我，在母亲的最后一刻陪在她身边。那时，我对围在母亲在皮茨菲尔德医院的病房里的亲友说："我去找点吃的，马上回来。"

然后我和马克离开病房，几分钟后母亲去世。我们回来后，护士对我说："也许她听到你出去了，才选择在这个时候离去。"父母常常这样，他们很难撒手不管孩子。

基伦那时已经是一位颇有成就的诗人，但她还不知道诗歌创作将是她一生的事业。我那时想成为飞行员，但不知道如何实现这一梦想。我高中时曾上过一些飞行课，但费用太高昂了。同时，我还在跟基伦学习诗歌。这个夏天，她向我介绍了安妮·塞克斯顿（Anne Sexton）的作品，从她那首关于伊卡洛斯和飞行的诗《致一位工作取得成就的朋友》（"To a Friend

第六章 诗歌之城

Whose Work Has Come to Triumph")开始。

当我读到"比船帆还大,越过雾气／波涛汹涌的海洋,他走了"时,我想,基伦很了解我。

我也喜欢塞克斯顿的《仁爱街45号》("45 Mercy Street")。在这首诗的后面有一段题词,它解释了逃亡是一段重要的旅程。这首诗还让我认识到,一个诗人可以与一座城市如此紧密地联系在一起——就拿波士顿来说,它是我尚未居住过的地方,但在我父母相遇以及他们早期共同生活的故事中,波士顿一直扮演着重要的角色。当我读到"这条街一辈子都找不到"时,我意识到自己也有一种熟悉的欲望,那就是在城市中寻找一些东西,无论我要找的这个东西有多糟糕。

我们发动汽车,找了一家小餐馆吃早餐。几天后,在我们离开餐馆,离开法戈和北达科他州之后,我将跟基伦介绍我的幻想之城,那个我在童年时创造的城市。告诉她这个比坦白性取向更难。之后,我会一身轻松:"好了,就这样吧,我没有什么秘密了。"

几周后,她会送给我一本新书——伊塔洛·卡尔维诺的《看不见的城市》。她在书的封面贴了一张纸条,上面提到了我们对城市共同的迷恋,不管是真实的还是想象的。她用多个回形针把一张卡片贴在了封底,以掩盖书的宣传语。(我永远不会把它拿开,所以我没法告诉你她不想让我在那里看到什么。)

在这本书中,虚构的马可·波罗向成吉思汗的孙子、元朝皇帝忽必烈描述了 55 座假想的城市。或者说，他只描述了一座城市，一座真实的城市，那就是威尼斯，他出生和死亡的城市。这无关紧要，这本书的魅力就在于此。

《看不见的城市》中最有趣的观点是，我们都梦想着同一座城市，尽管对每个人来说，它的样子可能有所不同，这有时会让现实变得不那么清晰。对于那些在童年时想象过不同的地方或世界，但从未想到其他人可能也会这样做的人来说，这本书一定会引起特别的共鸣——既令人激动又安慰人心。（一位采访者曾问卡尔维诺是否感到过无聊，他回答说："是的，在童年时。但必须指出的是，童年的无聊是一种特殊的无聊，是一种充满梦想的无聊，一种投射到另一个地方、另一个现实的无聊。"）

当然，卡尔维诺只是众多将城市作为隐喻或寓言框架的作家和学者中的一位。说到这儿，我们可能会首先想到柏拉图在《理想国》中描述的理想城市，或者托马斯·莫尔（Thomas More）在《乌托邦》中描述的占据整个岛屿的 54 座城市（比卡尔维诺描述的少 1 座）。但最重要的是，也许卡尔维诺的形象化描述让我想起了圣奥古斯丁对世俗之城和神圣之城的区分。事实上，卡尔维诺描述的城市和他的文字强化了我的信念（或者说基伦通过她送我的这本书强化了我的信念），即在所有真实的城市背后都有一个原型，尽管我们对它的看法一定和我们自身一样存在缺陷，模糊不清。它们也提醒我，所有的宗教都接近同样的真理，只是出发点和路线不同而已。

第六章　诗歌之城

伦敦

2001年，也就是我开始接受飞行训练的那一年，母亲退休了，她没有足够的积蓄继续住在自己的房子里，而我和哥哥的收入还不足以赡养她，所以她搬到了苏的家里——苏是我一个住在伯克希尔的阿姨。

5年后，在2006年11月初，母亲住院了。她在20世纪70年代的一次输血中感染了肝炎，尽管20世纪90年代末的那次治疗很成功，但药物引起了神经病变，使她难以保持站立平衡及行走。在随后几年里，这个问题和其他健康问题相互叠加，让她的身体迅速衰弱下去，甚至连她的医生都对此感到惊讶。由于医生仍然认为她有希望回家过感恩节，所以"伯克希尔家族"的传统晚宴改到了苏的家里，这样如果母亲那时能够出院，就能更方便地参加。然而，她没能回家。圣诞节前11天，她去世了，年仅69岁。

现在是2007年1月，我回到了家。家？我在想，伦敦这个季节应该是在下雨，而不是下雪。几天前，来自皮茨菲尔德的箱子被寄到了。在航空公司工作有一个好处，那就是你不仅可以享受到折扣机票，还可以享受到折扣运费。这是一种以重量为单位的福利：每年最多300千克。

但我只需要其中很小的一部分。当父亲和继母决定卖掉我们在皮茨菲尔德的老房子，搬到北卡罗来纳州时，我扔掉了童年时的大部分物品，把剩下的一点东西存放在母亲新房子的阁楼上。当母亲退休搬去和苏一起住时，我又一次对那些物品进行了断舍离，只保留了日记、我收集的一些岩石和硬币的碎片，以及少量的绘画和学校文件。

母亲去世后，我和哥哥不得不决定留下她的哪些遗物。在我选择的物品中，有一些她留下过文字的书、几张 CD 和她的高中年鉴。上周，这些东西和其他一些东西，连同我童年时最后几件东西，免费飞越大洋，来到伦敦，我不得不亲自去希思罗机场的货运仓库取走它们。我开车来到希思罗机场的一个我没去过的地方，签了文件，工作人员拿给我几个包裹着塑料的箱子。我很轻松地把它们装进车里，然后沿着伦敦某条环线把它们带回家。

现在，我坐在地板上整理这些东西。我把母亲的护照从她精心保管的透明密封袋里拿出来，看了看她两次来伦敦时上面盖的章。

她最后一次来这里时，行动已有不便，没法乘坐公共交通工具——我以前从没注意坐一趟地铁要爬多少级楼梯——所以有一天，我开车带她在伦敦市中心简单转了一圈。那是我第一次在繁忙的下午开车穿过市中心。母亲很兴奋，而且和我一样惊讶于我第一次这样的旅行竟然是她坐在副驾上。我们在白金汉宫前停了下来。我打开汽车警示灯，然后下车帮她拍了张照片。接着其他汽车开始在我们周围停下，他们也下车开始拍照，直到一名警察满脸震惊地跑过来催促大家离开。

我翻了翻从皮茨菲尔德带来的母亲的那堆书。不多,只有十多本。其中有一卷厚厚的莎士比亚作品集,我猜是她大学时代读的书。边上的笔迹很熟悉,一丝不苟的。我想起一位从比利时来的亲戚曾说看不懂母亲那正式而又独特的美式书写体。当我翻动书页时,我突然想到,这些书可能只有母亲和我翻看过。自从她在波士顿某个房间里翻过它们之后,其中大部分肯定已经半个世纪没见过光了。

现在,我打开它们的日子是我的,也是伦敦的。我叹了口气,合上这本精装书。我想,当我认识到即使是如此坚固的物体也有如此轻盈的感觉以及我看不见的过去的厚重时,这些感觉与我无关。

我把书放下,拿起另一本温德尔·贝里(Wendell Berry)的诗集。母亲喜欢贝里的作品,我20多岁时,她送了我几本他的书。贝里后来写道,他一直以来强烈反对这样一种观点,即城市生活是"一种经验,一种现代经验,而乡村小镇、农场、荒野的生活不仅与我们的时代无关,而且也很陈旧"。我喜欢他的很多诗,原因和我喜欢伯克希尔的乡村是一样的,但在乡村中长大的我,也梦想着山外的高楼大厦。

我把那本贝里的诗集放回书堆里,翻开母亲保存的我上学时期的文件。小时候,我对诗歌毫无兴趣,也不记得曾经写过诗。但我意识到,很显然,我写过,在一张灰色的学校信纸上,有

随身携带的城市

我稍显笨拙、拥挤的字迹：

> 夜晚是黑暗和诡异的灰色。
> 马儿在说，不不不。
> 蝙蝠在咬平民的脖子，
> 船只冒着失事的危险。
> 人们的鼾声大如雷，
> 没有人成群地聚在一起。
> 盗贼在安静的夜里爬行，
> 鸟儿也不像往日一样飞翔。

我笑了，这也许是母亲去世后我第一次笑。至少，我想，母亲一定很喜欢这首诗，所以才把它保存了这么久。至少，我又想——也许她也说过——它是以"飞翔"结束的。

德里

无论是我第一次以乘客的身份，还是第一次以飞行员的身份，从飞机舷窗欣赏窗外的风景，我都被连成一片的下方世界震撼了。现在，我低头看着横贯在我们前方黑暗土地上的那道光线，那道分隔巴基斯坦和印度的光线，就好像我又在转动着儿时卧室里的地球仪，那个在入夜后每条边界线都会发光的地球仪。

第六章 诗歌之城

我们离拉合尔不远了,此时我们下方世界的当地时间大约是午夜。基伦的父亲因德尔就在这里长大。1947年,英属印度分裂为巴基斯坦和印度,分裂带来的动荡迫使他和家人搬到德里。在马萨诸塞州基伦的家中,我曾和因德尔坐在一起聊过天。冬天的寒风从基伦家楼下结冰的河面盘旋而起,击打着窗玻璃。我给他讲述了我在巴基斯坦上空飞行时看到的城市灯光:卡拉奇的灯光(这个港口城市的灯光似乎永远笼罩着一层海洋的水汽,看起来是茫茫的一片,不似地处内陆的拉合尔的灯光那样明亮、清晰)和伊斯兰堡的灯光(这座巴基斯坦首都的灯光像融化的雪水一样汇聚在远处的山麓)。

我还告诉他,巴基斯坦和印度之间边界线的灯光是我见过最明亮的。现在,这条线越来越近,该准备降落德里了。我转向平板电脑,看了看各种进近英迪拉·甘地国际机场的航线图上的注释——由于英语并非世界上许多航空公司飞行员的母语,这些注释是用来帮助他们更清晰地理解这个机场与其他机场的不同之处的。这些信息简明扼要且实用,当然不会为历史或文学留下任何虚构或想象的空间,因此没有提及米尔·塔奇·米尔(Mir Taqi Mir)写的那句诗:"德里的街道就像画页/我看到的每一处景都像一幅画。"

我们那份飞机降落德里的技术指南也没有提到阿米尔·胡斯劳(Amir Khusrau)——这位诗人与这座城市关系很密切,所以"德里的诗人"几个字经常出现在他的名字前。他将德里描述为"另一个天堂 / 是尘世画卷上天国宝座的原型"。那份指南也没有提到《摩诃婆罗多》(*Mahabharata*),这部梵文史诗被认为是有史以来最长的诗歌,在许多人看来,其中所描述的因陀罗普拉沙就是神话色彩浓郁的德里前身。

德里位于亚穆纳河上。亚穆纳河是恒河的一条支流,也是印度教中仅次于恒河的第二大圣河。学者厄宾德·辛格(Upinder Singh)这样描述两条河之间的关系:"在许多古印度寺庙的雕塑中,亚穆纳女神通常与恒河女神一起出现,她们的雕塑通常位于寺庙入口的两侧。像月亮一样纯净的恒河女神站在鱼或鳄鱼身上,而象征黑暗的亚穆纳女神则站在一只乌龟身上。"

在我看来,说亚穆纳是黑暗女神似乎很贴切。因为印象中,德里总是与夜晚联系在一起。我经常晚上到达德里,所以我发现自己无法想象白天从高处俯瞰这座城市的样子。德里的雾很大,尤其是在1月份,烟和雾逐渐沉积到地面上,就像一块粗布罩在城市上。当飞机飞临德里上空时,这座拥有几百万人口的城市射出的光几乎被烟雾遮蔽了。这让我心中因飞往一座巨大但沉睡的城市产生的奇怪感觉更甚了。

"德里控制中心,晚上好。"我呼叫道。我们航班遇到的第一位印度管制员用她所在的城市名字回复我,就像她往常一次次所做的那样。如同航路图上的注释那样,我们必须使用简洁的国际标准化语言,她的答复里没有沙拉金尼·奈都(Sarojini Naidu,诗人和活动家,圣雄甘地称其为"印度的夜莺")对德

第六章　诗歌之城

里的描述那样的字眼:"皇城!以至高无上的恩典为陪嫁……在圣殿前,死亡的诅咒都是徒劳的。"

通常情况下,管制员不喜欢我们飞到这座城市附近。印度第一任总理贾瓦哈拉尔·尼赫鲁这样形容这座城市:"一块多面宝石,有些面璀璨夺目,有些面因年代久远而暗淡无华……她是众多帝国的坟墓,也是一个共和国的摇篮。她的故事精彩纷呈。"

但这次的管制员回复说:"你好。现在开始下降。"

几分钟后,我们切换到下一位印度管制员,接着是另一位,再下一位。飞机展开襟翼,放下起落架,减至最后的进近速度,下降到低矮的云雾中。塔台管制员发出了着陆许可。我们确认后开始着陆。

由于时间太晚,加上大雾的影响,直到最后一刻,我们都没看清航站楼的轮廓,这让人感觉,尽管飞机的引擎嗡嗡作响,驾驶舱的电脑屏幕闪闪发光,但我们可能降落在德里的某个古老的年代。我们停好飞机,走到航站楼,那里的商店都在营业,灯火通明。当然,我已经习惯了深夜抵达。我想,在机场的广播声中,在我推着旅行箱经过的背光银行广告中,在出发行李传送带的颠簸声中,我们降落的时代无疑就是现在,而且和其他地方没有什么不同。

不止在这里,在其他地方我也一直在寻找基伦。这并不是因为她可能是皮茨菲尔德和德里之间更直接的联系之———她偶尔会回这个她父亲称之为家的首都住一段时间,给我写长长的信。更确切地说,她写了一首关于抵达这个机场的诗,我想这首诗在一定程度上是为了启蒙一个朋友,一个对诗歌和德里都知之甚少的飞行员,希望他能跨进这两个门槛。

抵达新德里

烟雾。赭色的烟雾。蓝色的火花。
在飞机平稳的弧线下,
霓虹灯是火的余烬。
市中心上空有一道闪光,
那是倾斜的银色翅膀。
越过迪斯科舞厅,和神庙里
舞者脚踝的铃铛。
卖橘子的男孩,把脚浸入冰凉的喷泉里。
一头牛懒洋洋地躺在垃圾堆上。
星期五清真寺陡峭的穹顶。
汉堡和大理石建成的莫卧儿宫殿。
然后,轮胎重重地摔在球场上。
热,耳朵发烧。
门打开了,血液沿着每一个肢体跳动出
当地的语言。
闻到灰烬的味道。男人。茉莉花

第六章　诗歌之城

> 攀爬在篱笆上。一个出租车司机
> 戴着火焰之舌头巾
> 说，姐姐，我可以带你进城。
> 姐姐，要我送你回家吗？

†

第一次飞往德里时，在冬天凌晨 3 点左右走出机场大门前不久，我读了基伦的诗。那天晚上，这座城市比伦敦还冷。在单调的近乎全黑的夜色中，机组人员乘坐的巴士一路嘎吱嘎吱地颠簸着，街上的尘土像雪花一样漫天飞舞。

第一次去时，基伦建议我参观一下这座城市的一些著名景点——洛迪花园、印度门、可汗市场——以及一些她小时候就知道的地方，还有一家咖啡馆——她大学时曾受雇于这座城市的一家杂志社，在那里干了一个夏天，有时会拿着笔记本电脑在这里工作。在那之后的几年里，我偶尔也会飞德里。每次去都给了我进一步探索这座城市的机会，而基伦会在远方为我勾勒这座城市。我会给她寄去她小时候去过的景点的照片，并告诉她这座城市里她没看到的巨大变化——我喜欢这么做，因为这让我俩都很开心——包括快速而稳步扩张的地铁网。然后，突然间，排班表改了，我不再飞德里了。

几年后，排班表又发生了变化，我很高兴今晚我又回来了。

在这几年里，我从基伦和她父亲那里了解到更多关于德里及其悠久的诗歌传统，以及为什么这个大都市被称为"诗人之城"或"诗歌之城"。因此，几周前，我让基伦选了另一首她认为与这座城市有关的诗。这首诗可能不适合我在机场通道放慢脚步、快速滑动手机屏幕时读，而是要在睡了一觉，喝了咖啡，找到了进城的路之后读。我把她发给我的诗打印出来，小心翼翼地折起来，就怕提前看到任何内容，然后放在手提箱内盖的小网袋里，计划今天在德里的某个地方读一读它。

当我们到达机场附近的酒店时，已经是凌晨 3 点半了，我算了算，英国现在是晚上 9 点——印度标准时与协调世界时有五个半小时的时差，这种不寻常很有意思，也使得飞行员在向乘客发布到达通知之前反复检查计算结果——而基伦所在的马萨诸塞州是下午 5 点。我回到房间，拉上窗帘，试着睡个相当于整晚的觉，然后在中午时分进城。

在《不可思议的城市》(*City Improbable*) 一书中，作家兼政治家库什万特·辛格（Khushwant Singh）称德里拥有"比其他大都市更悠久的历史和更多的历史遗迹"。这样的结论不容易验证，但可以肯定的是，德里地区几千年来一直有人居住。在当今世界各地的大城市中，德里的过去一定是最令人印象深刻的。早在德里成为世界上人口最多的国家的首都之前——印度如今已成为世界上人口最多的国家——在 14 世纪，伊本·白图泰（Ibn Battuta）就将它描述为一个"庞大而宏伟的城市，

第六章　诗歌之城

集美丽与力量于一身"。

电影《死亡诗社》(*Dead Poets Society*)在我 15 岁时上映，讲述的是一位在新英格兰一所刻板学校任教的反传统的英语老师的故事。罗宾·威廉斯（Robin Williams）饰演的老师曾一度嘲笑一种用来计算诗歌的伟大程度的方法（我承认，这种方法当时对我来说似乎完全合理），即把一首诗的艺术性和主题的重要性在图表的 x 轴和 y 轴上绘制出来，以勾勒出与它的净值相当的面积，以此来评判诗的价值。

这当然不是我想从那个场景中得到的启发，但当我试图衡量一个大城市时，我沿用了这个方法，甚至在它的基础上加了一条 z 轴，从城市的年龄、现有的人口以及它对其他民族和地方的影响或统治程度来计算一座城市的辉煌程度。这样一算，除了北京之外，德里几乎没有竞争对手。

然而，如果说德里是历史上最伟大的城市之一，除了新德里是印度首都外，我在学校里没学过关于它的其他任何知识。例如，我从来不知道，作为大都市，德里的地位比君士坦丁堡更为显赫；也不知道，德里有着和雅典差不多喧嚣的历史，"其不朽的、破碎的历史"散落在"摇摇欲坠的、沸腾的现在"。没有人把它描述为"印度罗马"，因为这个说法可能是错误的。毕竟，正如英国历史学家珀西瓦尔·斯皮尔（Percival Spear）所写的那样，"德里的历史错综复杂，比'永恒之城'罗马更古老。在亚历山大时代之前，它是一个著名的首都，它经历了时间和命运的变迁，幸存了下来"。

就像罗马有 7 座山一样，德里据说有 7 座古城。这 7 座古城分别是拉尔科特、锡里、杜格拉卡巴德、贾汗帕纳、菲罗扎巴德和丁帕纳，以及第 7 个也是最有名的一个，沙贾哈纳巴德——由莫卧儿皇帝沙贾汗建造，他还为他的爱妻建造了泰姬陵。（他在 17 世纪建造的德里与现在所说的旧德里大体一致，尽管这座城市的历史如此之深，以至于直到 1902 年，沙贾汗所建的城市仍被称为"现代德里"。）除了这 7 座古城之外，德里还有第 8 座城，即因陀罗普拉沙，也就是 20 世纪的印度首都新德里。

这种地理和时间上的交叉与重叠解释了德里"七城之城"称号的由来。事实上，在时代的变迁中，我们今天称之为"德里"的城市可能包含 10 个、11 个、15 个或 17 个不同的古城，正如作家兼评论员帕特万特·辛格的犀利总结："世界上没有哪个国家的首都像德里这样建立在这么多古老而传奇的城市旧址上。"

现在的首都新德里是外国帝国主义强行建造的——城市的第一块石头是由乔治五世铺设的，他的王后玛丽铺设了第二块石头，且这座城市的主设计师是出生于伦敦的埃德温·鲁琴斯（Edwin Lutyens），他小时候就"梦想着建造一座不朽的建筑"，就像所有寓言故事中的情节那样，成年后，鲁琴斯被任命为新德里的设计师——但在选址上并不随意。根据德里建城时的总督的说法，德里仍然是"一个让人难以忘记的名字"，另一位官员则说得更直接：新德里"必须像罗马一样为永恒而建"。

第六章　诗歌之城

事实上，德里的名字在日常习语和表达中的作用与罗马一样——想想"条条大路通罗马"——但程度可能更深。"德里属于心胸宽广的人"，意思是你要勇敢一点。"谁都无法忍受离开德里的小巷"，意思是你被你所爱的事物束缚了（这句话改编自德里的大诗人穆罕默德·易卜拉欣·佐克的一首诗，他在 1837 年被莫卧儿皇帝授予"诗人之王"或"桂冠诗人"的称号）。"尽管大雨倾盆，德里却焦渴干枯"，意思是匮乏源自被富足包围。"宁嫁一条鱼，不嫁德里男"，海德拉巴的一个女人曾笑着用英语这样告诉我，这句话表达了人们对新德里市民傲慢的讽刺。

也许印地语中最著名的一句习语是，"德里还很远"。这句话来源于一个故事。故事是这样的。吉亚斯-乌德-丁·图格拉克（Ghiyas-ud-Din Tughluq）于 1320 年成为德里的苏丹（并于 1321 年建立了德里的第三座城市）。几年后，图格拉克在一次军事远征后返回，他怀疑苏菲派圣人穆罕默德·尼扎穆丁·奥利亚（Muhammad Nizamuddin Auliya）可能会对他的权威构成挑战，于是命令尼扎穆丁在他到达之前离开这座城市。尼扎穆丁的一个学生，诗人阿米尔·胡斯劳向老师表达自己的担忧。但尼扎穆丁并不担心，他用波斯语回答说："别着急，德里还很远。"果不其然，图格拉克没能回到德里：在一场暴风雨中，为庆祝活动搭建的亭子倒塌了，他摔下来死了。尼扎穆丁的话自此家喻户晓。

随身携带的城市

"德里还很远"意思是还有很多事情可能发生，或者你还有很多困难要面对。基伦的父亲因德尔曾告诉我，他现在仍然能回想起十几岁时印巴分治后第一次到达印度时听到的那首歌，它的歌词从扩音器里传出来——"德里不再遥远"——那何尝不是对600多年前那句习语的重复。

†

当我还是个孩子，梦想着我的幻想之城时，我几乎完全是以我认为最吸引人的细节来构建的：摩天大楼、闪亮的灯光、宽阔的道路、繁忙的港口、一个（或三个）机场。我从来没有想过，诗人和诗歌也可以是一座城市辉煌的组成部分。其中的一个障碍是，当我想象那些城市时，我经常是从高处，从地图绘制者或即将抵达的飞行员的角度来想象的。诗歌，不像摩天大楼或地铁网络，不是我可以想象到的下方城市的风景。我不可能指着一个地方想，我喜欢这里的这些诗句，就好像它们是一条条新的铁路线一样。

成年后，多亏了基伦，德里成了我眼中世界上唯一的诗歌之城。我后来也确实没有听说过另一个当代城市因其诗意的伟大而受到如此频繁的赞扬。作家兼学者拉赫桑达·贾利勒（Rakhshanda Jalil）指出，德里的诗人"占据了这座城市文化和知识的大部分版图"。库什万特·辛格写道，"德里人以其彬

第六章　诗歌之城

彬有礼的谈吐和对诗歌的兴趣而闻名于世……他们为本土诗人感到骄傲"。不同时期都经常有来自周边城市的年轻诗人到德里来寻找导师,以实现自己在文学上的致富梦。这些财富可能相当可观,回报有可能是金币(两句对仗工整的诗可获得6枚金币),或者整个社区的认可,或者价值相当的贵重金属或宝石。

德里的莫卧儿皇帝不仅培养诗人,他们自己也经常写诗。然而,诗歌并不是精英阶层的特权。《亲爱的德里:莫卧儿城及其最伟大的诗人》(*Beloved Delhi: A Mughal City and Her Greatest Poets*)的作者赛义夫·马哈茂德(Saif Mahmood)写道:"乌尔都语诗歌大多是口语化的,不一定非要识字才能成为诗人或乌尔都语诗歌的爱好者。"他还引用了学者沙姆苏尔·拉赫曼·法鲁奇(Shamsur Rahman Faruqi)的话:"在德里,诗歌不是文学,而是生活本身"。马哈茂德指出,即使在今天,德里的古典乌尔都语诗人"仍然是该语言中被引用最多的诗人"。

住在德里的同性恋作家阿希尔·卡特亚尔(Akhil Katyal)曾在接受一家报纸采访时开玩笑说:"向家人坦白自己是同性恋比做诗人更容易。"他也谈到了他从这座城市的诗歌历史中获得的灵感,以及他在这座城市的当下中找到的自由:他出生在勒克瑙,年轻时来到德里,发现这是一个"你可以逃避的地方,你可以按照自己的方式生活的地方"。"是德里让我走出了自我的束缚",他说,"德里可能对某些人来说很无情",但尽管面临种种挑战,这座城市仍是他的缪斯女神,这里的居民是他的灵感来源："在德里遇到的形形色色的人会激发你创作诗歌的灵感。"

我来这里不是为了参加卡特亚尔举办的诗歌研讨会——参会者会在研讨会上使用德里地图来帮助自己找到那些他们希望将之变成诗句的记忆（这个创作过程在一篇博文中被总结为"到底是城市造就了诗人，还是诗人造就了城市？"）。不过后来，我们开始通信。他在一封电子邮件中讲述了德里最著名的诗人米尔扎·阿萨杜拉·汗·加利布（Mirza Asadullah Khan Ghalib）的作品是如何"在南亚电影、音乐和流行文化中投下了长长的阴影"的。的确，基伦寄给我的诗是加利布创作的，这首诗就在我酒店房间椅子上的牛仔裤口袋里，等着今天在这座城市的某个地方被我打开、阅读。

基伦在邮件中附上了她为我选的这首诗。她解释说，加利布与德里的渊源很深。加利布于1797年出生在现在的阿格拉，7岁时第一次去德里，十几岁时搬到了这座城市。他后来写道："世界是身体，德里是灵魂。"加利布曾建议别人给他写信时在他的名字后面加上他所在城市的名字，即"阿萨杜拉·汗·加利布，德里"。2016年一篇关于他遗产的文章的标题就体现了这种联系："加利布就是德里，德里就是加利布"。

加利布预见并经历了莫卧儿王朝的衰落，以及那充满诗意的古老传统，这些共同构成了他所热爱的城市的艺术生活。1854年，也就是1857年印度民族起义爆发、这座城市的大部分地区遭到破坏、英国殖民统治再度崛起前不久，他写道："在城堡里，几个王子聚在一起背诵诗歌。我偶尔也会参加这样的聚会。当代社会即将消失。谁知道这些诗人下一次会在什么时候见面呢，或者根本不会再见面。"

加利布于 1869 年在德里去世。他的陵墓与尼扎穆丁的陵墓相邻。而在旧德里，加利布以前宅邸上的广告牌把他描述为"也许是印度最好的诗人"，还列出了他最喜欢的食物，包括烤羊肉和酥哈哈拉瓦（一种仍然很受欢迎的传统德里甜食），还有他的爱好，比如放风筝、下棋和赶积法（一种通常用圆卡片进行的古老游戏）。加利布的许多诗也挂在墙上："还有比这里更荒凉的荒野吗！/ 我想到了——那是我离开的家。"

†

我拉开酒店房间的窗帘，天已经亮了，看来我是睡不着了。没关系，现在没睡，今晚我会睡得更香。我洗了澡，穿上牛仔裤、白T恤和蓝色法兰绒衬衫，接着把水、燕麦棒和帽子装在包里，再次检查了牛仔裤的口袋，看看那张写着诗的折起来的纸还在不在。我走出酒店，一个穿制服的服务员要帮我叫出租车，我拒绝了，他脸上的表情混杂着难过和遗憾。然后，我走到街上。

在冬天的某些日子里，德里的雾根本不会消散，前一晚的雾气会堆积，然后形成下一晚的雾。但今天早上只有一层薄雾。

天气虽然很冷，但还没冷到极点。当我走路的时候，太阳——即使在表面上万里无云的日子里，这里的烟雾和雾霾也能让人放心地直视太阳，无论太阳是像现在这样接近地平线的血红色，还是像高高挂在天上的月亮一样的白色——悬在天上，地面上一大群上班族向我涌来。

我到了德里航空地铁站，买了票，走到站台，正好看到一列地铁缓缓停了下来。我上了地铁，找了个靠窗的座位。很快，我们就在德里的山脊上飞驰，这是机场和市中心之间的一片森林高地。山脊和亚穆纳河是印度首都地区最突出的地形特征之一，在德里的各种战役中发挥了关键作用，后来被英国殖民当局种上了树。今天，它是这座城市少见的一块绿地，也是深受情侣们喜爱的地方。我想到了基伦，想起了她曾经给我讲过的一个关于她父亲的故事，故事里有加利布，还有一个出租车司机。

我听着站台的印地语广播，录了几段，准备回家后放给马克听。当我们接近机场线的最后一站——新德里站时，我试着在嘴里重复着"Nayi Dilli"。我下了地铁，走到黄线地铁的站台，一边等车一边浏览着系统地图上的名字：提克里边界、新阿肖克纳加尔、公民线、德里门、克什米尔门、欢迎门。黄线地铁载着我向北前往月光集市所在的昌德尼乔克大街。德里出生的诗人阿迦·沙希德·阿里（Agha Shahid Ali）曾描写过这条著名的旧德里大街上散落的茉莉花，以及在这里售卖的伊斯法罕、喀布尔和阿格拉等城市的商品。

第六章 诗歌之城

如今,月光集市的中心因施工被围起来了,黄色的板子把各种车辆——人力车、日本越野车、牛车——挡在拥挤的人行道上,而在施工之前,人行道上挤满了乞丐、擦鞋童、小贩和职业写信人——他坐在一块布上,面前放着一台打字机。

我被一波又一波地差感和那些像洗牌一样从我身边掠过的招牌——德里婚礼、帝国照相馆、蛋白质世界、维尔马吉照相馆——弄得心烦意乱。然后,我被人行道的一块碎片绊倒了,因为离我很近的一辆车摁了喇叭,一辆路过的自行车的车把挂住了我的袖子。我躲过离我头顶仅几厘米的一丛缠绕在一起的粗电线,藏进了一家商店的凹室里。

我啜了一口瓶子里的水,从口袋里掏出手机,想为马克录一段视频——他正在世界的另一端熟睡,而德里新的一天刚刚到来。我找到了基伦给我的诗,它的存在和她的想法让我安心,我回到月光集市,顺着人流走向红堡。

红堡是沙贾汗在17世纪中叶建造的,它既是莫卧儿王朝德里的古老中心,也是现代印度民族的象征。作家威廉·达尔林普尔(William Dalrymple)曾形容它对德里的重要性,就像雅典卫城之于雅典,或罗马斗兽场之于罗马。1943年,著名的印度民族主义者苏巴斯·钱德拉·博斯(Subhas Chandra Bose)——也被尊称为"尼塔吉"——喊出了"向德里前进"的口号,因为他期待着"在印度德里的古老红堡内进行胜利游行"。1947年8月16日,尼赫鲁在这座古堡上升起了印度国旗,并宣告:"我们在这个历史性的时刻聚集在这里,是为了赢回属于我们的东西。"从那时起,这座堡垒每年都是独立日庆祝活动的焦点。

我到了昌德尼乔克大街东端,等着穿过尼塔吉·苏巴斯广场。这是一条宽阔而拥挤的大道,横在堡垒前。我第一次站在这个路口是和一个朋友,他也是飞行员,就在我的飞机在德里降落几小时后,他驾驶的波音747也将在德里降落。在德里,人们经常不遵守红绿灯的交通规则,我们在这里等了10—15分钟,根本无法过马路。于是,我们商量着是叫一辆人力车带我们过马路,还是干脆放弃。最后有一家人很同情我们,小心翼翼地把我们领了过去。

这一次过马路比较容易,很快我就接近了拉合尔门的外堡——这是堡垒的主要入口,那儿有一个显示访客所处的确切位置的指示牌:德里第七城的堡垒。我走进去,穿过一条宏伟的拱廊,里面有一个集市,莫卧儿王朝的公主们曾在这里购物,如今这里挤满了买珠宝、服装、手袋或旅游小饰品的印度人和外国人。再往前走,堡垒就像是一所古老大学的封闭校园,里面有各种处于不同修复阶段的莫卧儿建筑(皇家浴室、花园、亭台楼阁、大厅、清真寺、色彩宫殿和鼓楼——只有王子才能骑马进入)、英国建筑和现代建筑。

我离开主路走进小路,看到一间平房,它似乎被遗忘在一片树林中,周围是无人打理的田地。这里十分符合人们心中的乡

第六章 诗歌之城

村生活图景,让我暂时忘记了自己正身处一个伟大的城市的中心堡垒。在我头顶盘旋的是一群巨大的、风暴一般的黑色大鸟。我从来没有在大都市上空见过这么多鸟。我一定要记得问问基伦或她的父亲这是怎么回事。

我来到一座拱桥前,桥的两侧是布满箭孔和有些断裂的桥身。这座桥通往另一座堡垒——萨利姆加尔堡的南门。萨利姆加尔堡曾经矗立在亚穆纳河的一个小岛上,据说沙贾汗在建造红堡期间曾住在那里。现在,连接这两者的不是水,而是德里内环公路的逆时针车道,路旁的路标指示着克什米尔门的方向。另外还有一座灰红色的人行天桥——栏杆上有莫卧儿王朝风格的装饰——通向铁路线,这条铁路线从德里枢纽站(德里的第一个火车站)向东延伸至加济阿巴德,将萨利姆加尔堡一分为二。

走到一半,我停了下来。到处都是树,突然间,除了鸟鸣和远处的几声喇叭声,什么也听不见,直到一辆火车在我正下方停了下来,我看到数百名不同年龄的人从车厢里跳下来,往火车站走。

许多孩子向我招手,呼唤我,基伦经常说的那句警告——"一列火车后面可能紧跟着另一列",这也是肯尼思·科赫(Kenneth Koch)一首诗的标题——在我脑海中闪现,我惊慌失措,担心有孩子稍不注意就可能会被撞到。于是我继续往前走,想起在另一次德里之旅中——那次是去参观莫卧儿王朝的另一处遗址，16世纪胡马雍皇帝的陵墓，诗人奥克塔维奥·帕兹将其描述为"玫瑰的火焰"——一群衣着光鲜的小学生跑过来问我从哪里来，我的职业、薪水和名字。我在许多城市停留的时间都非常短暂，短暂得几乎像幽灵一样一闪即逝。半小时后，听到有人在喊"马克！马克！马克！"，我抬起头，看到那群孩子笑着站在陵墓的空地上向我挥手。

我很快进入了萨利姆加尔堡边界，走过丘陵上的草坪，经过一个废弃的监狱、一口水井、几座炮台的残骸、几根孤独的灯柱和几只流浪狗——它们在找阴凉的地方睡觉。这里没有其他游客，只有几个士兵坐在大门紧闭的展厅前聊天。我想，一个到处是士兵的地方，一定不是我该待的地方，但我经过时，他们根本没注意到我。

据说加利布会来这里和皇帝一起放风筝。现在，如果我有一只风筝，我会去哪里放？我走上那片沙沙作响、未被修剪过的干燥草坪，走向堡垒的最高点之一，从那里我可以俯瞰整个萨利姆加尔堡，看到亚穆纳河和那被称为"老铁桥"的大桥——我花了好一会儿时间才意识到，这是我几分钟前站在上面的那条铁路线的延续。沿河有一条路，两旁是广告牌、商店和非正式的居民点，到处都是摩托车、人力车和其他车辆。有人告诉我，这条河的状况不好，但在这里我无法看到真实的情况，只能看到河两岸有很多人，河面上有很多鸟。

我转身离开河边，走向一张红色的石凳——石凳的一角已

第六章　诗歌之城

经掉了。我坐下后才感觉自己很渴，也很冷。在德里有这种感觉让我很惊讶。我扣上衬衫最上面的扣子。一阵蝉鸣般的声音从路上飘过草坪，一群鸟儿飞了起来，另一列火车轰隆隆地从桥上驶过。我喝了半瓶水，喘了口气，然后喝光剩下的半瓶，掏出手机开始看基伦写给我的邮件。

我想起了基伦，想起了现在马萨诸塞州是什么时间，想起了她的父亲。他对这个伟大的首都和它的文字了如指掌。他已经90岁了，我不知道他还能不能活过这一年。所以我想，当他下次回德里时，我必须尽力安排一次能和他在这里碰上的航程。我把手伸进口袋，拿出了他女儿寄来的那首诗，那几页纸已经被折成长条形，摸着有点潮湿。我借着德里街头微弱的路灯灯光准备开始读诗。今天真冷。

记得我第一次告诉基伦我的幻想之城时，她跟我讲过这个不属于我的城市。虽然我们从未一起去过德里，但现在我更愿意相信她就在我身边，在圣河上的城堡旁，或者在皮茨菲尔德的某个地方。我们两个好朋友，坐在树下的破板凳上，聊着诗歌，聊着各自的父亲。我们说话的声音盖过了附近道路上车辆的噪声，在我们头顶上盘旋的鸟群形成了一个几乎尖塔一样的形状。我打开折起的纸，开始读起那首诗来。

City of Rivers

第七章
河流之城

马六甲、首尔和卡尔加里

40岁生日后不久的一天,我打开了母亲为我做的剪贴簿,这是多年来的第一次。里面有座头鲸的照片,是我们在波士顿市中心登上的一艘观鲸船的甲板上拍摄的。还有一份关于是否要拯救鲸鱼的调查问卷,是她帮我写的,也是她分发给街上邻居的。(她还帮我把大家的一致回复统一寄到某个地方,我猜是白宫。我记得有一封正式的回信,用冰箱贴固定在冰箱上。)还有成绩单,以及从纽约世界贸易中心楼顶拍摄的照片——与我们在皮茨菲尔德拍的照片贴在同一页,标题是"城市和乡村"。

剪贴簿的中间是一张我的幻想之城的地图。我画这张图时可能是七年级。画里描绘的城市是一个乡巴佬绞尽脑汁的梦想:有单轨车站,各种各样的教堂,每个教堂上都有一个蓝色的十字架,还有一架飞机在"银河机场"的跑道相交处停着。在城市西区,有一处我费尽心思想掩盖的东西,涂着白色修正液,现在已经像油画中的云一样裂开了细细密密的纹。

在教堂、高度发达的交通基础设施以及我那处画错的地方之外,是这座城市的河岸。事实上,这条河似乎是这个大都市的主要标志。在这个安静的下午,当我用食指在蓝色墨迹上慢慢地来回移动时,距离我画这条河已经过去近30年了。很遗憾,我几乎不记得它的名字,也不记得它流向何方了。

皮茨菲尔德

在我和马克第一次见面17年后,我们在一个公园里,沿着一条像箭头的路漫步,路的尽头已经可以看到。由于没有船,我们无法过河。树上光秃秃的,河面也没结多少冰。我俩望着狭窄的灰色和棕色土地,问对方如何知道现在是3月而不是11月。

我们左边是胡萨托尼克河的东部支流。这个名字在莫西干语中据说是"山外之河"的意思。约翰·塔尔科特(John Talcott)少校时代称它为"奥斯通诺格河"——塔尔科特少校是第一个发现伯克希尔这片水域的英国人,据报道,1676年夏天,他在河岸上屠杀了25名印第安人。

第一次听到莫西干人说"永不静止的水域之人"时,我以为这片水域是指胡萨托尼克河。后来,我与莫西干印第安人斯托克布里奇·芒西部落的文化事务主管希瑟·布鲁格尔(Heather Bruegl)聊天,她告诉我,这个习语是由"Muhheconneok"一词翻译过来的,"莫西干"这个名字也来源于此,而这片水域指的是马希卡尼图克河,为"双向流动的河"之意,也被称为"潮涨潮落的哈得孙河"。

胡萨托尼克河位于莫西干人家园的东部,与西部的哈得孙河流向大致平行。布鲁格尔解释说，虽然胡萨托尼克河传统上只是她们部落的第二条河，但具有重要意义：皮茨菲尔德的兴起离不开它，它是沿途土地的肥沃之源，是无数代人水和食物之源，也是生命的象征。

当我和布鲁格尔聊天时，她正在皮茨菲尔德以西约800英里处，在她的部落现今位于威斯康星州的土地上。她告诉我，她的祖先在美国独立战争后被迫从伯克希尔迁出，先到纽约州中部，然后到印第安纳州，最后到威斯康星州，这是一段充满血泪的旅程。在我们这次聊天的几个月前，她到伯克希尔参观莫西干遗址，给一个保护组织发表演讲，还在胡萨托尼克河上度过了一段时间。她告诉我，如果你向大自然敞开心扉，它就会说话。她还说，如今，对年轻人来说，回到祖先的家园，了解那里的水域，尤其重要。

我认为皮茨菲尔德是座水城。这里有两个很大的湖，伯克希尔人经常在那儿野餐、游泳、滑冰。我的中学离一条河只有一步之遥，我每天都要过河去上学。这条河附近的树林里有六七处我和哥哥或里奇（那个在我中学最艰难的时候离开的朋友）经常一起玩的地方。我们会把自行车停好，然后在令人毛骨悚然的潮湿小桥下踢着水来回走，直到吓到自己为止；或者坐在洒满阳光的泥泞河岸上，盯着在水里怡然自乐的海狸；或者观察那些我从未见过的在水里游泳的熊——虽然有的人偶尔能看到。直到成年后，我才意识到，我所知道的皮茨菲尔德的那十

第七章 河流之城

来条河流或小溪是同一条河的分支,有的甚至是同一条支流的分支。

我对童年时常去的这个公园没什么印象了,虽然它离我家的老房子不到1英里。通用电气公司曾在皮茨菲尔德大规模建厂(现已拆除),给附近的河流造成了严重的污染,为了缓解这一问题,21世纪初便有了这个公园。在1943年公司发展高峰期,有超过13600人在这些工厂里工作,这个数字相当于当时该市人口数的1/4以上。当我还是个孩子时,仍有成千上万的人在那里工作,包括我许多同学的父母。当邻居们提到通用电气时,不管他们用哪个词,哪怕只是简称GE,我都明白是在指什么。

这座城市与工业之间的复杂关系可能会引起更多人的兴趣——工业先是为这座城市提供了一代又一代条件优越的中层工作岗位,然后在全球化到来之际,又在皮茨菲尔德进行了大刀阔斧的裁员,工厂对当地环境造成的影响在其关闭后仍然持续了很长时间。皮茨菲尔德是7月4日美国国庆庆祝活动的举办地,老奥利弗·温德尔·霍姆斯据说曾宣称"没有什么补药能比得上胡萨托尼克河的功效",但这些都没能保护这条河免受污染,也没能保护它所流经的城市免受破坏性经济变化的影响。

即使在这个灰暗的下午,胡萨托尼克河的两条支流仍然闪着波光。河水看起来很干净,在我小时候就是如此。我试着用目光去搜寻,却没能看到两条支流的清澈河水是如何在我们面前汇合的。

我希望皮茨菲尔德的土地、空气、水永远像现在一样干净，希望皮茨菲尔德变得更加强大和健康，希望皮茨菲尔德的每位居民都有安全感，希望这座城市中产阶级的规模稳定扩大，成为经济学家和政治家们羡慕并研究的对象。我希望在皮茨菲尔德建立世界领先的新工厂，设立如大学一样能吸引研究人员和研究像父亲喜欢读的科学杂志上引用的那些绿色技术的机构。

你能为家乡做些什么呢？于我而言是写作。我想起第一次在一份伦敦报纸上发表了一篇关于皮茨菲尔德及其市中心的复苏的文章时我是多么高兴，并且在研究过程中，我与父母的前同事再次建立了联系。从那时起，我就试图把皮茨菲尔德写进我的所有文章里。

但是，我又一次问自己，你真的能为家乡做些什么呢？一个我印象深刻的高中同学长大后与人合伙创办了一家大型互联网零售公司——他的父亲是通用电气公司的退休工程师，在创业初期帮了他一把——不久前，他完成了我经常幻想的如果我中了彩票会做的事情：他在皮茨菲尔德市中心创造了数百个就业机会，在胡萨托尼克河西部支流的一个钟表厂和造纸厂的旧址上建了新工厂。

起风了，我把帽子拉下来盖住耳朵。我和马克都觉得越来越冷了，该去喝杯咖啡。我还告诉马克，听说今天要下雪，但不会很大。皮茨菲尔德的冬天已今非昔比——我知道，这在一定程度上要归因于我们在这里开的汽车、我梦想驾驶的飞机，以

第七章　河流之城

及被家乡废弃的那些工业。我把手插在口袋里取暖，在返回之前，我看了南方最后一眼，第一片雪花出现在我们头顶上，在河流交汇处盘旋，然后落下去，消失了。

马六甲

　　我在吉隆坡机场站找到了一辆巴士——我希望是正确的——并上了车。车上人没满，我很快找到了一个靠窗的座位。我们的巴士加入了傍晚的车流，沿着一条一尘不染的公路缓缓驶出马来西亚的首都。公路两旁是郁郁葱葱的树林，我忍不住猜测，为了防止树枝影响车辆和行人，园林工人一定对它们进行了很多次的修剪。我们的飞机降落时，那场倾盆大雨终于停了。我低头看着公路两边精心设计的排水沟，努力回忆在吉隆坡没有下雨的一天。

　　车速慢了下来。我开始研究路标上的地名，还用手机查了几个。我戴上耳机，睡了一会儿，玩了几局游戏，又听了一会儿音乐。当我们的车加速驶向马六甲州及其同名州府时，我又打起了瞌睡，然后被路边的一块牌子惊醒了，上面写着：

　　　　欢迎来到美丽的马六甲

　　我们把车停在这个约有 50 万居民的城市的一个汽车站里。

天黑了，我很累，有那么一瞬间有点后悔离开吉隆坡来到这里——现在我本应该在那里和同事们共进晚餐的。我找到自己的房间，上楼，放下昨天在伦敦整理好的旅行包，然后出去散步。

在河上一座风景如画的人行天桥上，一对夫妇想让我和他们一起拍一张照片。皮茨菲尔德和他们在中国的故乡之间的那一丝隔阂消失了。我在街边的一个小摊前停下来，吃了些鸡肉条，喝了杯啤酒。当我和小吃摊的老板聊天时，我惊讶地发现，他的路边摊并不像我在马六甲最初几个小时里所看到的那样已经做了一段时间了。他告诉我，几天前他才决定尝试做这个生意。于是，他买了一个小烤架和一些鸡肉——这就是他的全部计划。但他做得很好，因为味道很好，生意似乎很火爆。他问我为什么在马六甲，他不敢相信我是飞行员，也不敢相信我今天下午才降落在吉隆坡。当我吃完这顿简单的晚餐，沿着河边的道路回到我租来的房间时，我自己也不敢相信。

Hier Leyt Begraven Hendrik Schenkenbergh, in sÿn leven Opper-Coopman en Tweede Persoon der Stad en Fortresse Malacca, overleden den 29e^n Juny 1671.

这里埋葬着亨德里克·申肯伯格。他生前是马六甲市和此地要塞的头号商人和第二指挥官，于1671年6月29日去世。

我睡了一觉，感觉精神焕发。但从河岸一路走来却累得气喘

第七章 河流之城

吁吁。我停下来,在耀眼的热带阳光下读着墓碑上古老的荷兰文,又抬头看看圣保罗教堂的屋顶。这座教堂曾停放过圣弗朗西斯·泽维尔(Saint Francis Xavier)的遗体。它比大多数教堂更吸引人的理由是:它始建于1521年,据说是东南亚地区最古老的教堂。

马六甲的起源,以及它后来的财富和地位,都与它的地理位置密不可分。它位于马来半岛山脉的南部,不受台风的困扰,也是一个等待季风季节性逆转的好地方——几个世纪以来,亚洲的大部分贸易活动都依赖于季风。也许最幸运的是,马六甲海峡——以这座城市命名——是非洲、欧洲、中东和南亚次大陆与整个东亚之间最短海上航线的一部分。

1512年抵达马六甲的葡萄牙药剂师托梅·皮雷斯(Tomé Pires)将该海峡形容为"咽喉",惊叹"没有一个贸易港口像马六甲那样大"。他还说,"谁成为马六甲的主人,谁的手就扼在威尼斯的喉咙上"。如今,世界上大约1/3的海上贸易要经过该海峡,包括从波斯湾运往中国和东亚其他蓬勃发展的经济体的大部分石油。这个海峡和这座城市甚至以自己的名字命名了能够通过浅水区的最大船型:"马六甲级"。(符合条件的船只吃水通常不足23米。)

虽然很容易想象,在马六甲河入海口的地方一直有人居住,但这座城市的历史通常可以追溯到15世纪初,当时一位名叫帕拉梅斯瓦拉(Parameswara)的苏门答腊王子来到这里。当他第一次在马六甲登陆时，发现河口处住着一小群海峡居民。帕拉梅斯瓦拉把自己的家安在河口南边，并在两岸之间架起了一座木桥。

马六甲苏丹国就这样诞生了。在整个 15 世纪，马六甲苏丹国的实力不断增强，与明朝的商业和政治联系也越来越紧密。最好的例证可能就是郑和的到访，这位中国航海家的庞大船队曾航行到遥远的东非。据说，在这一时期，也就是马六甲的黄金时期，这里汇集着 80 多种不同语言的人，它的港口可以容纳 2000 多艘船。

我在这里才第一天，就已经因为要努力辨别周围听到的各种语言而感到筋疲力尽了——马六甲似乎仍然是一个汇聚世界各地游客的城市。它也是一个文物之城：一家博物馆里收藏了 14 世纪马来货币的样本，这些货币是锡制的，像一个个小巧生动的动物，如鳄鱼、螃蟹和鱼。在马六甲的一栋传统房子里，我看到了一台积满灰尘的打字机，纸托上印着"大英帝国"的标识，就像如今商务人士的笔记本电脑上贴着跨国公司的标识一样平常。马六甲也是一座鲜花之城——装在篮子里的，长在野地里的，画在长椅的瓷砖上和路灯的玻璃面板上的——这座城市还有其他各种各样的名字，比如刻在墓碑上的马来语（用罗马字母写的，或用阿拉伯语衍生的爪哇语写的）、汉语、荷兰语或英语名字。

但我很清楚，自己对马六甲印象最深刻的还是它的河流。当

第七章　河流之城

我在一家咖啡馆里问一个在马六甲出生的男子关于这条河在当今的重要性时，他回答说："我们不再那么依赖它了，但它对游客来说仍有意义。"

就这样，在我到这座城市的第二天，我来到了我应该来的地方——马六甲河的一个码头上，等待日落（在一座城市里，天黑后的时差反应通常不太困扰我，因为太阳不再按照真正的时间在天空中移动），和一艘船——它将带我们一群人逆流而上，进入市中心，然后返回。

我拍了一张这条河的照片，发给我的英国朋友西塔，她的印度外祖父曾在马六甲为英国和日本官员当法庭翻译。西塔的母亲出生在马六甲的医院里，她回忆起20世纪40年代的童年时光，记忆里是不时响起的防空警报声，还有蛇和母鸡在她家那间离河岸不远的吊脚楼下窜来窜去的画面。

然后，当祈祷的声音在整座城市回荡时，我试着将眼前的这条河与今天早些时候在这里的博物馆里看到的画作和老照片联系起来。在一幅未署名的现代画作（根据15世纪早期随郑和下西洋的翻译家马欢的笔记绘制，他将马六甲的老虎描述为可能变成人在城市街道上行走的生物）中，一条河流将一个看起来与村庄差不多大小的居民点一分为二；一座马欢称之为宫殿的建筑从河的东南岸拔地而起，坐落在一个由垂直树干围起来的长方形院落中；一名警卫站在唯一可见的入口处，它的附近有一座通向西北岸的木桥。

今天我还看到了一张照片，是1901年在河边拍的。照片上，河的东南岸有电线杆和几盏路灯，还有一个遮阳篷，遮了一部分通往水面的台阶。一辆自行车支在石堤上，附近漂浮着三艘倾斜着风帆的小船。另一张照片是在20世纪60年代拍摄的，也是黑白的，此时河上停泊着各种船只，有些仍然有桅杆，有些已经没有桅杆了；汽车时代也已经到来，原来停放自行车的地方此时停着6辆汽车，汽车后面一个穿着浅色衣服的成年人正独自从镜头前走开，显然没有注意到摄影师的存在。不管这人是谁，现在一定已经上了年纪，或许已经不在人世了。

宣礼声结束后，我看到一对年轻的荷兰夫妇、几个戴着头巾的马来西亚妇女和十几个在码头上等在我身边的中国游客。还有一对年长的夫妇，他们是英国人，或许是几天前搭乘我的航班从伦敦飞到吉隆坡的。他们身上的一些东西引起了我的注意。当然，我对他们一无所知——不知道他们的确切年龄，不知道他们的艰难困苦，也不知道他们的健康状况——但在我看来，他们似乎非常幸运：他们在一起有说有笑的，还能一起到远方一个迷人的城市旅行。

时间到了，我们登上小船，出发了。

几分钟后，我们从第一座桥下经过。桥下装饰着五彩缤纷的灯光，灯光被设计成流水的样子，像热带大雨一样倾泻而下；桥底部的面板和凹槽被这灯光照成明亮、柔和的色调，而在许多其他城市的这些地方，你可能会看到诸如鸟巢、蜘蛛网和涂

第七章 河流之城

鸦之类的东西。

更多的光和噪声从河岸出租的人力车倾泻到河上。这款以凯蒂猫为主题、音乐声震耳欲聋的人力车——装饰着紫白色灯光的毛绒凯蒂猫玩偶被绑在车头心形环内——是迄今为止最让人不忍直视的,也让人很难把目光从它身上移开。它集老虎机、自动点唱机、脚踏车和单人乐队于一身。它的灯光、它产生的噪声、它引起的怒骂声,比汽车更甚。这效果,至少对一个倒时差的内向者来说,几乎像是幻觉。

我们的小船在河边的咖啡馆、小贩、游客和招揽顾客的人力车夫的喧嚣声中前进。水面反射的光线如此炫目,以至于我忘记了我们在马六甲,恍惚以为在一条蜿蜒穿过赌城拉斯维加斯灯火辉煌的建筑之中的溪流上。这让我很难不为两岸的树木感到惋惜,因为它们的夜晚肯定不宁静。有些树被从下面射向树枝的彩色灯光照亮;有些树的枝干则被浓密的白色灯光覆盖着,灯光倾泻而下,如同白色藤蔓,让人感觉仿佛置身于另一个星球的森林里——这里的树木白天吸收光线,晚上散发光芒。

沿河的一些河段,建筑物紧挨着岸边,但它们可能营造的近乎中世纪的氛围被这条狭窄而繁忙的河流起伏的水面所驱散——它捕捉、映照和扭曲了沿河明亮的红色、绿色、蓝色或黄色的灯管的样子。再往内陆航行,就在我们的船掉头之前,岸边的建筑变了,看起来更像是住宅。然而,即使在这里,栏杆上也装满了五颜六色的彩灯——这种灯在皮茨菲尔德通常是白色的，并且只在圣诞节期间才会出现，让人联想到冰柱。

我们的船回到码头。下船时我很难过，不知道该去哪里。总之，我有点孤单。我不知道怎么用马来语对导游说谢谢。我和船上的任何人都没有联系，也没有交谈。我们分开时没有互相点头，也没有眼神交流。

我找到了在船上注意到的一家餐馆，坐在一张摇摇晃晃的桌子旁，离堤坝的边缘只有几厘米。我现在才意识到，沿河的黄色灯管是最近一项以游客为中心的修复工程的一部分。灯光在凌乱的水面上扭曲着，像电影里的老式闪回一样荡漾，直到一艘船经过，它的尾流将这倒影打得粉碎。我把一张放大的河面照片发给马克。他所在的地方那时正值中午，他不知道我拍的是什么。当我坐在家里的沙发上翻看相册，再次看到这张照片时，我也需要提醒自己，这是在马六甲，这是马六甲河上夜晚的灯光。

首尔

我意识到自己不是在皮茨菲尔德，因为看到了这样一块告示牌：穿韩服的人进景福宫无须买票。

这是我在首尔的第一天，我起得很早，从酒店附近的车站坐了20分钟的火车，到了首尔站。然后我向北走，停下来喝了杯咖啡，漫步在首尔超现代的市政厅前——它像玻璃波浪一样矗立在石头建的老市政厅和一片绿地后。今天这里挤满了为音乐

第七章 河流之城

会做准备的工作人员。不久后,我来到了景福宫的售票处——这是一座受上天眷顾的宫殿——加入人群,穿过大门,经过手持闪闪发光的流苏枪的红袍卫兵。

这座宫殿最早是在 14 世纪末由朝鲜王朝的创建者太祖李成桂建造的。他选择首尔建造宫殿的原因之一是,它位于四座山之间的山谷中。根据传统的风水观念,这被认为是吉祥的。在鼎盛时期,这座城墙环绕的建筑群本身几乎就是一座城市,包括大约 500 栋建筑、7500 个房间。韩文,韩国人使用的文字,是 15 世纪在集贤殿创造的。这种文字是我见过的最迷人的文字之一,据说比较容易学习,每年韩国和朝鲜都会在韩文节这一天庆祝这一成就。

我计划在今天剩下的时间去汉江边散步。汉江流经城市的部分水面非常宽阔。在某些河段,两岸之间的距离超过 2/3 英里。它的流向大致呈东西走向,蜿蜒穿过首都的中心。对我这个时差错乱的旅行者来说,这条河与伦敦的泰晤士河有些相似。事实上,这两条河有些弯道看起来非常像,以至于当我第一次在地图上看到汉江上的大桥时,误把东湖桥看成了滑铁卢桥,圣水桥看成了黑衣修士桥。

在去汉江岸边的路上,我停下来,等着穿过一条林荫大道。这里绿树成荫,有一部分是步行街。在这里,我能看到一家冰激凌店和几张户外餐桌,还能听到流水声。我开始沿着路的中间走,来到一个有着瀑布的水池边,来到一处通往一条水道的台阶前——这条水道像是从首尔这座钢筋混凝土城市的外壳中突然冒出来的。

这就是清溪川,从风水的角度来看,它自西向东的流向可以平衡汉水自东向西的流向。几个世纪以来,首尔的孩子们在这里玩耍,而他们的母亲则在附近取水或洗衣服。在其他时候,它承担着下水道的功能。第二次世界大战后,城市化和工业化给这条河流带来了现代工业污染,河两岸也开始布满棚户区。20世纪50年代,这条河被覆盖成暗渠。20世纪70年代,就像许多城市的交通规划者无法抗拒的那样,一条高架公路沿着这条河修建起来了。清溪川的名字之所以流传至今,在某种程度上得益于20世纪90年代韩国最受欢迎的抗议歌曲之一《清溪川第八街》。21世纪初,高架公路被拆除,清溪川恢复了原来的样貌。

如今,清溪川低于城市地面,所以你必须通过坡道、楼梯或电梯,才能到达沿着清溪川的小路。到了那里,你可以沿着一条自然形成但又经过特意规划的走道漫步。走道两侧满是绿色植物、公共艺术设施和标着火焰和数字的路标,以表明你可能燃烧了多少卡路里。这里还有雨伞可供外借,伞大到可以和人共用。这也意味着这座城市经常会有阵雨,尽管在这个秋高气爽的早晨很难想象天会下雨,但这确实是有可能的。因为阵雨雨量大,时间短,来这里的人们随时都可能要和陌生人一起等待雨停。

我新到一座城市的第一天通常走得最远,在首尔也是如此。

第七章 河流之城

从车站漫步到宫殿后,我又沿着这条小河走了几英里。我想,流动的水声一定能让倒时差的人感到心情舒畅——修复后的清溪川经常被称为"奇迹"。著名建筑师安藤忠雄也给了它高度评价——但把这改变的力量描述为大自然的力量并不准确,因为在现代,河流很难完全靠自身流转。

事实上,许多人已经指出,清溪川并没有完全恢复良性的生态系统。一位评论家认为,将其描述为一个水平喷泉可能更好,而环境活动家崔炳成将其描述为一个"巨大的混凝土鱼缸"。也许只是因为与周围的城市景观形成了鲜明的对比,才显得这里的自然环境欣欣向荣。这里是河流浅水区,还有几处微型沼泽地,沿岸生长着本地的柳树、杨树和阿穆尔银草。研究报告称,这条河附近区域的温度比几个街区外的道路至少低几度。自从河流恢复以来,鱼类和鸟类的数量有所增加,包括被韩国人认为象征着吉祥的鲤鱼和鸳鸯,这是一种吉兆。(据说鸳鸯终生只有一个伴侣,因此它们的形象被制成一对对木制工艺品,成为传统的结婚礼物。)河水非常清澈,成群的银色鱼从我在水中的倒影中散开,这让我想起了与父亲、哥哥在皮茨菲尔德堤坝上钓鱼的那些夏日时光。

首尔这条河不仅诠释了城市应该如何巧妙地将自然与人工融合在一起,也提供了比较新旧两种做法的机会。我一次次停下脚步,凝视着偶尔出现的破旧T形柱子。我还喜欢那些历史标记,比如永丰桥遗址。因为附近住着很多盲人,所以永丰桥又被称为"盲桥"，目前尚不清楚这座桥是何时建成的。

在首尔，防毒面具被存放在地铁站台的透明板后。（我住的酒店房间的壁橱里也有几个，还有应急手电筒和逃生绳。）因此，可以想见，在清溪川一带，公共安全是人们最关心的问题。警示牌提醒人们注意哪些是可能会被洪水困住的狭窄空间，逃生梯每隔一段时间就会从人行道上降下来，桥下灰色石墙上的摆动板上也写着警告语"在降雨期间闸门打开之前，请立即撤离此地"——这让我想起了那些有城堡和暗门的童话故事。

在一些地方，人们可以通过河床上的垫脚石跨到对岸。相比通过增加更多的人行天桥来解决人们的过河问题，这个设计更有趣——我不是唯一一个记得小时候在光滑的石头之间跳跃的那种感觉的人，有时岩石还会从脚底下滑走。在首尔市中心的河石之间快速行走也更容易。这就是我在这个星球最大的城市之一度过的第一天。这条人工规划的支流带给我很多乐趣，它的水流是由看不见的水泵推动的。所以，其实我并未到达真正的河流。

卡尔加里

我提醒自己，现在才9月，但寒冷多云的天气让人无法忘记，这座城市位于北美内陆深处，而且在加拿大的大城市中，它是海拔最高的。卡尔加里机场的海拔为1099米，仅比伯克希

第七章 河流之城

尔的格雷洛克山的山顶高一点点——在山上可以看到5个州的景色,那里的树木被风吹得像盆景一样低矮。因此,对我来说,要欣赏这里的海拔之高,最简单的方法就是把卡尔加里想象成一座天空中的城市,或者想象成一座城区坐落在白雪皑皑的格雷洛克山顶上,郊区和城市其他部分悬置在陡坡上的城市。

透过酒店高层房间厚厚的窗户,可以看到天已经开始下雨了,但听不到雨声。我想去跑步,但是这样又冷又湿的天气让我很难下定决心。我在心里对自己说:只有刚开始跑时才会感觉冷,跑起来就热了。也许停在马路边等红灯时,我会再次感到冷——这里的行人都很遵守交通规则,我要和他们一起等到信号灯显示可以安全过马路为止。过不了多久,我就会跑到河边,那里不会再有灯光或汽车。

每当读到"活在当下是平衡感、幸福感的关键"时,我就会想,正念到底是如何与想象这一行为联系起来的呢。年轻时,我一直在为自己的同性恋身份、语言障碍以及其他一些重大问题而痛苦挣扎。能去我的幻想之城旅行,或者想象自己身处一个足够遥远、让人感到安全的真实城市,几乎给我一种被拯救的感觉。即使是现在,在对各方面都相当满意的成年时期,我仍然发现能够轻松地去其他地方往往是一种乐趣,或者至少是一种能让我在洗碗、看牙医、汽车晚点或睡不着时更愉快地度过时间的手段。

它还可以让锻炼变得更容易,至少在像今天这样我没有任何心情锻炼的日子里。我知道我应该试着在户外而不是酒店恒温健身房的跑步机上跑步。在外面，我可以看看这座城市和这个世界，可以让加拿大的雨点打在身上，可以和其他跑步者点头致意、互相鼓励。相比之下，在酒店的健身房，我不会被淋湿，也一点儿不会感到寒冷。我可能不会和任何人说话，而是会戴着耳机，在我喜欢的音乐的陪伴下快速奔跑，幻想去做我喜欢的任何事情或去我想去的任何地方。我心里想，也许这家酒店有新一代的跑步机，你可以在上面的虚拟路线上跑步——穿过森林，爬上山路，或者沿着一条风景宜人但不知名的城市的海滨大道奔跑（这是我最喜欢的）。

我穿上短裤，坐在地板上系好运动鞋鞋带。看着雨点无声地拍打着窗玻璃，我心想，外面的风一定更大了。到底是在室内运动还是去室外呢？我责备着自己的优柔寡断，也对正念的想法嗤之以鼻。不过，在这种情况下，我内心的自责占了上风。我把打了结的白色耳机放在桌子上的菜单上——一会儿我可以点些吃的来犒劳自己——然后下楼去了大厅。一对老夫妇站在门口，打着湿漉漉的雨伞，盯着我和我的运动短裤，好像我是个傻瓜。我想告诉他们，是的，我知道，这很蠢，但我跑完步后会喝杯热巧克力，再吃一碗意大利面。经过他们身边时，我点了点头，跑进了卡尔加里寒冷的细雨中，我打了个寒战——那一瞬间，我理解了那对老夫妇的眼神——然后朝河边跑去。

弓河的源头是弓湖，位于班夫国家公园的弓形冰川下。在卡

第七章 河流之城

尔加里，它与肘河相连——弓河、肘河，这两个名字很难与笔直联系起来——它们交汇在一起，继续流向哈得孙湾，那里经常结冰，景色单调。弓河的大部分水来自落基山脉的融雪，在某些季节，河面上漂浮着乳白色冰块，好似粉碎的冰川；在其他时候，河水看起来很清澈，或呈现出翠绿色，即使在这种灰蒙蒙的天气里，也有一点翠绿。

按照我的估计，现在只是初秋，但在这个地处加拿大内陆的高山城市，黄叶已经飘落、堆积在路边了。我跑过斋浦尔桥——为了纪念印度斋浦尔市和加拿大卡尔加里市之间的友谊和善意——然后穿回来，沿着河边的小路向东南方向走去。

我曾在许多城市的滨水区散过步或跑过步，但卡尔加里的滨水区尤为美丽，河流绕着小岛蜿蜒而行。这里有自然形成的小径——打理得很好，路标也很清晰——也有人行天桥和艺术装置。作为加拿大的一座城市，它是微缩版的国家样貌，这里的人们很友好，也不拥挤。如果我现在带着相机，天气也正好晴朗的话，我就可以为高端跑步机创建自己的数字健身课程了。想归想，但当我向跟我挥手的跑步者挥手回应时，我明白很难将这个心血来潮的想法付诸实践。

我从一座桥下穿过，经过混凝土桥墩，桥墩上装饰着一个公共艺术作品，几个卡尔加里人正戴着纸质面具在拍照，其中有一个戴着蓝眉毛、红嘴唇的面具。我后来才知道他叫唐，他解释说，他选择这个面具是因为它看起来让人感觉很友好。我在另一座桥下停下来稍做休息，旁边是监测河水深度的测量仪。然后，我继续向前，只在经过的路标前停顿一下，原地慢跑着看那上面的说明。

一座上面写着：总有一些卡尔加里人看到了河谷的美丽和公共价值。

另一座上面写着：到底要创造什么样的城市，我们仍未做出选择。

我浑身湿透了，雨水和汗水混合在一起。跑步的兴奋感向我袭来，这是对卡尔加里疯狂的热爱。我想，此时此地，这就是终极城市，因为我想象中的旧城市像以前那样闪烁着生命的光芒，甚至在我描绘它时，它也在改变自己，以适应和反映我周围一切令人愉悦的新事实。

我看到一列货运列车，它的行驶速度不比我跑步快多少，我想向司机挥手，也许他和我住在皮茨菲尔德的隔壁邻居是亲戚——那个邻居曾在从奥尔巴尼开往纽约的火车上当列车员——或者是那些每天开着大货车来回奔波的人的亲戚。我继续往前跑，在弓河和肘河的交汇处停了下来。1875年，新成立的西北骑警在这里建了卡尔加里堡。河流交汇，堡垒拔地而起，一个未来的城市找到了适合自己的名字。

雨停了，我看着路标上的信息：如果计划中的一切都真的建成，卡尔加里的面积将和芝加哥一样大。我在一座时尚的人行天桥上慢跑着穿过肘河——弯曲的钢栏杆，木制长椅，光滑的

第七章　河流之城

灰色圆柱形路灯——从桥上往下看，有一条与绿道平行的街道。只有几辆车停在房子外面。我想，这个时间大多数人都在工作。他们早上开车离开，要晚上才回来。作为飞行员，我几乎忘记了这样的生活节奏，也几乎忘记了今晚几乎所有卡尔加里的居民都会回到家，洗漱、睡觉，而我则会坐在卡尔加里机场的一架喷气式飞机的明亮驾驶舱里，一边喝着茶，一边仔细研究着即将带我离开的穿越北极的航路。

我又跑了起来，经过一个贴满鲜花照片的防熊垃圾桶，然后沿着河边又跑了一段路，最后决定往回走。没过多久，我停下来，在一尊骑警和马的铜像下，重新系紧左脚跑鞋的湿鞋带。灰色混凝土基座周围环绕着黑色的金属斜体文字：站在广阔的大草原上想象一座城市是什么感觉？

于是我站在那里，闭上眼睛，准备试一试：不是任意一片草原，而是这片草原；不是任意一条河流，而是这两条河流。我一直闭着眼睛遐想，天又下雨了，这是 9 月末的卡尔加里，我穿着一件 T 恤，冷得发抖，于是我睁开眼睛，又跑了起来。

City of Air

第八章
空气之城

哥本哈根、内罗毕、彼得罗波利斯和科威特

小时候，我想象着那些城市，从未考虑过它会是什么气味，我也从未想过在这一个季节或下一个季节可能吹到幻想之城的风——这些风可能在几千年前就已被命名并被赋予了神话色彩。最近，风被用于城市工厂和船只行驶的动力来源，它也依然发挥着减缓鸟类迁徙的作用——它们落在城市公园的湖泊上和恢复航运的运河上，让人想起了前工业时代。

儿时想象那些城市时，我从来没有考虑过人们的呼吸，没有考虑过构成这个大都市的数百万生命体每时每刻都必须呼吸。问题是，当你想象一个地方时，尤其当你独自一人想象时，没有人会指出这些明显的遗漏，没有乐于助人的朋友或严厉的检查员拍着你的肩膀警告你：你的幻想之城没有空气。

皮茨菲尔德

我 16 岁了，这是我一生中最兴奋的时刻。父母曾多次带我到家乡的市政机场看飞机，但我从未上过飞行课。

教官说，在我们去看飞机前，他要完成一些文书工作——他正在填写一个表格，速度之快表明他已经做过很多次了。他问我体重是多少，然后看了看一个仪表。我意识到这个仪表显示的是室外的温度，而不是这个房间的温度——这个房间位于皮茨菲尔德飞机场停机坪旁边的一个低矮的普通建筑里。

他一边工作一边说："这里的温度通常不是问题，没有那么高。这和你在西部看到的情况可能完全不同。而且，不管怎么说，今天并不热。"然后，他打开一本螺旋装订的手册，用手指划过一张线条清晰的图表，补充说："但如果你每次都计算起飞性能，你在世界任何地方都这样做，你就永远不会犯错。"

哥本哈根

从伦敦起飞后，我们飞越北海和日德兰半岛，穿过西兰岛，前往哥本哈根所在的繁忙海峡——厄勒海峡。在海峡的另一侧，飞机短暂地进入了瑞典领空,现在我们开始一系列转弯,返回丹麦和它的首都。

这一年我29岁,刚获得空客飞行员资格,这是我第一次飞往哥本哈根。西风很猛烈——地面时速约30节[①]——所以,看着从黑暗的海面翻滚出来的白浪,我预感这次着陆会很颠簸。

然而,令人惊讶的是,这次飞行的最后几分钟非常平稳。我们着陆后,那位经验丰富的同事解释说:"在哥本哈根附近的天空,强风很常见,但飞行比较平稳,因为那里没有明显的山丘,既不会让低层大气中快速流动的空气河流减速,也不会带来湍流。"我感谢他为我提供了这些关于这座城市的空气的信息,并将它们添加到我的备忘录中——一个飞行员,尤其是刚入行的飞行员,应该对他们所知道的每座城市的气象变化进行记录。

内罗毕

当我们在苏丹上空,靠近青尼罗河和白尼罗河的交汇处时,黄昏降临了,喀土穆也出现在我们的视野中。现在,在清澈的星空和模糊的埃塞俄比亚高地之间,我们正在完成前往内罗毕的准备工作。

[①] "节"是速度的单位,主要用于航海和航空领域,表示船只或飞机每小时行驶的海里数。在气象学中,也通常用"节"来报告风速。

第八章 空气之城

非洲城市，如约翰内斯堡、温得和克、坎帕拉、卢萨卡和哈博罗内，以及亚的斯亚贝巴（距我们现在的位置东北方向不远）和内罗毕，都有一些共同之处：位于高海拔地区（哈博罗内机场海拔约 1000 米，是这 7 座城市中海拔最低的；亚的斯亚贝巴海拔最高，约 2300 米）。气温随着海拔的升高而下降，海拔高使得这些城市的气温比最热大陆上的内陆城市的要凉爽得多。然而，它们又比标准的大气科学模型所假定的要暖和得多。因此飞行员说它们——与墨西哥城、德黑兰和丹佛这些位置或海拔相似的城市相比，尤其是在夏季——"又热又高"。

标准大气模型对飞行员来说非常重要，因为它能帮助我们计算出与大气的偏离——最显著的是那些与炎热和高海拔城市有关的偏离——如何影响飞行。海拔更高或气温更高的地区空气更稀薄，这意味着发动机吸入的空气更少。在稀薄的空气中，飞机必须飞得更快，才能从机翼获得相同的升力。在接近一个炎热的高海拔城市时，由于飞机速度更快，转弯幅度更大，我们可能需要多飞半英里才能减到着陆速度，在飞机着陆后，我们也需要更长的跑道来减速。

内罗毕机场的官方海拔为 1625 米，也就是 1 英里多一点。今晚，内罗毕的气温达到了高海拔高温城市的常见温度。机场温度在 25 摄氏度左右。（母亲晚年既不喜欢新英格兰寒冷的冬天，也不喜欢那里潮湿的夏天。有一次，她有点生气地问我那经常旅行的父亲，地球上是否有哪个地方气温适宜，能够让她全年完全忘记那里的温度。父亲友善地建议说，应该选一个靠近赤道但海拔高度适中的城市，比如内罗毕或基多。他没有使用航空术语，但明确指出了"炎热"和"海拔高"这两个条件。）然而，事实上，尽管内罗毕今晚的温度非常宜人，但它与标准大气模型的差异是巨大的——根据标准大气模型，我们预计在这个海拔高度的城市此时的气温应只有 4 摄氏度左右。

我们得到最后的下降许可，向西南方向飞行，飞过城市，然后转向东北方向，与跑道对齐。当飞到山脊上名为"恩贡"的导航信标台时，我们打开了减速板，机翼上的面板伸入快速流动的空气时会发出独特而低沉的轰鸣声。我们也比平常更早地放下起落架。尽管我们努力地放慢速度，但现在发生的一切——最后的下降速度、城市外围居民点的灯光闪过的速度——还是比平时更快，而且在更高的高度，这只会加剧我们心中的那种感觉：我们正在接近一个静止的大都市，而它仍然在天空的某个地方。

我们越过跑道门槛，关闭推力杆，引导 250 吨重的波音 747 经过一个静止不动的风向标。机轮一触地，我们就把发动机调到最大的反推挡——这是我们唯一能为飞机减轻刹车负担做的——在长时间向前推进之后，发动机不停地旋转，把内罗毕稀薄的空气吸进去后，又喷到我们前面。我们离开了灯火通明的跑道，驶入一条黑暗且荒芜的滑行道。当我们在非洲的夜色中滑行时，似乎我们的飞机是整个内罗毕——如果说整个世界

第八章　空气之城

有点夸张的话——唯一在行驶的交通工具。停好飞机,我小心翼翼地关闭了 4 个引擎——每次关一个,从右到左。引擎的咆哮声渐次消失,变成长长的金属般的叹息声,我看着仪表盘上的数字不断旋转降低,直到所有风扇都静止。

彼得罗波利斯

要想享受彼得罗波利斯市凉爽宜人的天气,就得离开大西洋和里约,沿着通往内陆的公路往北走。

从每张明信片上看,里约都是一座山城,而它附近的彼得罗波利斯市在巴西之外几乎无人知晓。但每一位曾飞过里约的飞行员在听到城市位置的描述时,都清楚地知道它指的是哪里,因为彼得罗波利斯周围的山比里约的高。诗人伊丽莎白·毕晓普在最后一次拜访她在皮茨菲尔德的男朋友后很久,和一个名叫"洛塔"的女人住在彼得罗波利斯。她还曾说过,那里的"云朵在卧室里飘进飘出"——这也许就是一个飞行员对一座城市空气的幻想——当毕晓普形容彼得罗波利斯周围的山"非常不切实际"时,她首先想到的似乎是,飞行员必须小心翼翼地在这些山上盘旋,才能安全降落里约。

我坐在一辆开起来嘎吱作响的巴士上,从车窗望向陡峭的山谷,望着这些 V 字形的巴西天空,望着我们正在其上行驶的这条道路,我无法想象它是如何把我们从这里带到彼得罗波利斯的。

终于，我们通过一个写着"皇城"和"彼得罗波利斯"的大门，进入城市。这是皇城，也是佩德罗二世的彼得之城。佩德罗二世是巴西最后一位皇帝，他爱上了这座城市凉爽的气候和清新的空气，于是在这里建了夏都。佩德罗二世在位58年后被废黜，自此他的王朝结束了，共和国成立了，然而他的命运是君士坦丁之后的每一位皇帝都梦寐以求的：他被埋葬在以他的名字命名的城市里。

阿尔贝托·桑托斯-杜蒙（Alberto Santos-Dumont）就住在这里，许多巴西人认为他是真正的飞机之父。在人们都佩戴怀表的时代，他与路易斯·卡地亚（Louis Cartier）合作设计了第一块腕表，这样他就可以在双手不离开飞机控制装置的情况下查看时间了。他死后，按照法国国王的传统，他的心脏被从身体内取出，包在一个金色的小球里，由一个天使捧着，放在里约博物馆基座上的一个玻璃盒子里。他的许多其他物品都在他位于彼得罗波利斯的家里。

这是我第一次来到这座城市。我和两位同事高兴地去参观这位伟大飞行员的故居，然而我却爱上了水晶宫——一座坐落在郁郁葱葱的小公园里温室般的建筑。

水晶宫于1884年开放，以简洁的铸铁为框架，其间镶嵌着竖长条状的玻璃板。每一面主墙都有三层玻璃高。这座建筑除主体材料外，没有其他太多装饰——虽然有些窗格前有花饰，地板上的每块棕色瓷砖都饰有沙色的鸢尾花，建筑的每个角落也都有柱状装饰，与外面的树干相呼应，但整体而言，仍然很简洁。

水晶宫的灵感来自伦敦的水晶宫，它的部件是先在法国制造，然后运到巴西的这座高山城市的。1884年在那里举行了盛大的舞会，以庆祝它的落成。1888年复活节的星期天，在水晶宫举行的帝国仪式上，大约有100名彼得罗波利斯的奴隶被宣布获得自由身，这预示着巴西全国范围内奴隶制的废除。这座建筑还曾作为农业展览馆、溜冰场以及举办城市夏季社交舞会的场所。

水晶宫原本简洁的设计中有一个出乎意料的细节，它提醒游客，曾经在这里举行的舞会并不是在老照片所显示的黑白世界里举行的：虽然它的大部分窗户玻璃都是普通的透明玻璃，但也有一些是蓝色的。

水晶宫是我去过的最宁静的地方之一。这种让人平静的力量很难解释，因为除了枝形吊灯和低矮空旷的舞台外，它什么都没有。也许是因为它简洁的钢铁轮廓在城市空间中所起的作用就像相框一样，定格了某个可能会逝去的时刻——尽管它和其他时刻没什么不同。不管是什么原因，当我离开水晶宫时，我回头看了看，我知道自己永远不会忘记它。这座玻璃宫殿向公众开放，但彼得罗波利斯市几乎所有人都在别的地方忙碌着。

科威特

黎明前大约1小时，我们离开了土耳其积雪最厚的山脉，越过伊拉克边境，沿着一条大河向南航行。一直到底格里斯河的转弯处，光线都很明亮，沿河的绿化带就像白天飞行时看到的一样清晰。再往前走，就是漆黑的沙漠了。

再往南，当我们接近底格里斯河和幼发拉底河的交汇处时——因为我们正在飞越美索不达米亚平原，即这两条河流之间的土地——远处出现了一丝血红的亮光。我们靠近后才发现，这些光实际上是天然气燃烧的火焰。这些摇曳的火焰是夜间从驾驶舱内看到的最可怕的景象之一，也是我所遇到的最令人难忘的气候危机的警示之一，尤其是当这些天然气不是因为任何生产目的而燃烧时。

在前往科威特的途中，这些火焰往往与黎明的第一缕曙光同时出现。从巡航的高度我们可以看到天空开始慢慢变亮，空气逐渐呈现出金色。随着新的一天的到来，金色光线越来越强烈，直到铺满了飞机的挡风玻璃。在最极端的情况下，挡风玻璃看起来就像布满灰尘的琥珀色玻璃。

在小说《太阳的阴影》(*The Shadow of the Sun*)中，科威特作家塔勒布·阿尔雷法伊(Taleb Alrefai)通过赫尔米这个人物讲述了科威特外来务工人员的处境。赫尔米是经济移民，最近刚从埃及来到科威特，他的妻子和年幼的儿子还留在埃及。赫尔米第一次在科威特城中散步时，被"不同于我所见过的太阳"和"染成铁锈般橘红色的天空"所震撼。而在科威特美国大学的作家兼学者克雷格·卢米斯(Craig Loomis)的短篇小说中，

第八章 空气之城

天空就像"淡茶""奶油糖果"和"肮脏的香草",而"太阳在远处的沙尘中就像一个红色的抽象概念"。

任何经常坐飞机来到这座城市的人都知道它们的确切含义。这种由空气和灰尘形成的光线有时会非常厚,以至于完全遮住了地球表面。当飞机穿过它前往科威特时,我经常会有一种在其他地方所没有的感觉:在太阳升起之前,我能更清楚地看到城市周围的世界。

引擎回到怠速状态。现在,飞机开始下降,四周都是金色的。这不完全是云。确实,这足以给人一种感觉:机翼正在以每小时数百英里的速度划过某种有形的东西,穿过某种看得见的物质——但如果把它装在玻璃杯里,放在白墙前,又看得不甚分明。

飞机继续下降,并被移交给科威特的管制员,他们现在正指引着我们前往他们的城市。按照指引,我们掉头飞向海湾的开阔水域上方。透过空气,我们往下看,水面上没有粼粼波光,没有成群结队游动的鱼儿,而这些可能是在另一个早晨或另一片海域上让你目眩神迷的景象。这里只有迷蒙的雾霭和一个可能名为"菲拉卡"的岛屿的轮廓。我们转了一圈又一圈,终于接近城市南部的大陆。通过飞机上的仪器往下看,几乎无法区分沙漠的表面和厚厚的黄褐色空气,这再次震撼了我。从某种程度上说,我们在未来的深处,即将接近沙漠星球上的最大都市,这比任何科幻电影都要刺激得多。

随身携带的城市

†

飞机停稳后,舱门一打开,外面就是地球上最热的城市之一。

作家兼旅行家扎赫拉·弗里斯(Zahra Freeth)出生于1925年,她童年的大部分时间是在科威特度过的。她曾陪同一个官方代表团调查过沙漠中的灭蝗情况。她写道:"行驶中的汽车带来的微风让我们感到凉爽极了,但如果车停了,吉普车的金属侧面很快就会被晒得滚烫,无法触摸。"如今,和其他沙漠城市一样,科威特的许多停车场都有遮阳篷,为下面停放的汽车遮阳。这座城市的机场还有一个特点,就是为小型飞机设置了悬挑盖。

我和同事们收拾好行李,做完入境检查,然后从航站楼出来,走进一片有遮挡物的阴凉地——在那里总能看到一些穿着时尚的女性停车让乘客上下车。紧挨着这片阴凉地的是没有遮挡的世界。

像我一样,你可能第一次看到海湾是在卧室或教室的地球仪上,或者在战争期间新闻广播的地图上。你可能会发现,科威特临近的这片具有重要地缘政治意义的水域大致是南北走向的,而科威特就在这个海湾北端的某个地方。然而,在这个海湾的西北角,还有一个小海湾,小到在地图上几乎不容易发现它。

科威特就位于这个小海湾的南岸。因此,当你站在城市的海

第八章 空气之城

滨，例如赛义夫宫附近，面对着大海时，实际上你是在向西北看，而开阔水域则位于你意想不到的地方：右后方。

世界上有很多在水边发端的贸易城市。然而，科威特的发端可能是由于它没有水的地方被沙海环绕。在这座城市的沙漠一侧，曾经有一个内陆港口紧靠着城墙外，贝都因人和内地商人的骆驼像船只一样停在那里。澳大利亚作家、冒险家艾伦·维利尔斯（Alan Villiers）在《辛巴达之子》（*Sons of Sindbad*）中详细记录了科威特这座优秀城市的航海传统，并将其描述为"世界上最有趣的海滨城市之一"，这也是地球上一些优秀的造船工人和水手的家园。

这里的孩子们曾经在课间休息前要用墨水在手上做记号，这样当他们回来时，老师就可以检查他们是否去游泳了。事实上，在这样恶劣的气候下，科威特最初只能沿着海岸发展——一位传教士医生评论说，这座老城"特别狭长"。

一位科威特酋长曾告诉乘船来到科威特的维利尔斯，离开科威特必须骑骆驼。这个故事预示着，只有这两种交通工具可以到达科威特。这也说明，在石油还没有给科威特带来难以想象的财富之前，这个转运港是如何不可阻挡地出现在沙漠和海上贸易路线的交界处，并一度发展成海湾地区最大的港口城市的。它的露天市场在整个阿拉伯半岛北部都很有名。维利尔斯写道："这里产的珍珠圆润而有光泽，在巴黎和纽约都很有名。这里的珍珠商从叙利亚到新加坡、从开罗到卡利卡特都受到尊重。"

对我来说，科威特的空气以及它所塑造和承载的一切，是这座城市最引人注目的特征。科威特颠覆了我对一座城市周围的陆地和水域的常规认知，而城市上方的空气即使对一个必须经常直接考虑它的飞行员来说，也是虚无缥缈的。

我们把行李塞进接送机组人员的巴士后上了车。我坐在前排，这样视野更好。通往市区的公路的宽度和拥堵程度让人联想到了洛杉矶。在这里一些比较凉爽的清晨，我的目光可能会跟随一辆车窗摇下来的汽车——车上司机可能会将左臂搁在车窗外，手指随着音乐节奏或因为堵车不耐烦而敲击着——而我则闻着大海的气息，看着金色的、薄雾般的空气，仿佛置身于加州的早晨。

接着，高速公路路标上的名字提醒了我现在在哪里。同时，我感到了一种超乎寻常的温暖。我们穿过的城市上方的黄褐色高地正在苏醒，我越来越清楚地意识到自己离家有多么遥远。

巴士开进酒店的前院。我拿着房卡上了楼，关上遮光的百叶窗，爬上凉爽的床。

†

几个小时后，当我打开百叶窗时，外面亮得刺眼。我把手掌按在窗户的玻璃上，发现它已经像行驶中的汽车引擎盖一样热了。我翻开手机看时间，发现已经中午了。

第八章 空气之城

过去，在科威特，天气炎热时睡在屋顶上是很常见的。在世界上许多没有空调的地方，这种情况仍然存在。19世纪末，一名科威特领导人在屋顶上熟睡时被刺杀身亡。而在古老的海滨地区，那些在陆地上无家可归的水手们夏天时会为了舒适而睡在户外。维利尔斯写道："海滩上到处是年轻的未婚男子，他们在自己工作的大船的阴影下酣然入睡。"

我住的酒店房间就像如今这座城市几乎所有的室内空间一样，空调很足。然而，历史上科威特对空气的巧妙控制比现代城市的建立要久远得多。

传统上，贝都因人的帐篷是顺着风向搭建的，帐篷内部的隔板可以调节气流。在菲拉卡岛上发掘的一座被认为建于7世纪的宫殿显示了捕风器（这种结构可以为与之相连的建筑降温）以及一个可能被设计用来进一步为宫殿内部降温的水流系统的存在（这种设计被认为是已知最古老的空调系统之一）。科威特的传统房屋也有捕风器，屋顶比较容易攀爬并安有栏杆，还有带遮阳篷、水景和绿色植物的露天庭院。传统建筑使用的多孔陶制砖可以让空气自由流动并液化成水凝结在它的表面，从而达到降温的目的。传统上，科威特人会用棕榈叶制作精致的风扇，安装在家里和清真寺里。这座城市的一家博物馆还展出了早期普通台式电风扇的模型，只要一按下开关就能让空气变凉爽，这在过去该是多么令人惊叹啊。

夏季飞闷热的海湾城市时，我有时会告诫自己，天黑之前不要出门。然后，我可能会去酒店的健身房，或者在笔记本电脑上看《干杯酒吧》的重播，直到天黑得根本来不及出门了才出去。不过今天，我决定先去海边走走，然后再回到房间里，在比萨大小的淋浴喷头下洗个澡——喷头流出的是凉爽、昂贵的淡化海水——然后和同事们一起吃晚餐。

我搅拌了一下，喝下第二杯速溶咖啡，然后穿上浅色长裤和衬衫，涂上一点防晒霜，拿起太阳眼镜和红袜队的蓝色棒球帽，下楼了。

当大厅的旋转门把我转到前院时，我突然产生了一种感觉，而只有当我想象自己周围不是摩天大楼和高速公路，远处也不是沙漠和海湾，而是桑拿房里的四堵光滑的芬兰木材墙时，才会产生这种感觉。然而，就像蒸桑拿一样——至少在一开始的时候——这种感觉一点也不令人难受，尤其是当我步调缓慢或偶尔停下来时。这种感觉很奇妙，你会突然感觉周围的空气在你身上流动，先是这里，然后是那里，然后突然到处都是，就好像你穿着衣服跳进了游泳池的水里一样。

夏天走在科威特的户外，就像冬天走在新英格兰一样，刚一呼吸常常会倒吸一口冷气。事实上，每当我读到关于冥想的镇静作用以及它对呼吸时身体感觉的关注时，我就会想到科威特的夏天总是会给我这样的感觉——事实上，在科威特的夏天，要把注意力集中在其他事情上是很困难的。

我眨了眨眼，然后开始步行。即使不考虑炎热的天气，这

第八章 空气之城

也不是一个适宜步行的城市。这里的人行道有时会突然终止在正在施工的墙壁前或者大量露天堆积的沙子前——这些沙子落落大方地提醒人们,这是一座沙漠之城。斑马线似乎毫无意义,司机很少注意到行人,因为无论何时行人都很少,尤其是在夏日的白天。

我走到街道的阴凉处,告诉自己:"没事!这温度还不算太高。慢慢溜达吧,反正无处可去。"然而,当热浪再次袭来时,我依然感到很惊讶——虽然我不应该惊讶,因为这种情况总是会在我刚进入科威特夏天的露天场所的 10 至 15 分钟发生。我开始满头大汗,如果没有补给,没有防护措施,我在这里的生存将只能维持几个小时。在这个气候变化的时代,这样的时刻预示着一个戏剧性的、令人忧心的未来,即我们将可能无法在户外行走,这不仅仅是科威特要面临的,因为空调的使用只会让全世界的气候状况变得更糟。

有时在科威特,这种状态会让我感觉自己像是被困在一个岛上,六车道的公路上满是在阳光下奔驰的超大型车辆。我的运动鞋上满是灰尘,帽子也湿透了。我担心自己像现在这样与周围环境格格不入。当我擦去流进眼睛里的汗水时,我担心自己会看起来像自己感觉的那样暴躁。在这样的时刻,我可能会想起小时候自己是多么喜欢地球仪上科威特这个名字,我甚至画出了从我的幻想之城前往科威特的路线。然后,如果我发现自己还是想抱怨,就会对自己说:"你是不是希望这个地方只存在于你的想象中？现在你不仅身处真实的科威特，还被你梦想飞到和走过的地方的感觉所包围。"

我经过一家南亚餐厅的室外座位区——今晚我要和同事一起在这里吃饭。香味很好闻，我突然想停在这里吃午餐，不想继续走去我最喜欢的那家咖啡馆了。科学解释说，在温暖的天气里，我们闻到的气味会更明显，部分原因是气温越高，物质释放到空气中的分子越活跃。当走过餐馆、烟熏火燎的食品摊位或是城市旧露天市场的香料铺时，我经常有一种感觉：炎热至少在一定程度上掩盖了这座城市的气味。

1912年，美国人埃莉诺·卡尔弗利（Eleanor Calverley）在科威特开了一家药房，成为科威特第一位女医生。她说："我希望在2月的某个晚上，当风从沙漠方向吹来时，我们能站在楼上的阳台上闻到花的香味。这样我们就会知道，冬天的雨水再一次让花儿盛开了。"对我来说，这座城市最浓烈的气味是海湾的气味，它的来去取决于风的方向，当它消失时一定只剩下沙漠的气味。

吃完早餐后很晚了，我继续向海边走去，那里有很多家庭在沙滩上休息，还有一些男人们在踢足球，当海岸道路上交通堵塞时，从敞开的车窗里传出的音乐声会弥漫在空气中。

我沿着海边向西走，来到城里熙熙攘攘的鱼市。它的气味——谢天谢地，不算刺鼻——弥漫在坐在长椅上的外来务工人员身上（他们正在手机上用流利的印地语和英语聊天），越过

第八章 空气之城

驶往商场的昂贵汽车，飘到了我身上。我仿佛闻到了遥远的波士顿的气息，这让我想起了我在那儿一个翻新仓库里的海滨办公室，以及我从地铁站走到办公室的短短路程，还有1月的早晨从港口对面吹来的粗砺海风。我漫步在科威特的鱼市里，吸了一口气，然后慢慢沿着冰块上一排排闪亮的鳞片和明亮无神的眼睛向前移动。

†

又是一个夏天，又是一次飞往科威特的夜航。黎明时飞机开始降落，很快就到了城里。我到房间后做的第一件事就是把夹克、裤子、衬衫和鞋子放在门外的一个袋子里，因为酒店有给我们提供免费的制服干洗服务和擦鞋服务——擦得比新买的还要亮。事实上，这家酒店以及它所在的城市，都因此而闻名于世，以至于如果我在希思罗机场看到一位穿得特别精神的同事，我可能会问他："刚从科威特回来？"

睡醒后我去了健身房，给家里发了短信，并写了点东西。我的手机显示，外面温度是38摄氏度。

直到天黑后，我才离开酒店房间，和同事们步行去吃晚饭。当我终于走到室外时，外面已经没有了刺眼的阳光，但空气的温度不知为何更令人惊讶了。透过热气，我看到的所有光线都有一种颗粒感，这使得远处的路灯和摩天大楼看起来很像一张在智能手机还不能清晰地在夜里拍照时拍的照片。

我们慢慢地走到露天市场,进入大门,里面的店铺鳞次栉比。我的一位同事——我以前从未见过他们中的任何一个,这在大型航空公司是很常见的——是一位业余厨师,她拿着张写着一长串印度香料的购物清单。我们其他人跟着她熟练地从满是灰尘的彩虹色箱子里挑选香料。她说,这里的香料比在英国买的更新鲜,也更便宜。像许多海湾城市一样,科威特有大量外籍人口,这在一定程度上解释了为什么这里有这么多优质的南亚食材。然后,我们来到集市的边缘,坐在露天美食广场摊位的桌子旁,点了几盘羊肉和米饭,互相聊着各自的家庭、职业生涯、最近最难忘的一次飞行,以及我们接下来要飞往的城市。

晚餐后,当我们一起走回酒店时,热得全身是汗,就像洗了澡一样,身体感觉非常放松。在这温热但不会令人不舒服的空气中,我感到一阵眩晕:我们愉快的笑声和几乎没中断过的说话声,从远处听来一定像极了一群老朋友在畅聊。

†

我在另一组机组人员的陪伴下,在冬季快结束的一天再次降落在科威特。当我们到达酒店时,我很小心地设置了一个闹钟。醒来后,我收拾了一个包——里面有大量的水、麦片棒和相机——然后出去呼吸凉爽的空气。

第八章　空气之城

当你从一个更凉爽或更舒适的地方——也就是说，从地球上几乎任何地方——来到科威特，你很容易想象，巨大的、受气候控制的现代大都市建筑在一片广阔而荒凉的大自然中拔地而起的场景。

然而，有超过 400 种鸟类要么在科威特筑巢安家，要么在迁徙途中经过科威特（与英国皇家鸟类保护协会预计的在面积更大、气候更湿润、绿色植物更多的英国可能发现的鸟类数量差不多——鸟类在英国很受保护，英国国家广播电台经常会播放各种鸟类的叫声）。科威特的鸟类种类丰富，包括翠鸟、鹅、鹩、莺、苍鹭、鸻、鹬、鸬鹚（包括侏鸬鹚和普通鸬鹚）、秃鹫（埃及秃鹫和肉垂秃鹫等）和至少 9 种鹰。这座城市的沿海地区为鸟类提供了栖息地和食物来源——泥滩、潮汐带、鱼类丰富的珊瑚礁和浅水区，这些都是鸟类乐于栖息的地方，尤其是沿着大沙漠的边缘。此外，地球上的一条飞行路线或主要的鸟类迁徙路线，直接经过科威特上空，其他路线也从科威特附近经过。在地图上，这些鸟类迁徙路线与飞机的航路非常相似，从科威特延伸出去很远，其中一条甚至从非洲南部一直延伸到俄罗斯苔原。

因此，在一本当代科威特诗集中发现这里有如此活跃的鸟类存在，我不该感到惊讶。例如，在一首名为《黑麻雀》("The Black Sparrow")的诗中，纳杰玛·埃德瑞斯（Najma Edrees）写道："折翼的翅膀 / 你在伤口之间飞翔。"在《逃离昏迷的牢笼》("Escaping from the Coma Cage")一诗中，加尼玛·扎伊德·阿尔·哈尔卜（Ghanima Zaid Al Harb）使用了一个令人难以释怀的隐喻描述她在鸟类迁徙中的发现："大海后面的鸟儿／携带着这些承诺……在那个失去亲人的夜晚／我越过边界／醒来。"

今天，我没有选择睡觉、散步、去咖啡馆这三件我在其他城市常做的事，而是安排了一天时间和迈克·波普一起观鸟——波普是一位 IT 项目经理，也是一位观鸟爱好者。中午时分，我们坐上他的越野车，驶出市中心，前往我们要去的六站中的第一站。他对道路很熟。当他描述他在沙漠中最喜欢的地方时，我想到了科威特。我一直喜欢科威特，但它并不像新加坡那样的城市国家。可以肯定的是，它不是一个大国，但它的土地面积与马萨诸塞州或威尔士相差不大。城外也有很多地方可以游玩，很多空旷的地方可以回望城区。

迈克告诉我，如果在夏天出去观鸟的话，需要早早出发。他说，过了中午就太热了，就很难拍到鸟儿了。丹麦探险家巴克利·朗基埃尔（Barclay Raunkiær）在 1912 年初从科威特出发的旅行中写道："地平线失去了连续性，被分割成几段，岛屿飘浮在半空中。"或者就像弗雷娅·斯塔克（Freya Stark）在一次出城旅行中所说的那样："水似乎就在我们面前，但那只是海市蜃楼，是尘埃之水。"

有时，雨水会在沙漠中形成一个个真实的小湖泊，而非海市蜃楼，但只能存在很短的时间，鸟儿们会飞下去挤在一起喝水。

第八章 空气之城

但是迈克说,这个冬天一直没下雨。暴风雨在巴士拉上空积聚,紧接着就消散了,他一边补充说,一边用手做了个扫平的手势。

我们到达了今天的第一站。当我今天清晨在科威特着陆时,这里已经有一股来自北方的微风,现在它变得更强了。在靠近海岸的地方,可以看到科威特远处的摩天大楼,成群的鸟儿聚在被风吹弯了腰的草丛上空。后来,当我听那天的录音时,几乎听不到我和迈克的声音,也没听到多少鸟鸣声,听到的最多的是风声。

我们看到了一群大火烈鸟。迈克说,它们每年都会来这里,在冬天的那几个月里数量最多。还有一只体形较小的火烈鸟,与其他火烈鸟是不同的物种,从它深栗色的喙就可以辨认出来。小火烈鸟几乎每年都会混在粉白色的大火烈鸟群中。迈克猜测,每年一起来这儿的小火烈鸟一定是同一只,它既不能与大火烈鸟交配,又无法找到自己的部落。

这里还有白鹈鸪,它们和我一样,最近刚从一个寒冷的地方飞到科威特。这里既有普通的燕鸥,也有稀有的北极燕鸥。他说,北极燕鸥会在北极和南极之间迁徙,这是地球上最冷的两个地方,它们也会在这里——地球最热的地方之一——短暂地停留。

一只鱼鹰从海浪中抓起一条鱼,撕扯着划过天空。一只黄喉岩鹭追逐着这只鱼鹰,想迫使它放下猎物。鱼鹰被迫降落在一个铁丝网后面,距离海湾只有几米远,而鱼被扔在那里,闪亮的身体不停地在沙滩上翻转，每隔一会儿就扑腾一下，一直到完全静止。

太阳变白了，风变暖了，也更大了。每次迈克把车停在一个新的地方时，由于车停的方向不同，我要么得使劲把车门推开，要么得使出全身力气把车门关上。新英格兰人可能也很难理解，这就是冬天。鸟儿们不顾狂风，在岸边蹲伏下来。迈克说，他见过两次大沙尘暴，也就是所谓的"哈布沙尘暴"，袭击这座城市。有一次，随着沙墙的逼近，天空甚至变成了深黄色。就在风暴来临之前，所有的鸟儿都从空中降落了。

对于塔勒布·阿尔雷法伊小说中新抵达科威特的埃及移民赫尔米来说，沙尘暴是科威特最引人注目的特征之一："令人讨厌的细沙从各个方向吹来，没有任何屏障或覆盖物能够抵挡它……我有时会感觉沙尘就在我的眼睛里、头皮上或牙齿间。"作家兼植物学家维奥莱特·迪克森（Violet Dickson）1929年和她的丈夫、殖民地行政长官H. R. P. 迪克森来到这座城市——他们的家现在是这座城市滨水区的一个舒适的、非正式的博物馆和文化中心。她在城外露营时，遭遇过一场沙尘暴，她说："我以为那是一场丛林大火，它就像大火一样扑面而来。"和她一起露营的贝都因人迅速把帐篷的杆子拔出来，把帐篷压塌，然后爬到帐篷底下，直到一个半小时后风暴结束。"沙子是鲜红色的，因为那场奇怪的红色沙尘暴，贝都因人把那一年称为'红色年'。"

我们的机场图明确警示，这里从3月到7月经常有沙尘暴。

第八章 空气之城

它可能会将空气能见度降到几近于0。在20世纪30至40年代，当飞机在科威特越来越常见时，在这种天气情况下坠机太常见了，就曾有一架载着伊拉克王冠上的珠宝的飞机在海上的沙尘暴中失踪了。

1934年2月，另一场沙尘暴席卷了科威特城墙外当时用作机场的那片沙地——那里仍有骆驼被拴在城门附近，守卫们会向骑手询问来自沙漠的消息。暴风将停在那里的一架飞机上覆盖着织物的机翼撕成了碎片。损坏的地方花了6周时间才得以修复，然后又一场风暴再次将它破坏。受损飞机的机长勃然大怒——谁能预见到能源产地，尤其是为全球航空业的发展提供燃料的地方这么快就发展成海湾城市呢？——他建议帝国航空公司永久停止其飞往科威特的航线。当然，我很高兴他的建议没被采纳。

迈克继续开了一会儿车后停了下来，我又一次在暴风中强行把门打开。我们看到一只漠鹏和一只亚洲漠地林莺在一起，迈克说他经常看到这种共生组合。一个塑料袋飘过，一只荒漠伯劳栖息在一根树枝上，迈克教我如何通过眼纹来识别它。伯劳眼睛基本不动，但它身体的其他部分都像冲浪者一样充满活力，以帮助它在大风中保持平衡。

四只乌雕在头顶盘旋，几十只苍鹭突然飞了起来，令人眼花缭乱，它们清晰的身影似乎在下面的沙滩上破碎成更多只。接着一大群普通的红嘴鸥也在附近城市银色高楼的闪烁背景下飞了起来。

随身携带的城市

†

昨晚，当我登上一架波音747准备飞往科威特时，我得知几个月后我就要接受一种新机型——波音787的培训。这一变化意味着我要和一些人和事告别了，不仅要告别波音747，也要告别波音747常飞的航线。我不知道我什么时候会再去科威特。我甚至想，我可能永远不会回来了。

现在，从伦敦起飞6个小时后，我放下手中的茶杯，拨入科威特管制员发给我们的高度，按下高度选择按钮，开始下降。在杯架被咖啡渍浸染的边缘下方，我看到了一个叫"苏比亚"的地方有一个大型发电厂的烟囱。它们大约有200米高。烟囱中冒出的羽状烟雾就像风向标一样，预示着飞行员稍后在降低高度时将会遇到的风向和强度。飞机在海湾上空航行，我俯视着下面的油轮，它们几乎一动不动，像行星一样有序地排列着。我们沿着顺时针方向绕了一系列弯道，来到最后的进近路线。

科威特的风向非常磨人。在某些时期，中午之前是西北风，随后由于海风的作用，风向变为东北风，然后在下午变成北风，日落前是东南风，午夜前是南风，第二天日出前是西风。

在石油时代之前，是风为科威特的帆船提供的动力。那些关于前现代科威特的记载很少有不提及这座城市水手们的英勇的。19世纪60年代，威廉·吉福德·帕尔格雷夫（William Gifford

第八章 空气之城

Palgrave，英国探险家、外交家，曾是耶稣会士，也是阿尔弗雷德·丁尼生勋爵的朋友）记录说，"在整个海湾地区，科威特的水手在胆量、技能和性格方面都是首屈一指的"。H. R. P. 迪克森写道，"男孩学会游泳后，就能得到一条小船……如果有风，他就会在港口附近划船，或者扬起小船的船帆"。

事实上，在科威特的图标中，风力船的图像和鸟类的图像一直交替出现。在我最喜欢的公园里，精心灌溉的绿色植物似乎可以将气温降低至少 5 摄氏度。那里有一个名为《自由》的雕塑，这雕塑由一群金属制成的鸟组成，形状像地图上科威特的轮廓。这个雕塑的旁边还有一个雕塑名叫《扬帆》，那帆船就是在科威特国徽上的猎鹰上方的单桅帆船。当科威特的纸币和邮票上没有出现猎鹰图案时，经常会出现船的图案。

有时，这座城市的两个代表形象会融合在一起。有些传统的科威特船只会用鸟的羽毛来装饰船上的鸟状风向标。最近，一些从科威特起飞的客机的机身上会喷涂当地有代表性的鸟类形象，并以阿尔布姆、阿尔杰尔伯特、阿尔山布克等名字来命名——这些曾是科威特家喻户晓的远航船队中常见的帆船类型的名字。

这次飞行，我们罕见地在这座城市待了 48 小时。第一天，我除了睡觉，几乎什么都没干。第二天，天还没亮，我就起床了，站在酒店房间的窗前——像往常一样，我的房间在高楼层。室外的窗玻璃上覆盖着一层苍白的、像指甲花一样的灰尘图案，这是昨晚刮来的沙尘。透过它们，我可以看到漆黑的高楼顶上的红灯。在远处，海湾的海水的颜色只比暗黑色浅了一点点，天空的颜色也是如此，只是在太阳即将出现的地方，一大片金色被一条红线分割开来。

早餐后，我散步到科威特高楼群南面的海滨，登上一个长长的木制码头，顺着延伸在波光粼粼的海面上方的码头漫步，路过向我点头致意的渔民。我在码头上越走越远，一直走到码头的尽头，风也越来越大。我冷得发抖，于是拉紧了薄运动衫的兜帽，把手插进口袋里。

到了中午，天气变暖了，我沿着另一段海岸线散步，听到了水上摩托艇在海湾上疾驰的嗡嗡声，还有驾驶员们快乐的欢呼声。我走到一家依傍在桥下的餐馆门前，停了下来——餐馆位于一个熙熙攘攘的码头出口通道的上方。我点了一盘薯条和一份兰西（一种用加了香料的冷冻酸奶制成的南亚饮料），俯视着驶向海湾的小型游船——它们有的叫阿曼尼号，有的叫萨巴蓝号，不知为何还有密尔沃基号。每艘船的船长都戴着太阳镜，看起来就像佛罗里达州的退休人员一样放松。

之前飞科威特时，我在这里的海事博物馆度过了几个小时的愉快时光。我喜欢这里展出的地图，尤其是一幅 1825 年绘制的精美地图，名为"格兰港（或奎德港）三角平面图"（科威特曾被称为"格兰港"或"奎德港"）。老式帆船模型被悬挂在玻璃陈列柜中，上面挂着科威特以前的国旗——血红的底色上用

第八章 空气之城

白色阿拉伯文字写着科威特的名字。馆里还有一些文件,比如由卡拉奇市的灯光检查员签发的科威特船只灯笼合格证书。

我还喜欢有关绳结的双语展览,这些绳结的名字(如"牛绳结""桶绳结")肯定是学习阿拉伯语或英语的学生最不愿意学的词之一,它们让我联想到了水手们曾经是如何把长绳上的绳结抛到海里的——这是一种测量速度的方法,现在轮船和飞机仍在使用这种绳结单位。我也很喜欢看博物馆里的留言簿,一些游客看完展品后深受触动,不仅在留言簿上签了名,还在上面画上了小船。"太棒了,很惊讶能看到这么多船!!"来自韩国的游客彼得写道。还有一位名叫阿雅的游客补充说:"没有伟大的过去,就不会有辉煌的未来。"

科威特人,除了因国家所处的贸易路线和他们的海底有珍珠外,比大多数人更有理由扬帆出海。这里没有河流或天然溪流,没有湖泊。这座城市很有名的采珠人可能会从出海的船只下潜,把直接流入深海的海底淡泉水装进皮袋里——这座城市的地下泉水没有到达地表的。因此,如果仅有的几口水井(都是在城外发现的)不能再为这座不断发展的城市提供水源,那么饮用水就要通过特制的柚木单桅帆船沿海路从阿拉伯河运来——阿拉伯河由底格里斯河和幼发拉底河等河流汇流而成。1947年,就在科威特第一座海水淡化厂建成前不久,科威特大约有40艘这样的船只将淡水运到母港,然后水贩们把水装在锡罐里,挂在一根叫"坎达尔"的杆子的两端,或者装在山羊皮袋里,用驴驮着，穿过街道把水送到千家万户。

前现代时期的科威特也没有树木，朗基埃尔写道，"除了成片发育不良的红柳"。然而，值得注意的是，这里建造的许多船只将这座城市的水手和造船工人的名声传到了世界各地，从"斯里兰卡到赞比西河"。这里生产的船只所用的木材能在科威特干燥的空气中很好地挥发水分，但它们来自遥远而潮湿的地方——通常是印度西南部的马拉巴尔海岸，19世纪科威特商人就在那里建立了贸易公司。将原木运送到科威特的船只也是用这样的原木制成的：木材生产基地远离树木可以生存的地方，甚至远离淡水。似乎科威特的诞生只是为了向世界提供一个生动的例子，告诉大家任何一个有着成熟技术的城市都有着自己的吸引力。

因此，这座城市的海滨曾经是一个24小时工作的造船厂。炎热的夏夜，在屋顶上睡着的居民可能会听到努力工作的水手们唱歌的声音，正如维奥莱特·迪克森所说，"有节奏的歌曲可以帮他们一起举起沉重的桅杆，一起转动绞盘把船拖上岸"。在过去，科威特人相信，如果一个没有孩子的女人跳过一艘船新铺设的龙骨，她就会怀孕，但代价是船长的生命或者船上一个木匠的生命——用单桅帆船船长阿里·宾·纳斯尔·阿尔奈迪的话来说，就是一命换一命。因此，一艘正在建造的船只通常会有多达20名的警卫通宵提灯把守。

在码头的咖啡馆里，我吃完三明治，给马克发短信。这一天

第八章 空气之城

也许是我在科威特的最后一天,我决定去参观最后一个海事博物馆。在这个英文地图常常不完整的城市,我走了大约 20 分钟,又往回走了一会儿,绕道穿过一块空地——在这个富裕的大都市里,空地比你想象的要多——才找到它。风从未修好的路面吹起一阵沙子,我眨着眼睛,感到有点不安,这种不安偶尔会加剧我的地差感。任何看到我这个在快天黑时独自一人步行到这里、看起来似乎迷路了的外国人的人,可能都会问我是谁,要去哪里。有时,我也怀疑自己。

所以,当我看到 3 艘船时,我松了一口气——它们就像旅游巴士一样整齐地停在港口里——这肯定就是博物馆了。一进去,唯一一个工作人员正在昏昏欲睡,他向我打了声招呼,指了指免费入场的牌子,示意我走进去。

博物馆展出的是海事工具,这里的每件展品都让我感到新奇,"米格萨拉——用于清洁水线以下的船体""麦巴——用于缝制船帆的长而粗的针""塔拉特-马纳特——用于装饰船只"。还有一些展品是科威特船只上海员在航行时演奏过的乐器,如打击乐器亚拉合和哈弯,以及管乐器瑟内。展品柜里的灯光很雅致,而空荡荡的展厅里几乎没有灯光,当我慢慢地穿行其中时,唯一听到的声音就是我的脚步声。

我看完所有展品,谢过门卫后走出博物馆。当我走进阿拉伯地区的黄昏时,被眼前的景象惊呆了,因为我再次看到了那 3 艘搁浅的船,而我不知何故竟然忘了它们的存在。在这座城市,除了回酒店，我无处可去，所以我在船边多待了一会儿。我抬头看着那些没有船帆的桅杆，遮住眼睛，不让沙子吹入眼睛里。

在支撑船只直立的坚固木架中，我发现了一块牌子，上面说其中一艘名为"哈比号"的运输船——长约33米，载货量约为200吨——的龙骨几乎就是在它现在的位置被发现的。在我最后一次在科威特的这个孤独的夜晚，当我仰望哈比号时，我明白，一切都可能是它应有的样子。在某个版本关于它的故事中，这艘骄傲的、由风吹来的船搁浅在这块沙地上，与海湾的波涛和它当下所在的城市格格不入。也有人说，它已经完成了自己的使命，回家了。

City of Blue

第九章
蔚蓝之城

开普敦

> 他在狂喜中来回跳跃,向着空旷的蔚蓝,往东,越过护栏,走向城市。
>
> ——威廉·卡洛斯·威廉斯《帕特森》

小孩子通常很会问问题。他们经常会问,既然空气是无色的,那么为什么天空是蓝色的。那些回答不了这个问题的父母可以感到安慰了,因为这个问题也曾困扰过亚里士多德、笛卡儿和牛顿。到了19世纪,天空颜色的起源成了科学中最有吸引力和最受欢迎的问题之一,它跨越了各个学科,也引起了哲学家、诗人和艺术家的注意。

一个简单的解释是:当太阳光遇到构成空气的分子时,部分光线会被反射或散射,而波长较短的颜色,如蓝色,更容易被大气中的气体分子散射。照到我们眼睛里的光线由于失去了部分蓝色而略带黄色,而天空则充满了散射的蓝色,呈现出蓝宝石般的色调。

当太阳处于低空时,它的光线必须穿过更厚的空气才能到达我们的眼睛。这意味着更多的蓝色和其他颜色会被散射,从而留下如日出时的太阳一般的红色。(也就是说,当我们仰望白天的蓝色天空时,我们看到的是已经被散射的颜色;当我们仰望黎明时的天空时，我们看到的是尚未被散射的颜色。）

例如，红光在空气中的传播能力更强，这是它非常适合作为交通信号灯的原因之一，也是安装在高层建筑上用来在夜间警示飞机避开的警示灯是红色的原因之一。

通常情况下，透过驾驶舱宽大的窗户向外看，当西边的天空还是黑色的，而东边的天空已经开始透出红色时，一道令人惊叹的蓝色光谱就会慢慢在天空中出现。有时，这些蓝色不断地从一种变成另一种，但当我们的目光在天空中移动时，几乎察觉不到这些变化。

然后，在白天明亮的光线下，我们可能很难意识到星星还挂在天空中。（在太空中，即使在阳光直射的情况下，你仍然可以看到星星在黑暗的天空中闪烁。）在白天，星星会被明亮的蓝色所遮蔽。戈兹·霍普（Götz Hoeppe）在《天空为何是蓝色的》（*Why the Sky is Blue*）中写道："的确，数十亿年前，在地球上的生命体的发展改变大气层之前，大气的成分是不同的，天空的颜色也是不同的——也许是米白色或黄色的。"

最后，到了晚上，也就是所谓的"蓝色时光"，渐弱的光线会逐渐分解白天鲜艳的蓝色，直到蓝色消散，星星重新出现在天空中。在月夜，即使是最微妙的蓝色也会显现出来。

当我还是个小孩子时，我就喜欢深蓝色。成年后，我才知道，并不是每个星球都拥有蔚蓝的天空，而对这种颜色的热爱可能会自然地扎根于每个梦想穿越蓝天的人的心底。

皮茨菲尔德

我正要去皮茨菲尔德的医院看望苏,她是住在伯克希尔我父母那一代长辈中为数不多还在世的人之一。现在苏病得很重,还需要几天时间才能确定她是否能挺过来。

我3岁前一直住在她家隔壁。除了我哥哥,童年时我和她女儿合照的照片比其他任何孩子都多。(我6岁时第一次亲吻的人就是她的女儿。每次想起我当时建议我俩藏在壁橱里,我和她都会大笑。)几十年后,父亲和继母搬走了,母亲卖掉了她再也无力负担费用的房子,接受了苏的邀请搬去和她一起住。所以那些年里,每次我和哥哥回皮茨菲尔德,就住在苏家,圣诞节早晨我们也会在我小时候经常玩的客厅里拆礼物。事实上,苏对于我们一家来说不仅仅是老朋友,也是亲人。

我开车经过父母在皮茨菲尔德住的第一栋房子,然后就到了苏的家。现在气温是零下10摄氏度左右,就连朝南的院子也被白雪覆盖了。我放慢车速,看到苏的花园有一部分被雪覆盖着。她现在不在屋子里,而是在我开车要去的医院,这一点让我很难过。苏喜欢烘焙,我们做邻居的那几年,她为我做过几个生日蛋糕,其中包括一个星球蛋糕,上面有一艘蛋糕飞船。一天早晨，苏开车送我去幼儿园，我在后座上一直叨叨："你为什么要离婚？你为什么要离婚？你为什么要离婚？"她也没有计较我的无礼。但这件事不久后发生的一件事，苏却没有马上原谅我：7岁左右的我在她女儿面前揭穿了这世上根本没有圣诞老人的真相。

苏像我一样喜欢雪，因为下雪天能给大家出不了门提供绝好的借口，这样自己就可以和家人紧紧关在房子里一起待几天。和我一样，她也喜欢皮茨菲尔德。她相信这座城市，相信自己在这里找到的归属感，她比我认识的任何人都更喜欢这里。她也非常喜欢园艺，多年来一直致力于将皮茨菲尔德打造成一个花园城市。完全是因为她，我开始觉得我的家乡是一座不错的花园城市。她知道蓝色是我最喜欢的颜色。但她最喜欢的一个关于皮茨菲尔德的故事——也是我最喜欢的一个关于家乡的故事——不是关于这座城市里精美的花园的，而是一只驼鹿从朋友家院子里的晾衣绳下跑过，在车流不息的大街上来回躲闪、咆哮，然后一条内裤从鹿角上掉了下来。

开车经过苏的房子后，我很快就转到了老街上，来到了父母在皮茨菲尔德住的第二栋房子前。我的童年几乎都是在这里度过的。每年我至少会特意开车经过这里几次。还有几次，我随机选择去某个地方最方便的路线时，也不经意间路过了这里。

今天再一次经过这里，我发现它现在的主人已经把小前廊的天花板粉刷成了知更鸟蛋一样的蓝色。这让我想起，曾有一次，

第九章　蔚蓝之城

为了说服母亲从她打算买的那些车中挑一辆蓝色车，我努力地告诉她，这样将对她、对我、对我们所有人、对这个世界将会有多好。最后母亲选了一辆浅蓝色的奥兹莫比尔车。

我儿时的卧室在房子的后面，所以从路上看不到从卧室向后院开的窗户。我的床头靠在两扇朝东窗户的最北面。大概从16岁起，每天晚上睡觉前，我都会戴上耳机，播放一首最喜欢的歌曲，然后跪在床上，把身子探出窗外老远，点上一支烟。

当我探出身子，听着音乐，抽着烟时，我怕烟会不小心掉下去把下面的小树点着——因为那是我小时候自己种的——但我更怕烟掉下去时，会经过厨房的窗户，让里面的人看到，因为父亲经常会坐在厨房的窗户旁。因为风向，我有时必须把身子探得比平时更远，才能确保烟味儿不会飘回屋里。（那些年，我以为父母知道我是同性恋，不知道我吸烟，事实却恰恰相反。）

即使在最寒冷的冬夜，我也会像这样探出身子。其实，在天气最晴朗、最寒冷的夜晚，我最喜欢这短暂的时刻。那些歌声，以及我能看到的许多星星，似乎能让我把所遇到的任何问题都抛到脑后——偶尔高空上飞过的喷气式飞机的灯光也有此效果。我喜欢冬夜的寒冷空气与吸烟吐出的烟雾热气形成的强烈对比。我一半身子在床上，另一半悬在雪地上空，冷得直打哆嗦。如果月光很亮，我会透过冰冰的光线看到自己呼出的气体，这让我不禁想：不只是这几户人家，还有成千上万的人家家门紧闭，室内温暖如春，这是他们漫长生命中的宁静时刻。

开普敦

夏天，南半球。

离在开普敦着陆还有一个多小时，驾驶舱内的报时声响起。波音747的机头发出近乎超音速的呼啸声。由于睡觉的铺位完全没有光线——没有窗户，门也完全紧关着，营造了一个我睡过的最完美的黑暗环境——我花了好一会儿才想起自己在哪儿，然后站起来，穿好衣服，系好领带，从铺位走到驾驶舱。

从伦敦飞往开普敦的航班通常有两条航路。一条是东部航路，在阿尔及利亚上空进入北非，然后在陆地上空大约飞行11个小时，到达开普敦上空。这条航路几乎纵贯了非洲这个世界第二大陆。一条是西部航路，这条航路上的风暴和湍流通常较少。它也要穿越撒哈拉沙漠，但随后离开西非海岸，靠近阿克拉或拉各斯——这两座城市都是我飞其他航班的目的地。

今晚我们飞的是西部航路。当我坐回驾驶座，杯架上已经有一杯热气腾腾的咖啡了。我查看了一下飞行进度、油量、飞行时间和剩余里程，戴上耳机——短程无线电里一片寂静。我往前看了看，又往下看了看，再往右看了看，发现很难相信波尔多、巴塞罗那和阿尔及尔那璀璨夺目的灯光可能也是这个世界的一部分。因为现在我看不到任何村庄或大城市的灯光，也看不到任何飞机或船只的灯光，在地平线到地平线之间乌黑的水面上只有漫天的星星。

第九章　蔚蓝之城

在这个季节的这条航路上，当我们到达纳米比亚荒凉的骷髅海岸以西时，黎明通常会到来。骷髅海岸是一片深红色但经常被雾笼罩的沿海沙漠。如果我在一个晴朗的早晨飞越它，对我来说，飞机下方的景观与在火星轨道飞行器上拍摄的没有什么区别。据说，之所以有这个不祥的名字，是因为海岸上有很多海豹和搁浅鲸鱼的尸骨。此外，这个海岸也给水手们带来了很多困难——尤其是缺乏淡水和食物。即使在今天，海岸上仍散落着在岸边遇难船只的龙骨。海风、水流和暴风雨带来的沙粒可能会逐渐掩埋一艘沉船的残骸，也可能会挖出另一艘沉船的残骸。

高海拔地区的日出总是令人惊叹，但今天早上，像往常一样，我的目光没有被地平线上开始聚集的红色和黄色所吸引，而是被慢慢填满我们头顶天空的蓝色所吸引。我的笔记本电脑上有一个名为"蓝色"的文件夹，里面是我最喜欢的照片——蓝色是唯一真正打动过我的颜色。

我最喜欢的运动是游泳，而不是跑步——虽然我跑步的时候更多一些，但这只是因为可以跑步的地方更容易找到，特别是当时差让我在不合适的时间醒来时。我怀疑我更喜欢游泳在很大程度上是因为游泳能让我完全沉浸在蓝色之中。如果我和马克（他是色盲，但能辨认出蓝色）在一座城市里散步，我会喜欢上几乎任何我看到的东西——一栋建筑、一些有趣的涂鸦、一辆汽车——而他则会面无表情地转向我，并问我："你喜欢它什么?"然后我就会意识到,我喜欢的东西大部分或完全是蓝色的。偶尔我会穿别的颜色的衣服,这时朋友们可能会问我:"你到底对马克做了什么?"(我认为,排除掉几乎所有非蓝色的商品,不仅会让购物更愉快,也更简单。)

我不认为自己对职业的选择是为了使生活中充满蓝色。但如果真是这样,那么我也不算被误导了。飞行员经常会接触到各种各样的蓝色。在晴朗的日子里,海洋和天空可能是我们在驾驶舱外唯一能感知到的东西,并且常常让人无法分辨,这通常会让人想起弗吉尼亚·伍尔夫(Virginia Woolf)在《到灯塔去》(*To the Lighthouse*)中最受人喜欢的一句话:"那天早晨是如此晴朗,只是偶尔有一丝微风,极目远眺,碧海与苍穹连成一片,似乎点点孤帆高悬在空中,或者朵朵白云飘坠于海面。"

2015年的一项民意调查显示,在中国、印度尼西亚、泰国、英国、美国和其他5个国家,蓝色是最受欢迎的颜色。然而,即使在英国,这个最爱蓝色的国家,也有2/3的受访者更喜欢另一种颜色。相比之下,我还没有见过哪个飞行员最喜欢的颜色不是蓝色。让我感到惊讶的是,飞行员经常在电子邮件的结尾落款处写上"蓝天"二字,然后再加上他们的名字。我还遇到过飞行员去世时用同样的表达来祈祷告别的。

蓝色之所以能在我们工作的环境中占主导地位的另一个解释是,蓝色与航空一样,都能激发出我们天性中科学和浪漫的一面。例如,瑞士科学家霍勒斯·本尼迪克特·德·索绪尔

第九章 蔚蓝之城

（Horace Bénédict de Saussure）负责开发了天蓝仪，这是一个从白色到接近黑色的轮盘，中间有大约五十种深浅不一的蓝色，以记录不同时间和不同地点的天空的颜色。索绪尔就是将科学要求的精确性与他对蓝色的热爱结合在一起，才发明了天蓝仪。

的确，浪漫主义和蓝色之间的联系——我们可能会想到蓝色的花，这是一个浪漫的主题，代表着似乎总是从我们的渴望中退却的真理和美——是非常密切的。歌德对颜色进行了细致的、近乎科学的研究，他写道："蓝色提供了一种兴奋和平静之间的矛盾，就像我们的目光很容易跟随一个从我们身边飞过的令人愉快的物体一样，我们也喜欢凝视蓝色的东西，不是因为它进入我们的视野，而是因为它吸引着我们去追随它。"蓝色最吸引我的是它的平静、深邃和浩瀚，这是它与天空和大海一样的品质。因此，蓝色肯定可以体现或加强很久以前我对旅行寄予的希望。

在南大西洋的高空，我啜饮着咖啡，看着繁星渐渐消失。我们第一次用短程无线电与南非管制员取得联系。处理远离出发地或目的地的飞机的空中交通管制中心与我们可能从电影中看到的完全不同。它们不是坐落在机场控制塔顶那种饱经风吹雨打的玻璃屋子，而是低矮的、没有窗户也没有光线的房子。当我们穿过南非西海岸蔚蓝的天空时，一位带着南非口音的女人从这样一个中心呼叫我们。当我们进入她的雷达范围时，她给了我们一个独特的代码,我们漫长的海洋之旅终于接近尾声了。

在我们前方日渐明亮的天空中出现了一条裂缝。起初,它就像游泳池远处墙上的一条黑色裂缝,但慢慢地,它变大了。当我们飞近被称为"母亲之城"的海上大都市附近的山脉时,透过挡风玻璃,满眼都是蓝色的山峦、蓝色的海洋和蓝色的天空。我们在驾驶舱内进行了进近简报,向乘客通报了地面的天气情况:天气晴朗,早晨有薄雾,气温为18摄氏度。

气象学家汉斯·纽伯格(Hans Neuberger)曾经比较过英国和南欧风景画流派中深蓝天空的普遍程度,发现后者的风景画中深蓝天空更为普遍。潮湿的天气会让晴朗的天空变得白而微青,而地中海盆地的空气,正如许多度假者所了解并心驰神往的那样,通常比北欧的更干燥。

开普敦经常万里无云。与其他大城市相比,这里的空气污染更少,这在一定程度上要归功于干燥、清洁的好望角东南风。如果你想科学地探索最壮丽的城市蓝天,这里可能是你的首选之地。

然而,我有时会担心,是不是因为我对蓝色非理性的深爱,才让我在开普敦看到了大量的蓝色,而那些生活在那里的人却没有看到,或不那么为之感动。因此,不久前,我给住在开普敦或在那里长大的所有家人、朋友、飞行员和记者写了信。

当被问及在开普敦最令人难忘的颜色是不是蓝色时,没有人

第九章 蔚蓝之城

为此感到惊讶（也没有人认为是蓝色之外的其他颜色）。一位开普敦人在回信中描述了她对这座城市附近的天空和海洋的热爱，并提到了非洲百合——一种原产于南非的蓝色花。（由于我们通信时是在2月，她还在回信中感叹离她家最近的非洲百合的花期快过了。）另一位开普敦人在回信中表达了他对那里令人难以置信的各种蓝色的喜爱，"从大西洋的深靛蓝到浅滩上最浅的蓝绿色……目之所及都是蓝色的海水，桌山的蓝色雾气点缀着遥远的地平线"。

几位生活在其他国家的开普敦人告诉我，蓝色是他们对家乡最深沉的怀念。一个现在住在赫尔辛基的开普敦人——从任何意义上来说，他都与家乡的蓝色相距千里——认为自己如果每年能回来一次，就很幸运了。他告诉我说，当他"越过纳米比亚边境，即将抵达开普敦前1个小时左右"，他最想念的颜色开始回到他的视野，"……似乎有一条空中走廊，把你放在海岸上方，你的右侧是深蓝色的大海……这时我第一次有了'欢迎回家'的感觉"。他还说："桌山和霍屯督荷兰山脉的岩石通常看起来更像蓝色而不是灰色……在炎热晴朗的天气里，天空、大海和山脉相互映衬，呈现出一种更饱满的蓝色。"

发动机减速，机头降低，波音747开始下降。

在驾驶波音747的这些年里，我大概来过开普敦20多次。当然，对许多乘客来说，这可能是他们唯一一次来到这座城市，因此我希望坐在机舱右边的乘客能看到像石阶一样矗立在两个蓝色世界之间的桌山。漫长的水上时光在我们穿过布劳贝赫附近的海岸时结束（布劳贝赫意为蓝山，这里有密集的考古遗址和土著人——桑人和科伊人在石器时代的墓葬。考古学家杰森·奥顿说，这里也是1806年那场荷兰殖民者与英国殖民者争夺统治权的战役的战场遗址）。

机场管制员给我们指示了飞行方向，我们将从这个方向获取无线电信号，以引导飞机进入开普敦唯一的长跑道。然而，在这样晴朗的早晨，飞机几乎不需要这样的指引。市中心所在的桌湾现在就在我们的右侧，而位于机场南面的福斯湾就在我们的正前方。我们放下起落架，完成着陆清单，在我知道的颜色最蓝的城市降落。

†

冬日

巴士上的聊天声渐渐消失，我和其他机组人员都陷入了一种熟悉的疲倦感，这种疲倦感与其说是对我们1个多小时前才完成的长途飞行的反应——这可能是我从伦敦到开普敦的第15次飞行——不如说是对高峰期交通拥堵的反应。

就其与其他大机场的距离而言，开普敦是我飞过的最偏远的地方之一。想象一下这座城市所处的纬度，90%以上的人类生活在这条线以北。几乎在每一个转弯处，都有一些东西——比

第九章　蔚蓝之城

如写着这座城市名字的路标、机场出发牌上出现的南极洲——提醒我，我正站在这块风景如画的土地上。

今天早上开普敦传说中的蓝天，就像我们面前的桌山顶峰一样，被厚厚的云层和一阵阵不断变大的骤雨所遮蔽。只有在这个通常阳光明媚的大都市中最糟糕的天气里，我才会想到，尽管它的地理位置很好，但这里的日子可能和其他千千万万城市的日子差不多：即使是这里的人，遇到了人生的低谷，也会有滞闷的感觉。

我第一次爱上开普敦这个名字是在儿时。后来上大学时，一位非洲历史教授激发了我对开普敦更大的兴趣。她跟我们讲述了该地区原住民采集狩猎的故事，还有这座城市复杂而曲折的故事：从17世纪欧洲人入侵并定居此地，到当地人不断被奴役的悲剧，再到这座城市在20世纪90年代初结束种族隔离制度中所扮演的角色。

如今，这座城市在很大程度上仍以种族和不可置信的经济差距为界限划分——在飞机落地之前，你能很清晰地看到这些差距。当然，这样的差距并不是开普敦独有的。（事实上，发展不平衡的广泛存在不仅是对城市化最严重的潜在弊端之一的警告，也是对我自己最有力的提醒，即我与我飞往的许多城市进行的重复但往往短暂、肤浅或孤立的互动的局限性。）开普敦发展不平衡之所以在我看来如此明显，是因为作为飞行员的我会经常飞这里，看到这些不平衡。尽管如此，这座城市的气候、自然地理、历史、多样性和文化生活对来自世界各地的旅行者仍然具有巨大的吸引力。

西开普大学的人文地理学家布拉德利·林克（Bradley Rink）在他 2017 年发表的一篇论文中描述了乔治·萧伯纳（George Bernard Shaw）在 1932 年飞越开普敦的经历——那次飞行是为了促进该城市旅游业的发展。林克指出，萧伯纳夫妇"是第一批从空中欣赏开普敦美景的游客之一"。

近年来，气候变化导致的干旱，使开普敦成为许多城市的前车之鉴，尽管这座城市仍然特别依赖碳排放飞机带来的旅游业和商业。然而，如果说这座"母亲之城"面临的社会和经济挑战是整个世界面临的挑战的缩影，如果说它的环境问题没人能轻易解决，那么在我看来，这座城市也带来了一种特别的希望——也许开普敦在这方面可以给其他城市提供一些经验教训：随着城市化进程的继续，从短期来看，开普敦应对干旱的成功经验将对世界各地的城市具有指导意义；而从长期来看，开普敦有机会打造其非洲最环保城市之一的声誉。在一次电子邮件的交谈中，林克向我指出，开普敦"历史、种族身份、宗教和语言层次丰富，是一个复杂而丰富的文化景观"。事实上，从一个频繁短暂到访此地的游客的有限视角来看，它是我所见过的最国际化、最多元化、对同性恋最友好的大都市之一。

当然，我年轻时还不知道这些。我只知道自己被这座城市的名字迷住了，它是那么直白——一个海角小镇。我后来才知道，

第九章 蔚蓝之城

这个名字既体现了这座城市的位置，也体现了它的早期作用：一个为某些船只和水手提供新鲜食物、水和休息场所并维持着拒绝向其他船只和水手提供这些的权力的地方；一个要塞——这座城市在建立后不久就建了一个堡垒——不仅用来控制原住民科伊牧民及其土地、牲畜、水和附近海域，也用来进一步管理他们聚居地之外的其他地方。这座城市的名字比我所知道的任何地名都更能让人联想到它的地理位置和那些发生在它身上的暴力的、曲折的故事，特别是当你看到英语、科萨语和南非荷兰语同时出现的路标时，上面还画着这座城市的标志——一组由黄色、红色、蓝色和绿色组成的同心圆。

†

春天

当我们那辆租来的白色小车在令人眩晕的道路上又拐进一个弯道时，我被甩得身体歪在一侧。我睁开眼睛，从侧视镜里看到一辆敞篷车紧紧跟在我们后面，司机戴着太阳镜，在他身后的远处矗立着一堵陡峭的岩壁。我猜我们的车可能挡住了他的路。那就这样吧。

我看了看马克，我想他并没有意识到我醒着。他的眼睛又大又亮，我猜他不仅很享受我们在开普敦的时光，而且很享受自己开车。他刚拿到驾照——快40岁他才学会开车。

昨晚马克睡觉的时候，我在驾驶舱里开着从伦敦飞往开普敦的飞机。用航空术语说，他是一个克林贡人，即陪同机组人员的亲人或朋友。开普敦受欢迎的程度，尤其是在北半球的冬季，使它成为克林贡人的主要目的地，但偶尔也会有没有座位的压力。

在飞机起飞前的最后一分钟，出乎我们的意料，他有了一个座位。他冲到安检处，登上了这架我已经坐在驾驶舱里仔细地规划着飞往地球另一端的路线的飞机。我们想充分利用在这里的几天时间，所以没有像我自己一个人时那样先睡上四五个小时，而是在办理完入住手续后几分钟内离开了酒店，开车来到这条风景优美的道路，前往市中心南部。这是我们一起旅行以来第一次由马克开车。我又闭上眼睛，直到下一个转弯把我摇醒，这时我眯着眼睛透过挡风玻璃看到一片钴蓝色。如果我们沿着这条路往上行驶，那片蓝可能是天空；如果我们沿着这条路向下行驶，那片蓝可能是开阔的大西洋。

很难相信，远在我们下方的亮晶晶的海水不属于热带海洋。事实上，这里的海水出了名地寒冷。在另一次工作旅行中，我和一个朋友去了海滩——他既是飞行员又是风筝冲浪爱好者——为了游泳，他虽然把大部分装备都留在了酒店，但还是带上了潜水服。想到父亲相信冷水具有恢复体力的能力，以及他对所有感冒和流感都有明显的免疫力，我开玩笑说，我在新英格兰的成长经历会保护我。我游了 15 至 20 分钟，不断地催眠

第九章 蔚蓝之城

自己：我感觉很好，我特别精神。然后，当我试图站起来走出大海时，我摔倒了——两条腿几乎完全麻木了。

我第一次在地球仪上看到这座城市时，它似乎位于非洲的尽头。事实上，这座城市并不在非洲的最南端，它位于距离非洲最南端 100 多英里的东南部。同样令人困惑的是，Cape 似乎不仅指整个非洲大陆的南角（南非有三个省以 Cape 命名，其面积是英国的 3 倍大），还指开普敦附近的开普半岛——它从城市向南延伸，不断收窄，一直到好望角（非洲的最西南点），而它的远处是地球上最多山和最危险的海洋，再远处就是南极洲。

我不知道有哪座城市的山峰比桌山更富有传奇色彩，或者更上镜：它出现在开普敦每一张绝美的照片中，也出现在这座城市的大部分标志中，你在这里转过的许多角落都会让你想起它庄严的存在。桌山只比格雷洛克山高 22 米，但格雷洛克山矗立在海拔 300 米左右的起伏地形上，而桌山——实际上，它的科伊名字是"海中之山"——似乎就矗立蓝色的海平面上。

人们可以步行或坐缆车到达山顶，这里与山下完全不同，要更冷一些。对于只带着享受日光浴装备的游客来说，这往往是令人不愉快甚至危险的挑战。当风扫过山顶时，会产生一层白雾。当白雾上升到足够冷的高度时，雾气中包含的水蒸气会瞬间凝结——当温度和湿度达到一定程度时，你也可以在飞机机翼上观察到这种现象，尤其是在起飞后。事实上，山顶的风很大，有时会让缆车停开数小时。这种情况曾迫使一名飞行员忧心忡忡地找到一个山顶电话亭，打电话告知他的老板，他可能无法及时赶下山把 330 名乘客送往伦敦。(最后他还是及时下来了。)

在市中心和山区之外，郊区从东北部沿顺时针方向向南呈扇形分布，并在人口密度、种族构成、小气候、财富和地理美景方面表现出极大的差异。东南部是机场和开普平原上的城镇，这是福斯湾以北的大片土地。大约有 170 万开普敦人，即超过这座城市 1/3 的人口，包括许多来自被称为开普敦有色人种的混合种族社区的人，居住在开普平原。在残酷的种族隔离制度下，为了将开普敦的中心地带留给白人，第 6 区等街区的居民被强行赶到这里，住在密集的非正规住宅区——除了雾气最浓的早晨，从抵达和离开开普敦的航班的靠窗座位都可以看到这些住房。一些国际中转游客只能从上空俯瞰开普平原，而那些在开普敦逗留的人通常会加入由本地居民带领的旅游团，来这里参观游玩。

开普敦居民尤利斯瓦·德瓦恩在 2012 年接受《纽约时报》采访时称，该城市的历史核心区西部和南部（如坎普斯湾这样的海滨社区）仍然不欢迎黑人。海滨社区到处是高端咖啡馆、餐馆和非洲最昂贵的房子，它们紧紧地贴着高耸的地势分布。沿着这条海岸线往南走，你会来到查普曼峰大道，这条路是一个世纪前由囚犯劳工在山坡上开凿出来的。

我和马克沿着旅游路线行驶，路上挤满了像我们这样小巧干

第九章 蔚蓝之城

净的出租汽车，在这个无与伦比的三维城市景观的道路上来回穿梭。

†

初夏

我坐在一艘停泊在港口的游船上，等待着体验一次驶离这座航海城市的感觉。在这里，就像在开普敦几乎所有地方一样，山峦隐约可见。引擎轰鸣，我们驶离了码头。

这是我第 20 次来到开普敦。马克陪我的那次大概是我第 5 次来这里。那一次，我们乘船去了罗本岛，路上我们谈到了他的家乡南安普敦——那里每周有一班（"每周四下午 4 点"）向南前往开普敦的轮船。

然后火车会将这班轮船上的乘客送往东北方向——约翰内斯堡、那里的金矿开采地以及南非的行政首都比勒陀利亚——这些火车后来被称为"蓝色火车"，因为 1937 年引进的伯明翰制造的车厢被涂成了饱和度很高的大西洋蓝色。从开普敦到比勒陀利亚的蓝色列车至今仍在运行，大约需要 30 个小时，而从南安普敦开往开普敦的轮船于 1977 年结束运营——在某种程度上，它是被波音 747 取代了，我就经常乘坐飞往开普敦的飞机从希思罗机场出发，几分钟就能越过马克家乡的那片灯光。

在很久以前的那次旅行中，我和马克来到港口，经过一堆堆

随身携带的城市

海运集装箱——其中许多集装箱一旦不再使用,就会在城市的其他地方被用作避难所、商店或理发店等——登上了一艘开往罗本岛的船。早在1964年纳尔逊·曼德拉开始被监禁在这座岛屿之前几个世纪,这里就是臭名昭著的监狱了。在曼德拉的自传中,他描述了从一架没有暖气的军用飞机的窗户往外看到的景象:"很快,我们就能看到开普平原上像小火柴盒一样的房子、市中心灯火明亮的高楼以及桌山的山顶。然后,在桌湾,在大西洋深蓝色的海水中,我们可以辨认出罗本岛模糊的轮廓。"曼德拉在那里被关押了18年,一直到1982年,然后他又在其他监狱里被关到1990年。

即将加入罗本岛轮渡船队的是双体船克罗托娅号——当然,它是蓝色的,就像其他罗本岛轮渡船只一样,它是为了纪念17世纪的一位科伊妇女而命名的。她是欧洲留下的关于开普敦的记录中第一个有名字的女人。我们必须仔细地翻阅这些记录,才能从中找到她的故事碎片。克罗托娅自小就在这座城市的创建者扬·范·里贝克(Jan van Riebeeck)家里干活(但没有留下关于她的工资的任何记录),里贝克给她改名为"伊娃"。后来她成为一名翻译和谈判代表,并与她的丈夫,一名丹麦医生,生了3个孩子。17世纪60年代末,她的丈夫在马达加斯加死于一次奴隶远征。在随后的几年里,克罗托娅的孩子们被从她身边带走,她也多次被流放到罗本岛,并于1674年在那里去世。如今,她被称为"和平使者"和"勇于反抗的女族长",甚至曾

第九章　蔚蓝之城

有人提议用她的名字给开普敦的机场命名。

今天,我和马克没有在一起,我乘坐的船也不是去南安普敦,甚至不是去罗本岛,而只是去几英里外的一个地方。在那里,船将调头,让我们可以拍摄回开普敦的照片。

当我们经过停着的拖网渔船时,陆地上的热气被海风吹走了。我还可以看到为 2010 年世界杯建造的体育场的轮廓——位于划过海藻床的皮划艇和信号山之间。两个多世纪以来,每到中午就有一门海军炮从信号山发射,以帮助船上的人在即将到来的危险旅程中调整时钟,从而确定自己所处的经度(出于同样的原因,过去这里也有一个时间球——想想新年前夜的时代广场——水手们可以很容易地从桌湾的锚地看到它)。即使远离开普敦,我仍然可以隐约听到这些炮声,因为每天中午它们会用其推特账号发一个单一的、全部大写的词:"砰(BANG)!"

当我们进入深水区时,船的移动从二维变为三维。虽然许多城市都是在海岸线上崛起的,但我去过的其他大城市都没有这样接近原始海洋的感觉。19 世纪,久负盛名的伦敦劳埃德保险公司曾一度拒绝承保在开普敦过冬的船只。如今,据说在南非漫长的海岸线上有 2300 多艘沉船,其中约有 1/5 在桌湾。

船上的扩音器开始播放萨克斯风曲,肯尼·G 的爵士乐与从船的另一边传来的兴奋的德语交谈声(也许是关于海豚的)混合在一起。音乐变了,我发现海水也变了:有大浪,但没有形成白浪。相反,银蓝色的水面呈现出一种近乎模糊的质感,就像游戏中的模拟场景一样，一旦你离开一段距离，就会切换到一个较低的分辨率。

多年以后，一位海洋学家向我解释说，在海滩上，我们很少能看到海洋最深的蓝色，因为它们在更远的地方。他说，大多数人是从飞机上才有幸看到这种美丽的色彩的。但在这里，在离开普敦只有几英里的地方，我看到了那种只有从飞机上才能看到的蓝色。

对一代又一代科学家来说，水是蓝色的原因和天空是蓝色的原因一样，是个巨大的谜。有时，人们认为，水之所以呈现出蓝色，只是因为它反射了天空的蓝色。有些人则认为天空之所以是蓝色的，正是因为空气中含有水。但是正如彼得·佩西克（Peter Pesic）在他的《瓶中的天空》（*Sky in a Bottle*）一书中所记录的那样，19世纪，迈克尔·法拉第曾计算出，如果天空中所有的水凝结，只会在地面上形成几英寸厚的水，就像浴缸那么深，而这不足以使水变成蓝色。

与空气相比，水吸收了更多光线。然而，水和空气一样，不太容易吸收波长较短的颜色，如蓝色。蓝色由于没有被吸收而可以更深地穿透水，同样由于没有被吸收而被散射回我们的眼睛。

因为受到悬浮颗粒、海水深度、海床性质和生物形态（特别是浮游植物）的影响，世界各地海洋的蓝色并不统一。的确，海洋的颜色丰富多样，以至于科学家们不得不依靠卫星来监测和研究它。我想，如果对世界上主要沿海城市附近的水域进行

第九章 蔚蓝之城

一番严格的比较,就会证实一个对我来说像白天一样清晰的事情:开普敦湛蓝的海水,就像它的天空一样,无与伦比。

†

暮春

我正穿过开普敦市中心的一个公园,它被称为"公司花园"——荷兰东印度公司的花园,这里曾经种着给过往船只提供食物补给的作物——但无论这里多么凉爽,多么绿意盎然,我都不得不离开,因为刚刚那台座式日晷提醒我,是时候去喝一杯咖啡了。

开普敦市中心周围的景色是如此迷人,很容易让人忘记自己置身于城市中心。当我以后再来市中心,在高耸入云的摩天大楼下漫步时,我很可能会像今天一样,体验到一种令人担忧的奥兹曼迪亚斯式的感觉:人类在这里——以及其他地方——所建造的一切都是脆弱的、偶然的,至少与这座山和这片海洋相比是如此,与衡量它们的存在(而不是我们的存在)的时间尺度相比是如此。然而,我想到这一点的时刻一定和这里的其他时刻一样平常,因为我周围到处是开普敦人,他们仍然沉浸在日常生活中:一小群领带解开的年轻人在笑着聊天,一名女商人走进一辆出租车,一名工人打开一个电信柜,熟练地摆弄着里面五颜六色、像意大利面条一样的东西。

我沿着东北方向去找咖啡馆，直到在伯格街和朗马克特街的拐角处看到了一家名叫"天堂"的咖啡馆，它与一座哥特式教堂相连。中央卫理公会教堂建于19世纪晚期，艾伦·斯托里（Alan Storey）如今是这座教堂的主持——他是种族隔离政权审判的最后一个出于良心拒服兵役的人。中央卫理公会教堂远离阳光和人群，什么时候去都凉爽清静。这可能是我最爱的城市里我最喜欢的建筑了。除了教堂本身需要提供的服务之外，它还会在周日晚上举办支持同性恋的集会。几年后，来自非洲其他地区的难民将在这里居住长达数月之久。

教堂外是各种各样做成哥特式窗户形状的蓝色路标。一个上面写着，"中央卫理公会教堂是城市教堂"。一个上面写着，"你生在爱中——因爱而爱——为爱而生"。这句话让我想起了父母年轻时的宗教信仰，这种信仰强大到足以支配他们的整个前半生。虽然最后父亲的信仰结束了，母亲的信仰改变了，但他们的信仰对我的生活，甚至对我对一座城市怀抱的希望的影响，远远超出了他们的预期。

米歇尔·帕斯图罗（Michel Pastoureau）在他的《蓝色：一种颜色的历史》（*Blue: The History of a Color*）一书中写道："在12世纪蓝色彩色玻璃发明之前的1000年里，基督教的礼拜中基本没有蓝色。沙特尔蓝的发明尤其是一个里程碑，这种颜色比彩色玻璃中使用的其他颜色更能优雅地呈现岁月的痕迹。"后来，蓝色与圣母玛利亚的形象紧密地联系在一起，尤其是从

第九章　蔚蓝之城

青金石中提取的珍贵颜料所呈现的那种蓝色——群青色，这种颜料超出了米开朗琪罗的预算，也超出了维米尔的预算，因为它来自海外，通常来自阿富汗。

†

冬季

在一个灰蒙蒙的早晨，我来到好望堡。这座城堡是 1666 年由它的荷兰建造者命名的。这座五边形城堡帮助住在里面的人巩固和实施了其在非洲社区及其周围海洋的权力。作为南非最古老的建筑，它至今仍在这个国家最古老城市的故事中扮演着重要角色。事实上，这座城堡曾经是一个精心设计的通信中心（用火焰、旗帜和大炮发出信号），一来识别靠近城市的船只是否友好，二来宣示这座城市仍安全地控制在荷兰人手中，三来召唤帮助以保卫它。直到今天，这座城堡仍由该国国防部管理。

大门上方的门楣和我进入城堡时经过的拱形天花板都是清澈的蓝色。今天，城堡里几乎只有我一个人，我慢慢地走在蓝色石板小路和楼梯上——这些石板是在罗本岛开采的，与四周的黄墙相映成趣。再往前走，我看到一个灰色的实用箱，箱子上有一枚小型的纹章盾牌，上面有一只跳羚、两把剑和一幅在海军蓝的天空的衬托下的桌山图像。

住在开普敦的作家诺本戈·格索洛（Nobhongo Gxolo）第

一次参观这座城堡之前，点燃了一种据说可以帮助她与祖先通灵的草药，并进行了祈祷。在 2016 年的一篇文章中，她写道："在暗室中发生的谋杀和酷刑已经扩散到墙壁上，留下了一个污点，你能感觉到。"许多游客参观开普敦的城堡是为了重温这段历史，也想看看与该国解放故事中的一个重要日期相关的艺术收藏。1952 年，作为种族隔离政府组织的纪念扬·范·里贝克抵达好望角（1652 年 4 月 6 日）300 周年纪念活动的一部分，这些藏品首次在城堡里公开展出。该纪念活动引发了抵制和抗议，非洲人国民大会和南非印度人大会呼吁设立"全国宣誓和祈祷日"。纪念活动结束两个半月后，即 1952 年 6 月 26 日，纳尔逊·曼德拉等人发起了反对种族隔离的反抗运动。

在开普敦的城堡里，许多欧洲风格的画作都描绘了这样的海景：一艘或多艘船以可怕的角度在海浪中颠簸，船上的荷兰或英国旗帜在大风中摇曳，驶向桌山脚下的某个居民点。在一些画中，未来的大都市还只是一个修建了防御工事的村庄。在另一些画中，可以看到现在挂着这幅画的城堡。这些画中的天空很少是纯蓝的。更常见的情况是，天空中满是如山一般绵延的云景。而不祥的大海，尤其是在早期的画作中，通常是灰色、黑色或绿色的。

然后，我和诺穆萨·马库布（Nomusa Makhubu）交谈了一会儿。她是一位职业艺术家，也是开普敦大学迈凯利斯美术学院的教授。马库布出生在约翰内斯堡附近，在一个以金属工

第九章 蔚蓝之城

业为主的地区长大,那里的工业污染使得空气变了色。她向我描述了现在开普敦的蓝天带给她的喜悦,尤其是在康斯坦蒂亚内克徒步旅行时。她对伯克希尔丘陵也很熟悉——因为工作,她曾去过皮茨菲尔德以北不远的威廉斯敦。

"开普敦可能是一个美丽的地方,但它也是一个非常不平等的地方。"她告诉我,并向我展示了与她的城市和国家的历史以及她正在进行的斗争有关的艺术中的蓝色的例子。她以前的一个学生布赫勒贝兹韦·西瓦尼(Buhlebezwe Siwani)是一位在国际上很成功的艺术家,他的作品形式各样,包括视频、图像和雕塑。在她2015年拍摄的作品《艾盖盖西》(*iGagasi*)(科萨语是"波"的意思)中,一个女人站在蓝灰色的小山和靛蓝色的天空下的海洋中,手里拿着一根蓝白相间的绳子——在科萨传统中与治疗有关——向后靠在海浪上。马库布告诉我,我们通常认为蓝色是宁静的,但它也让人联想到从海上来的殖民者给当地带来的剥削及流离失所。

她还跟我分享了乔治·彭巴(George Pemba)1977年的作品《警方突袭》。(彭巴在东开普省长大,他的画作记录了当地城镇的生活,被认为是南非最伟大的艺术家之一。)这幅画画着四名乡镇居民和两名刚进入他们家的警察,显然这些居民正在家中非法酿酒——这是一些乡镇居民唯一的收入来源。一名警察正在和一名妇女争夺酒瓶,另一名警察则举起了警棍。两名妇女的头巾和一把翻倒的椅子靠背都是蓝色的,酒瓶、另一位居民的胡子和警察的脸也是蓝色的，房间之外的山和天空也是蓝色的。

　　我离开了绘画大厅，来到一个展览厅。该展览重点展出了通过同一条贸易路线运到开普敦的陶瓷，而这座城市的建立正是为了促进和保护这些陶瓷贸易。大部分展品都遵循着传统的蓝白相间的排列方式，这会让我们联想到荷兰代尔夫特市的陶器（代尔夫特市与开普敦机场以东的一个小镇同名）。对于一个已经被地差感搞得晕头转向的飞行员来说，最令人困惑的或许是一件 18 世纪上半叶由中国出口的展品。这件展品上的开普敦的山峦、天空和海洋都是由中国工匠绘制的——他们在一个 7000 英里外的城市工作，他们从未见过开普敦，肯定也无法想象我会在 21 世纪停下来欣赏他们的作品，无法想象几个月后我将从珠三角的天空降落到香港。

†

初夏

　　徒步穿过波卡普的街道后，我浑身是汗。悬挂在树上、在微风中轻轻摇摆的遮阳秋千吸引着我，但当我走向它时，我意识到我不确定我是否可以坐一坐悬挂在墓地上的秋千。

　　波卡普是开普马来人的历史中心。开普马来人是指那些被带到开普敦的人（通常是从荷兰统治的领土——现在是马来西亚

第九章 蔚蓝之城

和印度尼西亚的一部分——来的奴隶或囚犯)的后代,尤其是穆斯林的后代,他们构成了在种族隔离制度下被归类为有色人种的社区的核心。即使在士绅化浪潮席卷波卡普的今天,仍然可以在铺着鹅卵石的街道听到马来语词汇。波卡普位于信号山的斜坡上,可以看到对面的桌山,下面是市中心,远处是大海,它的美丽在很大程度上是因为它在半山上。

当我穿过高高的草丛,走近秋千时,蝴蝶四散飞舞。穆斯林于1804年在开普省赢得宗教自由,塔纳巴鲁公墓的第一块土地——其名字在马来语中意为"新土地"——于1805年获得批准,部分是为了在未来英国进攻时争取穆斯林对荷兰政府的支持。(这是一种先见之明,因为第二年就发生了这样的事情。)

开普敦穆斯林社区的许多重要人物都葬在这里。一些人因涉嫌参与政治活动而被流放于此。一些人,如印尼王子图安·古鲁(Tuan Guru),因与英国人串通一气而被流放于此,那时荷兰在远东地区的商业和帝国野心经常与英国的发生冲突——从罗本岛监狱获释后,图安·古鲁在多普街建造了南非第一座清真寺,他说这座清真寺将与世界共存。

这里还有图安·赛义德·阿洛维(Tuan Said Aloewie)的坟墓,一块牌子上写着他是开普省的第一位正式伊玛目[①]。他来自也门红海沿岸的摩卡,在那里或印度尼西亚被捕,并被"流

---

① 伊斯兰教中一个重要的术语和职位,其含义因不同的伊斯兰教派而有所不同。

放到好望角,身披枷锁度过余生"。然而,在罗本岛服刑 11 年后,他就被释放了。后来,他留在了开普敦,成了一名警察,这使得他能够照顾被奴役者的信仰。

波卡普是开普敦多样性和全球化的象征,也是开普敦最多姿多彩的社区。每当我问起开普敦人这座城市哪些东西是蓝色的时,人们通常会在大海和天空之外再提及波卡普的房子。这里的房子当然也有其他颜色,如黄色、紫色、粉色和红色。然而,只有蓝色,尤其是从近距离看,能与城市的天空和水域的颜色相得益彰,甚至让它们的颜色显得更加强烈。

有一栋房子给我留下的印象最深。它的蓝色是那种深邃的海洋蓝,与之相映衬的是白色的门、窗和铁栅栏,所有这些都在刺眼的阳光下闪闪发光。这种蓝色是如此吸引人,以至于我今天不自觉地好几次路过这所房子,直到我开始担心自己可能看起来很可疑,才继续朝那片墓地走去。

我仍然不确定是否要坐那个秋千——一块简单的木板挂在一根倒 Y 字形的锈色绳子上。我站着不动,低头看了看脚上满是灰尘的鞋子,然后抬头向上看了看。我想,母亲会喜欢这片天空的。我想把它拍下来,但相机似乎无法在没有物体的情况下对焦,也许是这种颜色超出了它的能力。

City of Snow

第十章
雪晶之城

伦敦、伊斯坦布尔、
乌普萨拉、纽约和札幌

15 岁左右夏末的某个下午，我待在自己的房间里，透过书桌上方开着的窗户，一边听着哥哥和他的朋友们在我家院子和隔壁院子里玩耍的声音，一边转动着地球仪查看皮茨菲尔德的纬度——大约在北纬 42.5 度。

那时我还不知道皮茨菲尔德以及跟皮茨菲尔德同纬度的地方有什么共同之处，我只知道这是一种绘制旅行地图的有趣方式。如果我沿着皮茨菲尔德所在的纬度向东走，会穿过大西洋、安道尔、里海的中心和蒙古南部，然后在穿过无边无际的太平洋之前，经过离札幌不远的地方。札幌是个好名字，听起来有点像西伯利亚。事实上，这座城市离西伯利亚并不遥远。所以我想，札幌的冬天一定很漫长，并且甚至可能比皮茨菲尔德的冬天降雪还要多。

皮茨菲尔德

> 1888年3月，连续3天暴风雪天气，降雪量超过1米，来自加州的旅客被雪困在火车车厢里，积雪最深处约为5米。

这一年我大概9岁，哥哥11岁。父母出门了，可能是去了伯克希尔一个朋友家，也可能是去了餐馆——虽然这种情况很少见。傍晚时，外面一片漆黑，所以当时一定是秋天或冬天。

我和哥哥坐在客厅沙发上，照看我们的拉塞尔坐在我俩中间。他住在隔壁街，十五六岁，身材高大，穿着皮茨菲尔德高中紫白相间的运动队队服。夜幕降临后，房间的这个角落总是一片金黄，这要归功于玻璃桌上那盏灯。

拉塞尔把我父母留在炉子上的东西加热后给我们吃。母亲让他在睡前给我们读一段《纳尼亚传奇》。到目前为止，我最喜欢《狮子、女巫和魔衣橱》，这主要是因为露西穿过衣橱时发现纳尼亚被锁在冬天里。的确，我非常喜欢雪，以至于一开始我不明白为什么这个永久的冬天是惩罚世界的一种手段。当春天终于来到纳尼亚时，我向母亲坦白说我有点失望。

在客厅沙发上，拉塞尔翻开书，翻到上次母亲读到的地方。

他读了几行,然后停下来,抬起头,叹了口气。他好像不喜欢大声朗读,或许问题出在奇幻小说上。不管是什么原因,这些文字似乎让他感到尴尬。他又读了几篇,然后转向我,又转向哥哥,说:"你们其实不喜欢这玩意吧?"

哥哥说:"母亲很喜欢。"这是实话。但我的思绪已经离开了屋子,暂时留在了纳尼亚,在那里等着哥哥和我会合。然后,当我从他与拉塞尔的对话中发觉他仍留在我们家的客厅时,我发现自己走进了这个只有我才能看到的城市纷飞的大雪中。

伦敦

1891年3月,一场暴风雪给肯辛顿造成了严重的破坏,因此需要雇佣更多的人来清除积雪,以至于地方法官在调查向一名执勤警员提供朗姆酒的酒馆老板时,罚两人去除雪,除雪人数达6963人。

在去往希思罗机场的路上,我在黑暗和大雨中驾车驶向一条被称为"西路"的公路。在我飞短途航班的那些年里,我经常开车去机场,因为坐火车或地铁都赶不上最早飞往欧洲大陆的航班。

写有"白城"的路标让我想起了家,而家——5个小时后到达——就在这个大雪纷飞、寒冷至极的深夜。当我经过那块路标时，我也想起了那所老房子，想起了那盏安在车库悬挑屋顶下的灯，还有它旁边总是坏掉的四块小窗玻璃。我不知道现在住在那里的人是否会让灯整夜亮着。我试着想象皮茨菲尔德郊区月光下的雪地，以及远处黑暗森林里零度以下的静谧。

在我印象中，内向的人比外向的人更喜欢雪，也许因为它给世界带来了寂静，或者仅仅是因为它为人们待在家里提供了绝好的借口。我想我最初爱上雪，只是因为一夜大风雪过后，我不用去上学了，也不用面对学校里的挑战。（事实上，有时我怀疑自己之所以变得如此内向，部分原因也是如此。）

然而，母亲是一个外向的人，从她那里我认识到，无论一个人的性格如何，随着年龄的增长，雪会让日常生活变得更加困难。自从我离开马萨诸塞州去英国后，每次暴风雪到来，她都会告诉我，并定时向我更新院子里积雪的深度，这只是因为她知道讲这些会让我非常高兴，尤其是在圣诞节临近时。然而现在，冬天对她来说太漫长了——开车很艰难，需要清理被积雪覆盖的湿滑的路面，与朋友的计划被迫取消，医疗预约被推迟——她需要在我最喜欢的季节里等待春天的到来。

伊斯坦布尔

1621年年初连降了几天大雪，城市的居民可以在横跨博斯普鲁斯海峡的冰面上轻松从欧洲跨到亚洲，或从亚洲跨到欧洲。

在法国大西洋海岸的高空，从毕尔巴鄂飞往伦敦的途中，我和机长迈克把注意力转向伊斯坦布尔的天空。在希思罗机场着陆后，我们将乘坐另一架飞机前往伊斯坦布尔。在这次飞行的巡航部分，我们订购了下一次飞行的燃料。通常情况下，从伦敦飞伊斯坦布尔的燃料用量很容易判断，但今晚的天气预报警告说，有"SN"（航空术语中雪的简称），前面还有一个"+"，意思是"大雪"，这样的预警通常出现在飞往明尼阿波利斯或莫斯科的航程中。

在仔细阅读了伊斯坦布尔的标准备用机场——希腊克里特岛上的伊拉克利翁机场、保加利亚黑海沿岸的瓦尔纳机场，以及土耳其内陆多山的首都安卡拉机场——的天气情况后，迈克决定增加燃料订购量，以使我们能够在伊斯坦布尔上空停留一小时，这样在有需要的情况下，燃料仍然够用到到达任何一个备用机场。

在我职业生涯的最初几年，我喜欢飞伊斯坦布尔，原因有很多。除了这座城市本身的魅力——曾被称为"城市女王"和"所有城市之王"，即使是最吹毛求疵的旅行者也能感受到它的魅力——之外，它还是欧洲最大的城市（这一头衔它曾连续保持了 8 个多世纪），并曾有过好几个代表着至高无上的荣耀的名

第十章 雪晶之城

字("拜占庭""君士坦丁堡",还有至少 6 个其他名字,其中包括最激动人心的"新罗马")。它也是我作为短途空客 A320 的飞行员飞往的最遥远的城市之一。因此,飞往伊斯坦布尔的航班无疑是我人生中最重要的航班之一。

每隔 20 分钟左右,我们就会更新一次天气预报,结果并不乐观。大雪比预测的时间来得更早,并伴有强风,这样恶劣的天气状况符合官方对暴风雪的定义。我们计算着在这种天气状况下适宜着陆的着陆距离、侧风和能见度限制,并随着天气不断恶化再重新计算。我们开始下降后不久,就被指示要保持平飞并进入等待模式。管制员还告诉了我们一个飞行员们永远不希望听到的消息:延迟时间未定。

大雪现在也袭击了伊拉克利翁机场——尽管很难想象一场暴风雪是如何席卷希腊岛屿上的一座海平面城市的——但是瓦尔纳机场和安卡拉机场仍然是开放的。

我们联系了伊斯坦布尔和伦敦的同事,他们都建议我们备降安卡拉机场。迈克告知机组人员他的决定。与此同时,我开始操纵飞机爬升,驾驶着空客飞机按新规划的路线飞向古老的城市——凯末尔·阿塔土克(Kemal Atatürk)在 20 世纪 20 年代将其改造成土耳其首都。大约 15 分钟后,我们开始第二次下降,不久后我们在安卡拉机场着陆。尽管这里海拔更高,机场一侧的山脉陡峭,但只下着冷雨。

我们停好飞机,关闭引擎。过了一会儿,一位浑身湿透但心情愉快的地勤人员敲了敲机舱的前门。当来自伦敦的电话响起时，这名地勤人员正在家里。看来我们飞机的突然到访打扰了一个安卡拉家庭的宁静夜晚。

一群从东京起飞经停希思罗机场飞往伊斯坦布尔的日本乘客以为他们已经到达了最终目的地，于是站起来，开始收拾随身物品。我不得不用有限的日语拼凑了一些我希望传达的信息："抱歉，这里还不是伊斯坦布尔。"然后我站在楼梯上，向西北方向望去，除加油卡车和停机坪上有照明的地方之外，外面暗黑一片，像皮茨菲尔德 11 月时那样冰冷的雨打在我脚上的黑鞋上。

很快有消息传来：伊斯坦布尔机场已重新开放。在确认了飞行时间限制后，我们再次启程，沿原航路折返。当我们在马尔马拉海上空下降时，厚厚的雪花掠过挡风玻璃。当飞机穿过云层到达进近灯上方时，我们发现，刚被清理不久的跑道上此刻又堆积了一层雪。不过，积雪并不深，侧风也在我们的承受范围之内。我们在近乎寂静的环境中着陆。当起落架的轮子贴近跑道后，发动机的噪声似乎更大了。但今晚我才意识到：一场雪甚至可以使涡轮风扇安静下来。

由于滑行道很滑，我们花了将近 1 个小时才到达登机口。最后，我们停好飞机，完成文书工作，向疲惫的乘客告别。过了入境检查，我们登上一辆在几乎无人的机场高速公路上不断打滑的巴士——今晚我希望开车的是一个更习惯于下雪天的司机，也许是来自皮茨菲尔德，而不是现代拜占庭——很快，我们就

第十章 雪晶之城

安全到了海滨摩天大楼里的酒店。

我挂好制服,给手机充上电,换上睡衣,但我知道我还得过一会儿才能入睡。我坐在窗边,放着音乐。伦敦、毕尔巴鄂、安卡拉、伊斯坦布尔,我猜,我和迈克一定是最先在同一天飞完这四座城市的人。透过烟雾缭绕的窗玻璃,我看到一片片雪花在空中旋转,远处还有通往博斯普鲁斯海峡的黑暗水域和等待进港的船只的灯光。

皮茨菲尔德

> 1916年3月初的暴风雪带来的降雪深度达61厘米。在这次暴风雪中,人们用起了雪犁,"有轨电车时刻表受到明显影响"。

独木舟草地野生动物保护区停车场的积雪太深了,无法停车,所以我把租来的车停在附近的一条小街上。我儿时的朋友里奇在搬去康涅狄格州之前就住在这条街上。当从温暖的车里下来,走进漫天纷飞的雪中时,我瞥见了几扇门之外的一所大房子。当年它施工建造时,我和里奇常常偷偷溜进去过夜,在月光下爬上工人们堆放在地下室洗衣房或娱乐室里的碎石小山。

我从车顶上解下越野滑雪板。在我现在生活和工作的波士顿,几乎没有人需要滑雪板,所以我的旧滑雪板就放在皮茨菲尔德母亲家的地下室里，只有当我冬天来镇上的时候才会拿出来。这副滑雪板不需要打蜡，但当我把它们扔在雪地上时，玻璃纤维的边缘与雪地接触时发出的响声像是父母的叹息。这让我想起了父亲的木制滑雪板，还有他收集的各种颜色的蜡——它们被装在类似除臭剂的容器里，用来应对不同温度、不同类型的雪：新雪、细雪、陈雪、湿雪、颗粒雪。我还记得父母在搬到皮茨菲尔德之前在佛蒙特州伯灵顿滑雪时拍的照片。照片里，母亲穿着黄色夹克，看起来好像在笑话自己站在一块木板上并妄图滑动它。

一辆车停在我车后。一个男人下了车，卸下滑雪板。他对我挥了挥手，说："好大一场暴风雪，不是吗？"

他没说错。

"也许已经降了25厘米，还有20厘米正在往下降。但你一定习惯了，对吧？"他又说。我意识到，他看到了我那辆在波士顿租来的车的明尼苏达州车牌。他看起来像是资深滑雪人士，我想，也许明尼苏达州在这些人中有一种我所不知道的声誉。

我正要解释这辆车是租来的，我来自皮茨菲尔德，事实上，就住在几个街区之外，但是我打住了——如果我是本地人，为什么要租车呢？于是，我只是点点头："是的，很大一场暴风雪。"我的肩膀放松了一点，因为有了这个新身份，我就像又穿了一层防护服——我来自明尼阿波利斯郊区，是一个熟练的滑雪者，是的，甚至曾经是明尼苏达州的滑雪冠军——然后把浅

第十章 雪晶之城

灰色的靴子套进滑雪板里。

我沿着霍姆斯路滑了几十米，进入独木舟草地。雪太厚了，看不清前方的路，但我很清楚我要去哪里。小时候，这个保护区对我来说就是个大荒野，但实际上它只有几百英亩。

我靠着重力而不是技术滑到山下，进入山脚下的树林中。经过一个结冰的池塘时，我想起有一次和父亲去庞图苏克湖看哥哥参加的速滑比赛。当时我问父亲，选手们如何知道湖面是安全的——我一定是想到了发生在我家后院的金鱼池事件——他指着巨大的、像坦克一样稳稳地驶过刺眼的白色湖面的赞博尼磨冰机说："既然它能安全地在冰面上行驶，那么这湖面对你哥哥和其他选手来说也是安全的。"

我的帽子上、手套上都结了雪块，运动产生的热量把落在我裸露在外的脸上的雪都融化了。我的滑雪高潮来了，比任何跑步者感受到的高潮都要强烈：这是冬天最好的时候，也是皮茨菲尔德最好的时候。虽然我现在不住在这里，但今天我回家了。在我前面几米处，积雪压弯了一根树枝——如果我和哥哥在一起，即使现在我们已经20多岁了，我们中的一个也会大笑着把树枝上的雪摇落到对方裸露的脖子里——树枝被压到一定程度后，积雪滑落到树林的地面上，然后树枝又弹回空中，摇落了更多雪花。

我可能看起来像个明尼苏达州的滑雪者，但现在我已经在我最喜欢的滑道上滑了一圈，感觉很累。附近有一个观鸟屋，里面有一条长凳，可以坐在上面观看周围湿地的鸟。我脱下滑雪板，把它们靠在栏杆上，沿着木板路走了几步，进入观鸟屋。透过没有玻璃的窗户，我看到外面的沼泽地已经结了冰，上面覆盖着白雪，一片灰蓝色的土地和其他地方一样平坦开阔。

视线往回收，我发现滑雪靴留下的脚印差不多已经被遮住了。外面几乎没有风，也没有鸟，只有雪落地的沙沙声，还有血液在我耳朵里加速流动的声音。我还在因刚才的滑雪喘着粗气，浑身发热，但坐下没几分钟就觉得冷了。我望着屋外冰封的沼泽，不禁打了个寒战。

我站起来，跺跺脚上的靴子。在室内穿着靴子感觉不得劲，如果可以用"室内"这个词来形容这个没有门、没有玻璃、没有暖气的建筑物的话。我走出去，重新套上滑雪板。在离开之前，我回头看了看，雪末已经从没有门的门框里飘进了屋里半米左右。我停下来，想象着未来我和我的伴侣可能会如何设法把它修好的场景。

乌普萨拉

被称为"户外气象日"的暴风雪降落于1850年1月29日，这场暴风雪造成约100名瑞典人死亡，并以强大的破坏力席卷了乌普萨拉地区。

第十章　雪晶之城

我走下从斯德哥尔摩开往瑞典第四大城市乌普萨拉的火车。现在还不算晚,大概是晚上 9 点,但这里每年的这个时候,天已经黑了好几个小时。

几十年前,我的一个叔叔从比利时搬到斯德哥尔摩(他后来在该市的交通部门工作,这表明我对城市、交通和地图的兴趣是遗传因素造成的)。所以,自从我开始驾驶飞机飞行以来,就尽可能经常来这里,为此我会把我要飞马德里巴拉哈斯机场或柏林泰格尔机场的航班跟我同事要飞斯德哥尔摩阿兰达机场的航班交换。

阿兰达机场很容易让人喜欢上,不仅因为它给我提供了探望家人的机会;还因为它名字中包含的音节是那么流畅,让人很难相信它们的排列不是人为的——它名字中包含一个古老的地名和动词"land",意为"登陆"——而且,正如我的一个堂兄所证明的那样,同性恋可以在这里结婚;阿兰达机场还有一项政策,即永远不会因为降雪而关闭——从这一点可知,在这片寒冷的土地上,除雪、除冰的程序有多么完善。

阿兰达机场位于南边的斯德哥尔摩和北边的乌普萨拉之间,跟两地之间的距离大致相等。大多数时候,飞机在阿兰达机场着陆后,我都会在离驾驶舱最近的洗手间换掉制服,把行李交给一位同事,请他帮忙把行李带到乌普萨拉机组人员休息的酒店,然后登上开往斯德哥尔摩的机场列车。记得第一次飞这里时,我在斯德哥尔摩中央车站下车后,坐了几站地铁,走过一条绿树成荫的大道，问了问路，找到一条更窄的街道，徘徊着寻找门牌号，然后穿过街道，往回走了一段路，最后到达一个公寓楼。它与我经过的其他公寓楼没什么不同，只是它的门铃上印着我的姓氏。即使是现在，我也不敢相信，楼上等着我的除了一个和父亲长得一模一样的人的拥抱、热腾腾的美味晚餐（总是鱼）外，还有所有我想看的瑞典喜剧。

拜访了叔叔和他的家人后，我像往常一样回到乌普萨拉。但我还不想马上睡觉。于是我踏过雪堆，穿过一盏盏路灯下的白色水洼，离开车站，离开酒店，向费利斯河走去。

乌普萨拉约有23万居民，可能不算一个大城市，但它的显赫地位在很久以前就确定了。安德斯·摄尔修斯（Anders Celsius）提出了除美国外被大多数国家的人民和世界各地的飞行员使用的温标——很难相信温标最初是以相反的顺序排列的，即水在100摄氏度时结冰，在0摄氏度时沸腾——摄尔修斯是大学教授，他所在的大学是斯堪的纳维亚半岛最古老的大学。开发了基于拉丁文的物种分类学体系的卡尔·冯·林奈（Carl von Linné）也是这所大学的教授。（我小时候，叔叔来皮茨菲尔德时给我看了一张100克朗的纸币，上面印着以爵士身份出现的林奈。同面值的纸币后来还印有葛丽泰·嘉宝。）乌普萨拉也是瑞典教会的总部所在地。8个多世纪以来，乌普萨拉一直是瑞典的宗教之都。瓦萨王朝之父、瑞典独立之父古斯塔夫一世就安葬在这座城市的大教堂里。

第十章 雪晶之城

我走到河边的小路上，扣上大衣的扣子。在这样一个冰冷的夜晚，我似乎不仅要向发明温标的教授致敬，还要向曾住在乌普萨拉的另一位居民奥劳斯·马格努斯（Olaus Magnus）致敬。他生于1490年，长大后成了这里的一名教士，后来被任命为乌普萨拉最后一位天主教大主教——尽管那时他已远离家乡，并且一直没有再回去过，他只是名义上的大主教，因为瑞典当时信奉的是路德宗。

他的许多木版画所描绘的世界经常出现在我的童年生活中：屋檐上悬挂着冰柱，难得一见的开阔水域在刺骨的空气中冒着白烟，一群男孩向躲在雪堡后面的另一群男孩扔雪球。他还有一些作品接近神话：一个骑马的人离开了一座建在冰上的客栈，东风又从东方带来一场大雪，一个穿着滑雪服的猎人在若隐若现的石像下滑行——这些石像排列在朝圣者前往挪威的路上。在一幅令人难忘的关于乌普萨拉冬夜的画中，一轮圆月在冰冻的费里斯上空照耀着黑暗的天空，而商贩们正在冰面上忙着做生意，交易着桶、壶、弓、刀、斧。

而冬季爱好者和科学史学家可能会对另一幅版画特别感兴趣。它的左上角是两扇结满霜的窗。左下角的天空飘满了雪，就像从五线谱上被吹走的半音符。版画的右半部分挤满了小图，有些形状像箭头、手或王冠，或者像花或帽子，还有一些像圣埃克苏佩里的童话中小王子头发上的刺，或是从男孩心爱的星球附近的天空摘下来的天体。然而，就其本身而言，在这张有着近 500 年历史的纸上，我可能只能辨认出其中一个图——一颗六角星——这是已知的第一张雪晶形状的草图。

纽约

  2005 年 3 月 8 日的暴风雪期间，肯尼迪机场的最高风速为每小时 48 英里。在这场暴风雪中，人们看到雪花"奇怪地不受重力影响——向上方、向两边飞舞"。

现在是 3 月初的纽约，像这么严重的冬季暴风雪在现在这个季节很罕见。

这架静止的波音 777 的机舱内光线很暗，只有少数几个座位上方亮着阅读灯。机舱里也很安静，只有空调的沙沙声和发动机的空转声。乘客们都在睡觉，或者像我一样疲惫——这很正常，刚经历长途飞行，现在下飞机的时间又推迟了。

今天早上，我结束为期多日的飞行——先去了爱丁堡，接着去了巴塞尔，最后又去父亲的故乡比利时布鲁塞尔飞了个来回——回到伦敦的家时，得知父亲中风了。父亲和继母住在北卡罗来纳州的一家医院里，那里的医生告诉我们，救不活他了。等我们这些家人都聚到那里，医生就会拔掉他的生命维持系统。航空公司的一位同事赶紧给我订了当晚飞往纽约的最后一班飞机。但现在我无法下飞机，因为飞机还没有停好，因为雪堵住

第十章 雪晶之城

了飞机的舱门。我恐怕要错过飞往罗利的转机航班了。很快，我就得知这趟航班已经取消，就像当晚从肯尼迪机场起飞的大多数航班一样。在温暖的机舱里，我望着外面的积雪，感到一阵麻木：由于这场暴风雪，父亲将多活几个小时。

我坐在飞机右侧靠窗的座位上。暴风雪吹过窗外，窗玻璃上已经结了霜。这架飞机在皇后区的风中微微颤动，我想起了留在伦敦的那个温暖如春的下午。现在，那似乎是另一个世界，另一种生活。

我们等啊，等啊。我想起了纳尼亚的雪林和通往皮茨菲尔德但因积雪无法通行的道路。当我到达幻想之城时，也会有一场冬季暴风雪在那儿等着我吧。

从小木屋里我望向外面的停机坪，有些东西——也许是在高大灯柱的圆锥形光线下雪飘落时形成的明亮几何体——让我回到了20世纪80年代中期的某个夜晚。当时我和父亲把车停在皮茨菲尔德的滑雪场，像我们经常做的那样，等着接哥哥和他的朋友们。那时大概是晚上9点，从黑漆漆的车内往外看，灯下的滑雪道几乎亮得刺眼。父亲开着发动机，暖风呼呼作响。当哥哥和他的朋友们到时，几扇车门会同时被拉开，然后冷空气、大笑声、说话声就会一齐涌入车中。但在他们来之前，父亲在字斟句酌地给我解释他最近在科学杂志上读到的关于艾滋病的内容。当然，他通常都是这样说话的，但我在座位上僵住了。我确信，他小心翼翼的语气是在回避一个我也想回避的话题。七八年后，当我终于向他坦白我的性取向时，最先想到的就是这个夜晚，我们在这座灯光与冰雪覆盖的大山前共度的这几分钟。

札幌

> 最重要的分类原则是晶体的结构，而不是其表面形式。北海道是研究雪晶的大致分类的理想场地，因为能在这里观测到的晶体种类非常多。
>
> ——中谷宇吉郎的《自然和人造雪晶》
> (*Snow Crystals: Natural and Artificial*)

札幌是日本第五大城市，位于日本第二大岛屿北海道岛的西南角。由于空桥上张贴的警告路标说道路很滑，因此我刚踏上札幌时的每一步都是小心翼翼的。

其他路标也体现了这座机场和日本最北端大都市冬季的高贵气质：北海道机场公司背光标志上的青色七角星代表了岛上的冰雪，上面还用俄语标示着通往机场火车站的路线，这个火车站离符拉迪沃斯托克比离东京更近。航站楼博物馆的标语牌上写着"新时代的曙光：北方航空城的诞生"。

"北方航空城"是对这座城市机场的一个恰如其分的描述，在这里，下雪是很平常的事。每年 12 月到次年 3 月的大部分时间，札幌每三天至少有一天在下雪，1 月份几乎每天都会下雪。

第十章　雪晶之城

　　这并不是世界上降雪量最大的城市（世界上降雪量最大的城市可能是日本本州岛的青森市，那里年平均降雪量约为 8 米）。但在全球降雪量较多的城市排名中，札幌通常是最大的那一个：它有 200 万居民，是魁北克市人口的 4 倍，而魁北克市的年平均降雪量只有 5 米，约为札幌的 2/3 左右。

　　因此，札幌举办过冬奥会（1972 年）也就不足为奇了。它最重要的年度活动是冰雪节，每年冬天这里都会迎来数百万游客。这里有 100 多座冰雕，有的超过 15 米高。历史上最重要的雪科学家之一，中谷宇吉郎，与这座城市有着十分密切的联系。

　　中谷于 1900 年 7 月 4 日出生在日本西海岸的石川县，我高中时曾在那里寄宿过一个夏天。他在东京和伦敦学习物理学，1930 年在札幌担任学术职务，并在那里度过了他的职业生涯。他将雪花形容为"天堂的来信"，他对雪花的极大兴趣不仅源于札幌降雪的频率，还源于它们给这座城市赋予的美丽。

　　雪花，正如其精致多样的结构所表明的那样，不仅仅是冰冻的水滴。确切地说，雪晶是没有经过液态阶段就直接变成固体的蒸汽。或者，我们可以说，雪是直接凝结成晶体的蒸汽，它不是那种在晴朗的深秋夜晚在草叶上形成的霜，而是那种在一个核——一粒在冬日凛冽的云层中盘旋的尘埃颗粒——上形成的霜。考虑到在冰冷的云层中进行研究的挑战，研究导致降雪的条件的最佳方法是在实验室中复制它们，中谷是第一个这样做的人。他不是在冰冻的天空尘埃上，而是在细细的兔毛上培育雪晶。

虽然约翰内斯·开普勒、罗伯特·胡克和勒内·笛卡儿都曾仔细观察过雪花，但制定雪花分类的科学体系的是中谷。他在其开创性著作《自然和人造雪晶》中记录了这项工作。这本书收录了数百张我见过的最可爱的雪花的照片，它不仅是一部科学作品，也是一部艺术作品。中谷还研究了航空业的除冰问题，以及用人工来驱散机场雾气的可能性（后来，他的女儿中谷藤子因成功用人工雾制作雾雕塑而闻名于世）。他在北海道大学创建了低温科学研究所，该研究所的网站记录了很多里程碑式的成就，如雪灾科学部（1963年）、冻胀部（1964年）和降雪原理部（1981年）的成立。

中谷于1962年在东京去世。加州理工学院的物理学家肯尼思·利布雷希特（Kenneth Libbrecht）写过几本关于雪晶的专著，他直言不讳地向我描述了中谷的影响力：中谷是第一个"思考水蒸气是如何变成冰的这一科学问题"的人。如今，中谷的名字不仅出现在他家乡附近的一个冰雪博物馆里，也出现在南极的一群岛屿上。而札幌则矗立着一座纪念他作品的六面体纪念碑：对于所有爱雪人士来说，就像这座城市一样，这里也是一个朝圣地。

从机场航站楼的窗户望出去，我看到停在那里的飞机的引擎风扇在缓慢转动着。冬天的齿轮也在转动着：开始下起了更大的雪。我觉得这可能会对离境乘客的航班造成干扰。不过，在札幌的停机坪和跑道上，有的只是一个大型机场的普通喧嚣，这

第十章 雪晶之城

里的工作人员肯定是世界上最擅长处理冬季航行事务的人之一。

我穿过机场前往火车站，拥挤的人群提醒着我一件很容易被我忘记的事情：我经常飞往的东京可能是地球上最大的城市之一，但它并不是日本唯一的大城市。我踏上火车，车门关闭了。很快，火车高速穿过白色的田野，穿过一丛丛白雪覆盖的冷杉和白桦树。其他地方的铁轨跟这里的相比，除了两条干净的黑色平行线外，毫无特色。

大学上日语课时，我很高兴地从对话练习或课本上的短篇故事中了解到，"雪""yuki""snow"都是雪的名字。我一个朋友的朋友叫"Miyuki"，她出生在日本主岛西南部温暖的岛根县，她出生那天那里下了雪，为此家人给她取名为"Miyuki"。"Miyuki"可以指"深雪"或"美雪"等多种雪，但她的母亲做了个不同寻常的选择，将其写成字母，因为这样可以表示不止一种雪。

Miyuki 现在住在札幌——她母亲开玩笑说，她给她起这个名字并不是为了这个——我写信给她，问她住在地球上雪最多的城市之一是什么感觉。

"我们喜欢冬天的美。这里的人对自然超级敏感。我们喜欢雪景。"她回答说。她向我描述了所在城市附近的一个要在雪中点燃蜡烛的冬季节日庆祝活动（节日的网站上写着"一个神秘的森林，灯光和倒影自然地融为一体"），而在离城镇更远的地方，有一个冰雪村，村里有一家音乐商店、一家面包店、一座教堂，甚至还有一个室外温泉浴场，它们都是在冰冻的湖面上雕刻和组装起来的。她谈到了游荡到札幌市的熊（就像它们有时会游荡到皮茨菲尔德市中心一样），以及每年都会来的雪虫："我们这里有一个说法，当你在深秋看到雪虫飞来飞去的时候，意味着很快就会下第一场雪。"她还跟我介绍了冬菜，就是一种收获后继续存放在田地里的卷心菜，冬天被雪覆盖着，它的甜度会增加，味道也会变得更好。

随着火车的减速，雪花飘过车窗的角度从近乎水平方向慢慢倾斜变回垂直方向。当我转身向外看时，我想起了孩提时代的一个深夜。那晚，我拉开卧室的窗帘，想看看那场天气预报里的暴风雪是否已经把这个世界变成一个学校无法开学的世界，那样我和哥哥就可以在积雪的院子里玩上一天，铲完人行道后，我们也许还可以为邻居铲雪赚点钱。

在中途某一站，我注意到戴着黄色安全帽、穿着高亮背心的铁路工作人员正在用我在新英格兰从未见过的那种石灰绿的铲子在站台铲雪。这些铲子没有像棍子一样的长手柄，而是有一个固定在大铲子上的横杆，你可以像推割草机一样推着铲子，而不需要将雪铲起来，这对你的下背部和心脏来说更友好——我意识到自己已人到中年了。

雪渐渐变小，火车又开动了。我仔细听着所有的火车播报，虽然我不需要担心，因为也有英文播报："新札幌站到了，下一站终点站，札幌站。"

第十章 雪晶之城

†

> 迄今为止，针状晶体的雪一直被认为是最稀有的雪花类型之一。这种类型的雪在欧美似乎非常罕见……然而，在北海道却比较常见。在札幌，一个冬天，我们平均可以看到四五次这种类型的雪。

当我放下行李，穿上暖和的衣服，准备在札幌开始第一次长途步行时，已经是黄昏了。我向南走上一条街道，这条街道连接着城市的主要车站和长方形的大通公园。

天空阴沉沉的，自从我驾驶的飞机着陆以来，雪一直下个不停，但现在只下了点小雪，也不是特别冷，可能刚到 0 度以下。这感觉有点像波士顿暴风雪后的夜晚：交通重新恢复，一些人行道也打扫得很干净，让人可以散步。我把帽子拉得更低，竖起衣领，努力不去想皮茨菲尔德或波士顿。我提醒自己：现在周围的一切对我来说都很陌生，这不过是一个被大雪暂时改变了的、让我感觉熟悉的地方。

我在一家小咖啡馆停了下来，为了取暖，我点了一杯饮料，把纸币放在小塑料托盘里——在日本我经常忘记应该这样做——而不是直接把钱递给收银员。然后，我找了一张空桌子，摘下帽子，解开厚外套的扣子，想起了皮茨菲尔德，想起了油价高涨、柴炉成了主要取暖工具的那些年——那时我开始痴迷于在室外和地下室堆放木材。

当我第一次被允许自己在柴炉里生火时,我比多年后拿到驾照的那一刻还要高兴。(不过,也许是这种许可来得太早了,有一次我把火烧得很旺,把柴炉门上的把手都烧焦了;还有一次,由于木头不够,我拿着一个杯子去车库,从割草机旁边的罐子里装上汽油,然后倒在木柴上。)

但比起坐在柴炉边,我更喜欢去后院的柴堆,跟跟跄跄地抱着一堆木头回到那在明亮的星星和冬天永远不会真正变黑的夜幕下闪着火光的房子。后来我明白了,比起寒冷,我更喜欢变暖的感觉——当然,这得是在冬天。对我来说,不管是在泥泞的院子里短短走一段路后,还是在学校里度过艰难的一天后,这种感觉总是与回家这个场景密不可分。这种身体早期的原初记忆或许可以解释为什么作为一个常年在外的旅行者,在国外遇到舒适的环境时——那种温暖的但又暗示着不可能是家的地方——我会感到既欣喜又彷徨。

我环顾咖啡馆,再次提醒自己是在哪里。我喝完咖啡,又走出门,走到公园,向东转向札幌电视塔。许多城市——最著名的可能是多伦多和东京——在通讯塔上设置了观景台。这是一种由新型技术所带来的美好体验。进入大通公园后,我又经过了这座城市最近举办的冰雪节所留下的冰雪残迹。今年的冰雪节需要从农村用卡车运来数万吨雪,这是严重的气候危机发出的令人不安的警告。它提醒人们,旅游业从业者正面临着全球

第十章 雪晶之城

化以及高度本地化的挑战。

我抬起头,看着塔上的金属栏杆消失在飘落的雪花中。我不确定在观景台上能看到什么。但既然已经来了,我也就买了票。一个路标上写着,这座塔已"被选为日本的夜景遗产"。

我走进一个玻璃电梯,电梯里有一个服务员,他向我鞠了一躬,并按下英文自动广播按钮——"We hope you enjoy the magnificent views"(愿您在这里欣赏到壮丽的景色)——然后我们开始上升。

走出电梯时,我仿佛身处一个控制塔台。我转向窗外,夜色、云雾和大雪交织在一起,笼罩着这座规划整齐的城市。建筑物的平屋顶像田野一样,光滑洁白,如果从上往下俯瞰,这座城市仿佛消失了一般,只剩下一片茫茫的白。远处的摩天轮打破了这个魔咒,我想起了地球表面水循环的过程:水分子蒸发到空气中,上升,然后,也许在两英里高的地方,形成晶体,接着再花 1 个小时左右的时间翻滚落回我们居住的这个星球表面。它们可能会在札幌市某个公园边缘的雪堆中度过冬天,等春天一到,便奔向大海。

†

这是一个寒冷而晴朗的早晨,我正准备出去走走。

不止母亲一个人觉得皮茨菲尔德的冬天越来越难熬了,我的继母在冰上摔断了胳膊后不久，也和我父亲搬到了南方。当我小心翼翼地向前走着时，我想起了 Miyuki，想起了她曾在给我的信里坦率地谈过札幌的冬天所带来的危险："每年冬天我都会选双好鞋，然后在鞋底损坏之前再买一双新鞋。"她越来越喜欢札幌的春天："年纪越大，冬天就越难熬，当我们发现春天的迹象时，比如黄芩发芽了，我们会告诉家人和朋友，分享这份小小的快乐。"

札幌的街道与皮茨菲尔德的不同，这里设有公共沙桶，里面的沙子是为冰面准备的，沙桶的牌子上写着"请自行使用"。如果你发现路很滑，可以自己在路面撒上沙子。路边也有这样的牌子，体贴的司机会把车停在冰上，然后在冰面上撒上沙子。我偶尔会走到一段装有暖气的人行道或车道上，这里不仅没有雪，而且路面非常干燥。我也会被这样的景象所震撼：卡车在把成堆的雪运往城外时会经过架有日本传统锥形装置"雪吊"的树木——是雪吊让札幌的树木能够承受每个冬季暴雪的重负。

然而，即使是札幌，也没有找到一种方法来消除在积雪堵塞的排水沟附近的人行道与街道相交处形成的小腿深的泥浆水，所以我经常得跳到邻近的雪堆上，或者继续前走，直到找到一个更高或更干燥的地方才能过去。尽管如此，当我离开以商业为主的市中心，来到一个小商店与整齐的住宅交错的街区时，我的鞋子已经湿了。这里的雪没有用卡车运走，而是堆在一起。停车场里积雪堆积如山，有些有婚礼帐篷那么大。我想起了皮

第十章 雪晶之城

茨菲尔德院子里那些比我还高的雪堆，还有童年时给我带来最多快乐的那些景象和声音：黎明前被自家车道上的雪犁反射到我卧室天花板上的那些舞动的黄光，雪梨的巨大刀片呲呲作响，像是在低声说："今天你不用上学了。"

札幌所在的岛屿北海道岛是在19世纪被命名的，它的意思是"北方海道"（与"挪威"一词的词源非常相似，北海道的风景与挪威的也非常相似），与东海道的名字相呼应。东海道是京都和东京之间的古道，现在世界上最繁忙的一条高铁线就是以东海道的名字命名的。西方人对札幌这个名字很熟悉，这要归功于与它同名的啤酒。"札幌"一词在岛上土著居民阿伊努人的语言中，意思类似于"长而干的河流"。

在这座城市建立之前，阿伊努人就沿着这条河定居，现在它被称为"丰平河"。我想看看它的表面是否会结冰，于是查看了下地图，向河的西北岸出发。

19世纪中后期，北海道被许多日本人视为资源丰富的边疆，但在其他方面却很落后，就像几代欧裔美国人所认为的美国西部一样。日本政府吸取了美国西部土著人流离失所的教训，费尽心思请了几十个美国人到北海道协助工作，其中包括在马萨诸塞州出生的霍勒斯·卡普伦（Horace Capron），华盛顿此前曾委托他与美国西南部的印第安原住民进行谈判。卡普伦为北海道提出了一项美国式的宅基地法案，并负责札幌的美国式街道网格的设计。如今，他的雕像仍矗立在大通公园。

然后，我问了另一位日本朋友友佳子关于阿伊努人的故事。她很热心地去图书馆借了几本书给我，因为她告诉我，像许多日本人一样，她对阿伊努文化不是很熟悉。她还告诉我，他们的神话可能与希腊神话相似，因为他们的万神殿中供奉的都是些"彼此之间或与人类之间充满着爱恨与争斗"的神。

清晨的光被阴沉沉的天空所取代，我继续朝河边走去，经过齐胸高的雪堆——有些雪堆更高，街角的雪堆也是如此。离市中心越远，人行道被清理的部分就越窄，所以当与他人在人行道上相遇时，我会走下人行道，踩进路边的深雪中，让对面的人通过，因为别人也为我这样做过。

当我到达丰平河时，天开始下雪了。路标上显示沿河有一条小路，但还没有清理干净。从繁忙的道路边缘到开阔而湍急的黑色水域，一切都被白色笼罩着。当我转身离开时，我想我应该租个滑雪板的。再往北走，我来到一处看着像公园的地方，但很难确定。我继续往前走，经过车辆和半埋在雪堆下的纳尼亚式灯柱，还有一个只有门是透明的电话亭。

†

这是我在城市里走过的最长的一条雪路。走了 7 英里后，我向左转，沿着一条白色小路进入莫勤沼公园。

这个公园是 20 世纪日裔美国雕塑家、艺术家野口勇（Isamu

Noguchi）最后的作品。野口以其标志性的现代主义玻璃桌和日本纸灯笼而闻名（"可以说是地球上最普遍存在的雕塑"，皇后区野口勇博物馆的馆长说）。野口勇的大型雕塑和景观装饰了许多美国城市，尤其是底特律，那里有一座喷泉，我很想去看看。这主要是因为野口勇是一个航空迷，他这样描述这座喷泉：它让人联想到飞机和喷气发动机，其结构契合了"飞机机翼与机身的关系"。

1933年，在日本的一所可以俯瞰富士山的房子里度过一段青春时光的野口勇在纽约市提出了一个名为"游乐山"的项目：建一个没有围栏的游乐场，孩子们可以爬到场地中心的假山上，然后滑下山。他说："游乐山是我对自己不幸童年记忆的回应……也许这也是我试图融入纽约这座城市，寻找一种归属感的方式。"他向罗伯特·摩西（Robert Moses）提出了他的建议。（摩西以汽车为中心的愿景重塑了纽约，并影响了20世纪美国各地的城市规划者。）野口勇回忆说，听了他的建议后，摩西笑得前仰后合，差不多是把我们赶出了他的办公室。

结果，他的游乐山被建在了札幌，作为莫勤沼公园的一个组成部分，目的是为了改造一块被丰平河环绕的土地——这块地以前是一个废物处理厂和一座垃圾山的所在地。爱上了这个地方的野口勇于1988年10月最后一次来这里。不久后，也就是当年12月底，他去世了，最终未能见到公园的完工。

我沿着这条路走下去，走到一座横跨河流的桥上，进入公园大约 470 英亩（相当于纽约中央公园一半多一点）的中心地带。野口的玻璃金字塔是我的第一站，不仅因为它靠近公园入口，还因为这是一个温室，里面很温暖。当我走进这座卢浮宫式的金字塔时——野口勇是贝聿铭的朋友——里面确实温暖、冷清、寂静。它感觉像是一个富有但低调的基金会办公室，或者是一个尚未向公众开放的斯堪的纳维亚新机场，尽管我从未见过如此漂亮的机场。

几条线条简洁的木质长凳环绕着玻璃墙的石头底座。看到被一码[①]厚的积雪覆盖的玻璃金字塔——我想起了那些被广泛传阅的照片，它们通常来自布法罗等雪带城市，在这些照片中，有人在暴风雪后的早晨推开家门，发现广阔的世界被一堵厚厚的雪墙所取代——我不禁猜测，这个玻璃金字塔的侧壁能承受多大的压力，积雪可能的深度是多少。

金字塔内部是如此舒适，以至于我开始好奇夏天这里会有多热。几分钟后，我发现它配备了一个巧妙的气候友好型解决方案：每年冬天，大约有 1700 吨积雪被封存在一个封闭区域，然后在整个春夏时节，积雪产生的冷空气会通过管道流通来给金字塔降温。

我沿着楼梯往上走，走进一间宁静的展览室，里面陈列着野口勇的标志性纸灯笼。它们被悬挂在玻璃墙前，透出的光投射

---

① 1 码 ≈ 0.91 米。

第十章 雪晶之城

在一片无色的土地上,像低垂的月亮一样金黄。金字塔里有一家餐厅,名叫"做梦的孩子"。野口勇曾写道:"孩子的世界是一个全新的世界,新鲜而清晰。"

我离开金字塔,从冬衣口袋里掏出帽子和手套,沿着一条雪路向游乐山脚下走去。在这个灰蒙蒙的日子里,除了它那两面对称的山坡像铅笔画的两条线一样隐约地划过天空外,它与云几乎融为一体。我又转身向另一座人造山——莫尔山走去。它大约 62 米高,高度是游乐山的两倍。我不敢相信,只是因为人到中年,它的坡度才看起来如此令人恐惧——山脚下的橙色挡网非但没有缓解这种恐惧,反而加剧了它。远处穿着鲜艳滑雪服的小人快速地从微型富士山上滑下来,而我正艰难地穿过雪地,阅读一块写着游玩规则的指示牌。

请不要在滑雪道上跳跃或堆雪人。

享受雪景,请量力而行。

如果你选择在公园其他地方堆雪人,请留在你的作品旁,并确保在当天离开前将其清除。

当我离开公园,扣上纽扣准备走很长一段路回城时,被一家咖啡馆的标语吸引了。这家店的招牌上写着"热饮 300 日元一杯,还有厕所和免费雪橇提供"。雪铲整齐地摆在一张仔细清理过积雪的桌子旁边,店外还有一个 1 米高的冰激凌蛋筒,上面的塑料香草冰激凌球与周围被雪覆盖的环境几乎融为一体。

我走了进去。这家咖啡馆很小，只有我一个顾客。一台唱片机正在播放着肯尼·罗金斯（Kenny Loggins）的《危险地带》("Danger Zone"）。书架上挤满了唱片，有地风火（Earth, Wind & Fire）乐队的、阿巴（ABBA）乐队的、卡朋特（The Carpenters）乐队的，还有一些古典音乐的。除了我坐的桌台外，每个台面上都摆着一些小物件——一个陶瓷南瓜，一座有着红色屋顶、蕾丝和圣诞树装饰的针织房子，几个彩绘小丑，一箱箱高档苏格兰威士忌，一只让人联想到阿拉伯风情的茶壶——我有一种感觉，许多在日本的高个子外国人都很熟悉这种感觉：动作稍不小心就可能导致什么东西破碎。

我目不转睛地盯着远处墙上《罗马假日》的海报发呆，直到一阵脚步声把我召回札幌。咖啡馆的里面住着一户人家，一个年长的女人走出来向我打招呼。她问我想要什么。我没看到卖热巧克力的牌子。今天早些时候我在另一家咖啡馆点热巧克力时费了很大劲也没让对方听懂，所以这次我不想再试了。于是，我选了我觉得自己能很轻松点下来的东西：咖啡。她笑了笑，我的舌头也舒展开了，我用笨拙的日语和她聊了一会儿。然后，她丈夫走了进来。他的英语比她的好，当然他的日语也比我的好得多。

他问我从哪里来，我说我从东京来札幌，还说我来自纽约附近——当你在6000英里之外时，纽约就是皮茨菲尔德的替代。

第十章 雪晶之城

我意识到,他以为我是侨居在东京的外国人,只是来这边短暂休息一下。我没有纠正他,或许是因为不管用英语还是日语都很难做到这一点,又或者是因为我喜欢想象我和马克在东京生活了几十年的样子。

我问他们是否喜欢东京。他们都笑了。过了一会儿,那个女人才说:"东京很拥挤,相比之下,我们更喜欢这里。"我也笑了一下,主要是出于对他们答案的理解。当我把手围着杯子取暖时,注意到那个女人在看我的结婚戒指,似乎想要问我什么,我准备好回答她。然而,空气中只有沉默。我打破了沉默,问她今晚札幌会不会下雪。"肯定会下。"她回答说,面容也突然变得笃定起来。

那个男人谈到了札幌和纽约。他说这两地的气候很相似。他比画了下手势,我感觉他是在比画两地的纬度。我还记得"故乡"用日语怎么说吗?我可以查一查,然后给他们讲讲皮茨菲尔德。

我想和他们分享更多的东西。也许我可以跟他们说说,第一次学日语时,我在新英格兰遇到的在日本出生的老师经常把马萨诸塞州的风景和天气与北海道的进行比较。也许我可以在手机地图上告诉他们皮茨菲尔德的位置。也许我可以跟他们谈谈梅尔维尔——《白鲸》在日本很有名——以及裴廓德号上的日式木桅杆。想到他们书架上的古典唱片,也许我可以跟他们聊聊坦格尔伍德音乐节——坦格尔伍德音乐节是在皮茨菲尔德旁边的一个小镇上举行的音乐节，高中和大学时期我曾在那里的音像店和啤酒摊打了好几年暑假工。坦格尔伍德音乐节在日本也很有名，这在一定程度上要归功于曾在波士顿交响乐团担任多年音乐总监的小泽征尔。在这个下雪天，我甚至可以用手机给他们看我一位住在伯克希尔的阿姨凯瑟琳挂在她在皮茨菲尔德的房间壁炉上方的诺曼·洛克威尔（Norman Rockwell）的画——那幅画画的是附近小镇斯托克布里奇的冬天，在她家圣诞树灯光的映衬下显得尤为美丽。

但这些话我都不会用日语说，而且我的手机也快没电了，所以我又往咖啡里倒了一壶牛奶，一边抬头看着他们的脸，一边对着那些我听不太懂的话点头。我想，这个男人说的是我在人行道和车道上发现的那种加热元件。他说，这些加热元件很方便，但是很贵，而且操作它们还需要电力成本。

我们的对话越来越少。当然，我已经把我知道的日语单词都用过好几遍了，因为我一直是店里唯一的顾客。我有点担心我会耽误他们做事，于是喝完一杯咖啡后，谢绝了他们再给我一杯的提议。他们不敢相信我是从市中心走到这里的，更不相信我打算再走回去。那个女人看起来特别担心我，她指着街对面，告诉我一定要从那里的车站乘巴士回去。不过，她让我先在这个暖和的地方等着，她要去拿纸，把发车时间写下来。

我从她手里接过纸，表达了对他俩的无限感激，然后站起来，检查完手套、帽子、围巾和背包，走进外面的寒风中，穿

第十章 雪晶之城

过马路。空了一半的巴士准时到达。我爬上车,把自己蜷缩在座位上。当巴士向南驶向札幌市中心时,天开始下雪,我闭上眼睛打瞌睡,或者想象一座城市:

这座城市,冬天白天的温度几乎都低于零下 4 摄氏度,而夜晚则更冷。这意味着,即使考虑到城市的热岛效应,这里的公园也到处覆盖着干燥的粉末状积雪,连续几个月都是如此。

初春时,人们会在路边结冰的地方架起小型的驼峰桥,这样,步行的人、骑自行车的人、坐轮椅的人和推婴儿车的人就可以不用踩湿鞋,轻松、安全地走过去。你可以拨打热线电话申请,或在相关应用程序提交一张带有地理位置的深冰水坑照片,大约一个小时后,就会开来一辆卡车,下来工作人员帮你安装临时小桥。

City of Circles

第十一章
寰宇之城

罗利、埃尔比勒、伦敦和东京

凯瑟琳——一个住在伯克希尔的阿姨，3岁时我曾向她抱怨过"这是我过的最糟糕的感恩节"——站起来，走到皮茨菲尔德市中心附近这座教堂的讲台前，打开发言稿。

我、马克、凯瑟琳和"伯克希尔家族"的其他亲友在这里参加另一位阿姨——希拉的追悼会，她两个月前去世了。《伯克希尔鹰报》上关于希拉的讣告对她的描述与我记忆中的她一模一样——一个"思维敏捷、幽默机智、热情如火的女人"。我在想，希望她的小孙女，也就是坐在我和马克前面座位的那个小女孩，在这么小的年纪记住希拉，是不是太不切实际了。

希拉于1940年出生在马萨诸塞州东部。长大后她成为一名修女，并在波士顿一些最贫困的社区从事教育工作。13年后，她离开了修道会，嫁给了一位前神父吉恩。他们在波士顿遇见了我的父母，然后大概在我父母离开波士顿搬到佛蒙特州时搬到了皮茨菲尔德。希拉和吉恩告诉父亲皮茨菲尔德有工作机会，这也是我出生在皮茨菲尔德的原因。在伯克希尔，希拉从事的是公共住房和教育方面的工作，她也是诗人、剧作家（小时候，我偶尔会给她看一些我写的短篇小说，她会在上面做很多修改和批注，并鼓励我）。有几年，希拉和家人没有住在皮茨菲尔德，而是住在威廉斯敦附近的一个树木繁茂的农场。在所有伯克希尔亲友的房子里，那里最适合进行大规模的复活节彩蛋狩猎活动。

在"伯克希尔家族"的亲友中，我父母那一代的人现在已经不多了，而节日聚会上孩子们的餐桌上又坐满了年幼的孩子。

凯瑟琳在结束悼词时轻声说："希拉是我们的好朋友。"

她小心翼翼地折起发言稿，回到座位。追悼仪式在几首赞美诗中结束了。然后，我们都去了教堂大厅，厅中央的大桌上摆着咖啡、牛奶、苏打水、蛋糕和自制饼干。我拥抱了希拉的女儿们，告诉她们我多么想念她们的母亲。我们聊起了我第一次带马克去伯克希尔的事，那是他第一次过感恩节。那一年，"伯克希尔家族"聚在庞图苏克湖东岸一座小山上希拉的小房子里。在这种聚会上，我们并不总是玩棋盘游戏，那一年我们就玩了画图猜词游戏，马克和希拉一组。我记得，感恩节晚餐后，希拉站在那里，指着窗外被风吹过的灰色湖面，告诉我们说，一旦冰层变厚，湖面上就会出现很多五颜六色的帐篷。

葬礼上"伯克希尔家族"三代大约来了25人，还有希拉的其他几十位亲友。他们中的大多数人我都不认识，但许多人还记得我小时候的样子。有几个人听说我是飞行员，问我是否喜欢这份工作，最近飞了哪些地方。还有几个人问我父母怎么样，但大多数人知道他们已经去世多年了。他们还跟我谈到了和我父母相识的时间和场景。

第十一章 寰宇之城

大约半小时后,一个男人向我和马克走来。他说他不确定我是不是还记得他。我不记得了,甚至当他告诉我他的名字时,我也完全没有印象。我把他介绍给马克。他微笑着使劲和马克握了握手,然后,我吃惊地看到,他开始哭了起来。

他解释说,他是在那个我有时会去参加的青年小组上认识我的,就是 30 年前在这个教堂楼上举行的那个,是他当众宣读并回答了我写在卡片上那个关于是否有可能不成为同性恋的问题。

"我一直在回忆那一天,"他一边摇头,一边擦去脸颊上的泪水,对我们说,"很高兴再次见到你,很高兴见到你。"

罗利

深色的松树从机翼前缘下掠过，然后在机翼后方出现。随着飞机继续下降，映入眼帘的是零星的灯光。

父亲和继母不再住在皮茨菲尔德的老房子里了——那是我长大的地方。继母在皮茨菲尔德的冰上摔倒后，她和父亲决定找一个更暖和的地方居住。他们选择了北卡罗来纳州的罗利，因为那里气候宜人，环境友善，还有高水平医疗服务和本地多所大学所营造的文化生活氛围。我刚搬到英国不久，他们就搬到了罗利城外的一个小镇。

在他们离开皮茨菲尔德之前，我最后一次回到那所老房子。我把一些儿时的物品搬到了几个街区外母亲的小房子的阁楼上，然后把剩下的东西——飞机模型、学校笔记本和课本、地图和城市草图，还有那个不再发光的地球仪——统统扔掉。

在这所房子里的最后一天下午，我独自一人在卧室里站了几分钟。然后我把行李搬到楼下的厨房，把钥匙给了父亲和继母。房子后面，在我经常抽烟的窗户下，那棵我五六岁时种下的冷杉树还在那里。我向它道别，并在心里默默跟它道歉——为那些年把滚烫的烟灰弹落在它上面，也为现在离开它而道歉——

同时用手拨弄了一下它的针叶。

父亲和继母把我送到皮茨菲尔德人烟稀少的汽车站。我乘巴士沿着收费公路去波士顿，然后飞回英国。早上到希思罗机场后，又沿着另一条我越来越熟悉的道路坐车，最后回到学生公寓。当我走进公寓的前门时，我欣慰地意识到，那里住着好多新朋友。

几个月后，我第一次来到了罗利。

飞机停好了，安全带指示灯也关了。我望着和其他地方一样的停机坪，站起来，背上背包。

父亲——我吃惊地发现他看起来更老了——和继母正在登机口等我。当我们走到停车场时，我试图尽快熟悉这个新机场。父亲知道我对来这里一直很紧张。他知道父母离婚对我来说并不容易接受，卖掉老房子对我来说是为那段经历以及与之相连的很多事画上了句号。

他也知道我对城市的热爱，虽然我从未跟他说过我的幻想之城。他当然也知道我对地图和在地图上移动的热爱。父亲把钥匙递给我。我坐进他那辆小型货车的驾驶座。那辆蓝绿色的、贴着迷你比利时国旗贴纸的小型货车，我们都叫它"小凡霍纳克"。父亲和我坐在前排，继母坐在我们后面，即中间一排。我按照父亲的指示，把车开出了机场停车场。

开车时，父亲跟我聊起了这里的交通问题。他列出了从罗利机场可以直达的许多目的地（甚至包括伦敦），并告诉我美国铁

第十一章 寰宇之城

路公司从纽约到迈阿密的铁路线离他们的新家有多近,我认真地听着。他还告诉了我一些不熟悉的数字——147、40、64——这些是这里最重要的几条公路的编号。他说改天我们可以沿着其中一条路去达勒姆,在那里我们可以参观植物园,还有他和我继母认为我会喜欢的小教堂,然后去一家他们最喜欢的餐馆吃午餐。

当父亲领着我向他们的新家走去时,我想象这是一个没有人会在冰上滑倒的城市,这里的人行道在刚下雪时就会被清理干净,然后撒上了盐和沙子。我想象这是一个任何人都可以轻松地重新开始生活的城市。我想象这是一个道路永远不会堵塞的城市。

我们来到罗利的第一个路标前,上面写着"内环线和外环线"。父亲预料到我会非常喜欢这些路标,所以没等我问,就开始解释说,内环线和外环线不是指两条独立的道路,而是指同一条环形公路上的内外两个车道——继母坐在车中间那一排微笑着听父亲说话。

父亲说,所以内环线是顺时针行驶的,外环线是逆时针行驶的。父亲又说道,这里的居民经常因此闹笑话,而对游客和新来的居民来说,更是摸不着头脑,尤其是那些来自靠左行驶地区的外国人,对他们来说,这些路标的含义是完全相反的。

几年后,在父亲去世后,这个惯例被抛弃了,这个路标也消失了。不过现在,我和父亲都认为,虽然它一开始可能令人费解，但它巧妙地解决了在一直转向的环形道路上方向标志的不确定性问题。

埃尔比勒

我们驾驶的波音 747 的飞行路线与底格里斯河大致平行。在太阳的照射下，底格里斯河时而漆黑，时而炫目，在沙漠和巴格达杂乱无章的黄褐色城区蜿蜒前行。

巴格达最初是建于 8 世纪 60 年代的圆城。公元 762 年，为了让阿巴斯王朝的哈里发曼苏尔更直观地想象新首都是什么样子的，设计者先是用灰烬，然后用燃烧的油和棉花种子在地上画了这座城市的规划图。这座圆城有四扇门，从门出发，有四条大道通向市中心，那里有一座清真寺和一座宫殿，它们的周围分布着兵工厂、财政部和通信局等建筑。

圆城建成后仅半个世纪，巴格达就成了世界上最大的城市之一，而且由于它横贯繁忙的贸易路线和底格里斯河两岸，可能也是当时世界上最繁忙的港口——不仅成了曼苏尔所希望的"世界海滨"，而且用 9 世纪地理学家叶耳孤比的话来说，也是"宇宙的十字路口"。

如今，圆城已不复存在。尽管如此，当我飞越巴格达上空时，有时仍然会想起南美洲的人类学家，是他们驾驶着轻型螺旋桨飞机在森林上低空盘旋，最终发现了消失的圆城的轮廓。

第十一章　寰宇之城

我第一次看到巴格达是在十多年前，那是我完成波音 747 飞行训练后第一次驾驶波音 747。在我们从巴林飞往伦敦的深夜旅程中，在飞机到达巡航高度后不久，我在飞航图上发现，我们正在接近一个代号为"ORBI"的机场。鉴于巴格达的历史与圆形紧密的联系，人们很容易将这个编码与其所对应的拉丁词联系起来，意思是"圆"或"圆盘"，但这当然只是巧合，其实"O"用来表示中东的大部分地区和南亚的部分地区，"R"代表伊拉克，"BI"大概是指巴格达国际公司。

多年后的今天，在这个晴朗明亮的冬日早晨，在我们飞越巴格达上空后不久，我低头看到了另一座城市。即使经过了这么多年的长途飞行，我对这座城市还是感到很陌生。它坐落在一个看似平坦的平原上，南面是一片高低起伏的棕色低矮丘陵；再往北，有几条平行的山脊延伸到白雪皑皑的山峰。

这座城市一定是埃尔比勒——我们的飞航图显示，这里没有任何机场。然后我发现，它的海拔高度与皮茨菲尔德的相当，而其中心高耸的堡垒是皮茨菲尔德所没有的。埃尔比勒那座近乎圆形的堡垒位于高地上，至少有 4 个深色的同心圆包围着它——那些肯定是道路。从高处往下看，密集的建筑像是盲文的表面。然而，最引人注目的是这些环线，而不是其中的堡垒或建筑，它们让我想起了我父母的朋友露易丝——有一年夏天她和我们住在一起，也就在那个夏天，父母告诉我和哥哥他俩打算离婚。露易丝离开皮茨菲尔德远走他乡后，我们俩长期保持通信，她偶尔会以椭圆形的方式回复信件——从竖放的信纸的左上角开始写，来回旋转信纸，直到整页纸再没有空白的地方。

伦敦

我戴好外科手术用的蓝色口罩，推着行李箱，踏上一列开往帕丁顿的火车，车里几乎空无一人。我要去希思罗机场，登上一架满载数吨货物即将飞往迈阿密的客机，机上乘客不到12人——虽然机舱里几个无人的区域的每个座位上都放着毯子和耳机。

新冠疫情开始后的几个月里，我哪儿也没飞过。在这期间，有几个朋友感染了新冠肺炎，一位年长的亲戚甚至因此离世。一些同事提前退休了。还有一些人，包括许多最近才进入航空业的人以及世界各地许多旅游从业者，被迫休假或失去了工作。终于，我又开始飞了，虽然只是正常工作量的一半，而且有些航班机舱空无一人，只装满了宠物、信件、黄金和钞票等货物。这些东西提醒我，世界的金融体系还没有完全虚拟化。我还飞过载有几十吨苏格兰鲑鱼或医疗用品的航班——这时，我和同事们会带着很浓厚的兴趣和一种与平时不一样的自豪感，互相宣读货物清单上的物品名称："诊断探头""试剂""易腐货物-抗体"。在这期间，我从波音747机队退役，开始开着波音787飞往那些我以为作为飞行员我永远不会再飞的城市,比如我曾多次飞往旧金山,并找机会再次发了一些找亨利的寻人启事。

在火车上,我坐在一块污迹斑斑的塑料隔板旁,并用膝盖夹住我的包。坐好后,我望着对面的窗户,看了看上面印着的琳恩·奥沙利文(Leanne O'Sullivan)的诗。我想起了这首诗中最有意思的几句——"城市的噪声越来越大/越来越响,白天消逝得如此之快",还有"就这一次,让我们为记忆想象一个词/它存在于身体之外,环绕着/把所有东西都点燃"——我不知道在环线列车上发现这首诗只是一个巧合,还是因为它是被精心挑选的。

我闭上眼睛,试着想象一个新的城市,它在一个岛上,岛上只有我独自一人。当我失败时,我会想象它是一个有着多条环线的城市。它们不是同心圆,也不像齿轮一样只在边缘相遇。相反,它们像维恩图上的圆一样相交、重叠——也许它们重叠部分的形状并不像维恩图的中心那么完美,它是不均匀、不对称的。当我睁开眼睛再次读这首诗时,我想,这可能是交通系统标志的灵感来源。

东京

我已经和史蒂文道别了,他是马克的一个老朋友,当得知6月的某一天我们都会在东京时,我很高兴。他跨越太平洋来到这里是为了参加一个很重要的会议。我没有会议要参加。事实上，在返航之前，我还有几天时间。所以，我没有强迫自己去做一些我觉得应该做的事情，比如参观一个新博物馆或者去长跑——我可以明天再做这些事。

相反，我走进车站，从自动售货机上买了两罐加糖冰咖啡，然后在两段相邻的楼梯之间停下来——我必须做出选择走哪一段，就因为它几乎无关紧要，所以做这个决定更困难。我选了右边的楼梯，来到一个岛形平台上。一列亮绿色、闪着白光的火车停在晨雨中等待。当音乐停止、车门即将关闭前，我快速踏入一节车厢。

我正对着市中心。然而，这列火车即将驶出的车站本身几乎就像一座城市，每天大约有 350 万的客流量，相当于 1/3 以上的伦敦人口。有个笑话说，你会在新宿新驿站找到那个人。这个笑话的幽默之处在于，它假设你和某人会以某种方式在地球上最繁忙的火车站找到对方。

我第一次经过东京是在高中时去金泽的一个日本寄宿家庭的路上。后来上大学时，我又花了一个夏天在长田町工作——长田町是东京市中心的一个地区。那时，我上下班要搭高峰时段的火车，下班后要和同事一起出去聚餐，这让我经常有一种感觉：我既在体验成人生活，也在体验世界大都市的生活。毕业后，我去了波士顿工作，由于我之前去过日本访学，大学期间也学过一些日语，所以经常被派往日本进行长驻。

第十一章 寰宇之城

有一次在日本工作期间,我在午餐时离开办公室,去了一家唱片店,在那里买了一张钢琴独奏专辑——是一位我从未听说过的艺术家的作品。店员说他很喜欢这位艺术家的音乐,希望我也喜欢。我回到办公室,下班后和同事们出去吃了一顿很长的晚餐,回到离这个车站不远的酒店时已经很晚了。

我没有直接上床睡觉,因为我想再复习一下,为我希望参加的飞行员课程的入学考试做一些准备。其中一项测试是看着屏幕上弹出的计算结果(比如"2356 + 789 = 3045"),然后尽快点击"正确"或"不正确"。我放上新买的音乐专辑,开始在电脑上练习做电子版的测试。做了一会儿后,我感到一阵烦躁,于是站起来,走到被雨水冲刷的窗前,哭了起来,这是我自长大以来第一次哭泣。

我不知道我当时为什么会哭,直到现在也不知道。那天我并不难过。也许是因为钢琴曲太优美了。也许是因为想到了刚刚结束的工作晚餐——虽然一起晚餐的人都是些善良的同事,但我还是觉得很累;第二天要穿的西装整齐地挂在衣架上,它看起来都比我准备得更充分,可以面对第二天的工作。也许是因为从酒店房间里看到的真实的东京与我小时候想象的那座城市相差甚远。也许是因为日子几乎和过去一样,也几乎和以后一样。

我成为飞行员后,有很多年没去过东京,因为驻伦敦的短途飞行员从来不会飞那么远。当我梦想学习驾驶波音747时,东京是我最期待再次见到的城市。在完成波音747的驾驶训练后,我总是尽可能多地主动飞这里。后来波音747停止了飞往日本的航班。几年后，我又接受了波音787的驾驶训练。昨天，我终于驾驶其中一架再次飞到了日本。这座城市于我而言，有点像远房亲戚，也许是一个我偶尔会见一次面的姑姥姥，每次我见到它，都说不清最大的变化是发生在它身上，还是在我身上。

火车平稳地驶离新宿，没有受到来自西部降雨的影响。雨越下越大了，风夹着雨打在车厢左侧的窗户上。

东京位于日本主岛本州岛沿太平洋的海岸线上，在日本阿尔卑斯山脉以东的东京湾西北岸。大东京地区的人口超过3700万，大约是纽约地区的2倍，是巴黎大都市区的3倍。

这座城市的正式名字是"东京都"，发音为"Tōkyō-to"，意为"东京大都市"。这个正式名字——我闭上眼睛，嘴里不停地重复着——凭我的想象，怎么改也没法更好听。但我还是试了试，直到广播声打断了我的思绪，"下一站，新大久保"。

然而，对我来说，也许对任何一位不仅会被地球仪迷住，而且会被地球仪上最大城市的梦想迷住的人来说，更令人激动的可能是"山手线"这个名字，还有它在东京交通地图上的核心地位。山手线是一条环绕东京市中心的地面铁路，沿途有30个车站，大约21英里长。根据2013年的统计，世界上最繁忙的10个火车站中有6个在山手线。

下一站是地球上第十繁忙的火车站，车站名读起来很有节奏——高田马场，即高田的骑马场。

第十一章　寰宇之城

在驶离山手线某些站时，预先录制好的广播会告诉你，现在你是在外环（sotomawari）上。在日本，火车和汽车一样，都是靠左行驶，所以外环列车是顺时针方向行驶的。如果你不在外环上，那一定是在内环（uchimawari）上，即在逆时针行驶的列车上。今天，我选择顺时针绕着东京旅行。也许这样做似乎更正确一些，因为山手线列车需要大约1个小时才能绕城一圈。

我的一个朋友，梅，在东京长大。当我第一次问她关于山手线的问题时，她笑了。我们成为朋友后，她第一次对我唱的歌中有这样一句歌词："环形的、绿色的山手线……"当梅停止唱歌时，她向我解释说，即使对东京人来说，这座城市以及这里密集的交通网络也会让人发蒙。

据梅说，山手线的另一个特点是，它是绕东京市中心而不是穿过东京市中心而行的，因而会经过一些住宅区，这让她的很多朋友都可以坐山手线去上学。放学后，尽管每个孩子都知道哪条路回家最近，但他们经常试图说服朋友一起坐另一条线，这样他们就可以更长时间地待在一起了。

现在我们正在接近目白站。在这一站不能换乘任何其他交通线路。这很不寻常，因为除了这一站外，山手线的几乎每一站都可以换乘至少1条火车或地铁线路，有的站可以换乘6条甚至更多线路。

这么多的换乘点也解释了为什么通勤时坐山手线会让人感到

郁闷。与梅童年时和朋友们一起坐山手线的快乐回忆相反，我的另一位日本朋友友佳子回忆说，作为一个成年人，山手线有时会唤起她的悲伤情绪。当她和朋友们聚在一起吃晚餐或出去玩时，他们通常都是下班后独自前来，结束后他们中的许多人会乘坐山手线前往各个车站，然后在那里换乘其他可以带他们回家的线路。"所以这条线对我来说有一点感伤，"友佳子解释道，接着她又说，"山手线让我想起了离别。"

下一站是世界上第三繁忙的车站：池袋站。

我第一次来日本工作时，还没有成为飞行员。当时，我惊讶地发现自己很快就学会了在火车或地铁上打瞌睡，就像许多东京人那样。现在，在这个灰蒙蒙的黄昏，我也打着瞌睡。火车在雨中飞驰。

接下来是大冢站、巢鸭站和驹达（yū）站。

山手线的许多站名也没有那么复杂。还有一些包含"田"字的站名。"田"是东京两大机场——羽田机场和成田机场——的名字中的第二个字，也是我即将到达的山手线最北端的车站站名的第一个字：田端站。

日本作家室生犀星（Murō Saisei）住在离山手线轨道只有几百米的田端。他于1889年出生在金泽，我曾在那里度过了在日本的第一个夏天。从他的作品中可以看出，他虽然住在东京这个大都市里，但经常会怀念故乡，因为那里更宁静、更接近自然。

第十一章 寰宇之城

曾在东京生活过的文学翻译家兰托隆子（Takako Lento）翻译过室生犀星的许多诗歌，她曾在回复我的邮件中说"山手线很特别，它画了一个圈，仿佛把东京最重要的地区和景点都连接了起来……似乎无论我们走到哪里，最终都是在这条线上旅行"。她还跟我解释了"山手线"这个名字的含义，字面意思是"山之手"，最初指的是"江户的高原地区"——直到1868年，江户才改名为东京。

每周山手线的客流量——约2800万——比整个伦敦地铁系统的客流量还要大。在高峰时段，大约有50列列车在城市轨道上运行，每个车站几乎每分钟就有一列火车从车站驶发。所以，当我望向窗外时，很可能看到一列火车从另一个方向蜿蜒而来。有时候，我乘坐的火车与另一条线上的火车平行，两辆火车以相同速度向前行驶，然后在分叉口沿着不同的轨道驶向城市不同的地方。

现在我们到了西日暮里站。据说，西日暮里的意思是，你能在一个地方待多久而不感到厌倦。"日"是"太阳""天"的意思，"日本"这个国名里也有这个字。

我刚熟悉山手线时，曾跟父亲开玩笑说，如果这条线再繁忙一点，那铁路公司在每个方向上就只需运营一列长火车了。当然，山手线的列车并没有长到可以环绕城市的程度，但它们还是很长，大约220米，而两站之间的距离大约是500米，也就是说，不到两列火车的长度。所以我们很快就到了日暮里站。

再下一站是上野站。

上野站位于山手线的最东端，它附近的京成上野站是通往成田机场必经的繁忙车站，因此上野是许多外国人来东京后去的第一个街区。从成田机场发车的一些列车也会到达这里——成田机场是我们飞行员经常停留的地方。当我们在狭窄的巷子里寻找饭店，解决不知道是晚餐还是早餐时，这座城市在它周围那些沉睡在梦中的大多数普通城市的衬托下，变成一座独立、多变的国际化不夜城。

火车继续前往御徒町，步兵之乡，曾经有一支步兵在这里遭到猛烈的攻击。我摆弄着手指上的戒指。马克曾陪我来东京旅行过，我很想给他拍一段简短的视频，但我的相机除了雨滴飞溅的窗户，很难捕捉到城市里的任何东西。随后，我们到了秋叶原站。

我看着车厢内的显示屏，欣赏着上面通向下一站的数字版线路图那平滑、完美的曲线。然后，我又闭上眼睛。下周我和马克将一起去皮茨菲尔德旅行。我们将一起在一片凉爽、无人的森林里漫步。我知道，在那里，东京对我来说并不比我年轻时在家乡感到孤独或羞愧时想象的那座城市更真实。

我睁开眼睛，火车穿过一条河，很快我们就到了神田站。

神田川向东流入隅田川。在东京工作的那个夏天，我就住在隅田川上的一套公寓里。在最闷热的夜晚，我会沿着河岸散步，或者停下来抽烟，看着河面上驶过的许多驳船。当一个船员向

第十一章 寰宇之城

河岸上明显是外国人的我挥手时，我会点头挥手回敬。每艘船的船体上都有一个"丸"字。后来一位日本朋友解释说，这个字是"圆"的意思，而且它也是船名的后缀——他承认，这很令人费解，连他也没看出这两者有什么联系。（一种说法是，船只在这里曾被视为城堡，被防御工事包围着。另一种说法是，借用了白藤丸的名字——白藤丸是一位教人类造船的神仙，人们把他的名字加在船上，以期他的保佑。）

山手线的每一站都是有编号的。下一站是东京站，编号是第一站。车站编号数字沿顺时针方向减小，到东京站后再重新开始排列。我要去的方向的下一站是第三十站，有乐町站。再往下是第二十九站，它的名字更广为人知，新桥站。

山手线的第一段于1885年通车。这条环线最终于1925年完工。它的形状并不是一个正圆，但在地图上经常被画成一个圆，令人印象深刻。从上方看，这条线路的形状更像一个箭头，或是一个倒置的雨滴，北面较宽，南面较窄。我们正在向南行驶，即将到达滨松町站。

滨松町站位于两个著名的市立花园附近，靠近东京湾，这两个花园都是填海而来的。有趣的是，它名字的最后一个字"町"的左边是"田"字，与下一站站名的最后一个字相同，但它在这里的发音是"chō"，而在下一站站名里的发音是"machi"。

许多日文有多种读法。有些日文和日语的某些发音源自汉语。日语也使用音节表，这是一种字母表，其中每个字母对应一个音节。你经常可以在车站用汉字标注的地名旁看到这些字母，这对大家来说可能会有所帮助，因为汉字的发音千差万别，尤其是对那些仍在学习读日文的外国人和儿童来说，哪怕是很有名的地名。

火车继续前行，驶入田町站。

几分钟前我们经过的一个车站出口附近有甜甜圈先生，这是一家很受欢迎的连锁店，我去这里很多次。我琢磨着要不要调头回去，因为想起了父亲以前答应过我，只要我能自己骑车在街上来回一圈，他就给我买好多甜甜圈；想起了我曾自豪地和他坐在离他办公室最近的邓肯甜甜圈的柜台前，一连吃掉三个波士顿甜甜圈，到后面他都开始有点担心了。

当我们驶过一个尚未开放的车站时，我忘记了甜甜圈。这个站是高轮 Gateway 站。它不仅是这条线路上最新的车站，还是唯一一个名字中包含了英语外来词的车站。车站所在街区叫高轮，历史上是进入东京的关口。

山手线的每个车站，就像日本几乎所有车站一样，都有一个印章，收藏者可以要求车站在印章本的某一页盖上车站的印章。下一站是世界上第九繁忙的车站品川站，它的印章上是一幅 19 世纪艺术家歌川广重（Utagawa Hiroshige）的木版画——他最著名的是画了东海道的 53 个车站，东海道在古代是江户（现在的东京）和京都之间的重要通道。这个繁忙的火车站是以日本最负盛名的公路上的第一个中转站命名的。

第十一章 寰宇之城

接下来是大崎站,它是这条线路最南端的车站。

真正的环线是很难运行的。任何延误都有可能在整个环线引起连锁反应,而且没有地方可供列车停驶,换司机,进行清洁或维修工作。我刚搬到伦敦时,发现环线很不可靠,现在对伦敦环线的印象已大为改观。但现在伦敦的火车已经不走环线了,这意味着你不能再沿环线一遍遍地环游伦敦了,真是令人唏嘘。这时,我们驶入了五反田站。这里的"反"是日本的面积单位。1"反"约为 1000 平方米。

莫斯科有条科尔茨瓦亚线,被译为"环线",据说它在地图上的棕色阴影正好和斯大林的咖啡杯在规划图上留下的痕迹相吻合——这条线的大部分路段是在地面运行,即莫斯科中央环线。(而第三条线,即大环线——有一个恰如其分的名字:博尔什亚·科尔茨瓦亚线——正在建设中。建成后,它将成为世界上最长的环线,直到巴黎 15 号线完工为止。)北京有两条环线,其中一条是沿着被拆除的明城墙修建的。柏林也有环线,山手线的灵感就来源于此。尽管如此,我在其他地方见过的任何一条环线都无法与东京环线的雄伟壮观相媲美:它比大多数的环线都要古老,也要繁忙得多。因为它的轨道在地面上,而且大部分都是高架的,所以可以在上面观察整座城市。

目黑站到了。我打了个盹儿,直到火车少见的一阵晃动把我惊醒,现在到了惠比寿的郊区,惠比寿是祝福长寿的意思(也是渔民和好运之神的名字)。我再次闭上眼睛,睡了一会儿,又一会儿，直到广播播报列车即将到达世界上第二繁忙的火车站——涩谷站。这也是我的朋友梅最喜欢的车站。她喜欢这个热闹的车站，还有涩谷区的购物场所，以及附近的原宿站。原宿站以东京现存最古老的木制车站建筑而闻名（尽管不久后它将被取代），还有这里的私人站台——仅供皇室成员使用。

下一站是代代木站。这是这条线路上海拔最高的车站，也是我最喜欢的一个名字。名字中的第二个字是第一个字的重复，似乎表明这里的树木已经存在了不止一代。

我几乎又回到了出发的地方。下车后，我没有去自动检票口——因为自动检票机并不能总是为出发点和终点是同一个地方的旅程定价——而是去了柜台，用我蹩脚的日语向工作人员解释我所做的事情。他们轻敲键盘，在我的交通卡上简单操作了一下，然后挥手让我通过。有时他们会微笑，但似乎一点也不感到惊讶，我想我肯定不是第一个这样做的人。广播播报下一站是新宿站，这证明了这条线路确实是一条环线。

在日本，每当火车车门打开时，就会响起发车音乐的旋律。这是铁路版的抢椅子游戏，意味着当音乐停止时，车门即将关闭。放发车音乐的目的是在不给乘客过多压力的情况下催促他们在车厢里向前走。

山手线的大多数车站都有自己的发车音乐——有的车站甚至有两首，顺时针方向和逆时针方向运行的列车分别用不同的音乐——这些音乐可能来自某首流行歌曲，也可能是车站周围社区的音乐遗产，或是其他。

构成这种交通艺术的车站歌曲，这种在城市各处播放的音乐，既朗朗上口又很受欢迎。你可以买到山手线各个车站发车音乐的手机铃声，也可以买到播放同样音乐的闹钟——不过我似乎不需要这些东西。当我下了火车，离开繁忙的车站，离开我最后一次听到这些音乐的大都市，飞回世界各地的家后，我发现有几个早晨，自己在起床洗澡或煮咖啡时哼着这些发车音乐的旋律。

皮茨菲尔德

辛迪给我和马克发短信，问："想吃蓝莓馅饼还是草莓大黄派？还是两种都要？"然后马上又发来信息补充说："两种派都是有机的。"她和丈夫丹在自家后院种了蓝莓、草莓和大黄。

这让我想起了小时候我家后院划出的一小块草莓地，那所房子现在属于辛迪和丹。我们还种了南瓜和玉米——那些玉米都不够一家人一顿饭。我们还种了高大的向日葵，向日葵的花盘很大，压弯了秆。我们可能还种了胡萝卜，但绝对没有种大黄，不过街上有个邻居在她的花园里种了大黄。有一天，她还告诉我大黄的哪些部分可以安全食用。

我和马克一致选了蓝莓馅饼。我告诉辛迪，我们会从皮茨菲尔德市中心的一家咖啡馆买些三明治带过去。辛迪让我们中午

12点半到下午1点之间到。

继母经常说，她对买下我们家老房子的那家人有一些了解，而且她确信，如果我想回去看看的话，不会有什么麻烦。我想回去看看，但也许没有我想象的那么渴望，因为多年来我从未付诸行动。

不过，最近我突然有了一种冲动——我想再看看我们家的老房子。继母知道现在房主的名字，但不知道他们的电子邮件或电话号码，所以我不知道要如何联系他们，直到我意识到，我知道他们的家庭地址。于是，几十年来，我第一次在信封上写下了我家的旧门牌号和街道名称。

一周后，辛迪给我发来一封电子邮件，当时我在达拉斯，或者洛杉矶。她说："你随时可以来，除了周日上午我们做弥撒的时间，其他时间都可以。"她还说："我和丹很希望你能来，什么时候都可以，我们的孩子都已经离开家了，现在只剩我俩在这里。我们在你们的老院子里养了两只鸡：波比和艾薇。"

我和马克拿起我们跟辛迪说要买的三明治，向我原来住的街区走去。为了不迟到，我们提前出发了，所以现在时间还早，我们把车停在下一条街上，摇下车窗。

鸟儿叽叽喳喳地叫着，割草机在嗡嗡作响，一群大概十几岁的孩子大喊大叫着骑车经过。一刻钟后，我重新启动汽车，驶向我家的老房子。我们把车停在街上，把三明治和一瓶酒装在一个精致的礼品袋里，这是店里货架上唯一没有特定场合装饰

第十一章 寰宇之城

的礼品袋。

我们向侧门走去——我的家人几乎只用这个门。但马克建议，也许我们应该走正门。我才意识到，我们毕竟是客人。在我们改变路线之前，我看到辛迪、她的丈夫和我的老邻居正在房子的一侧等着迎接我们。

侧门没有变化，我的邻居也没有变化，令人困惑的是，她看起来比实际年龄小了整整 20 岁。经过一轮热情但尴尬的介绍后——我曾经跟这位邻居非常熟，但我从未见过辛迪和她的丈夫，而他们彼此都认识，但都不认识马克——辛迪和丹招呼我们走进厨房。

我走进去，弯腰脱下鞋子，然后抬头环顾四周。冰箱换地方了，烤箱也换了，台面也不一样了。只有深色的木质窗框以及暖气片格栅上椭圆形的开口，让我确信以前曾住过这里。

辛迪对着厨房比画了一圈，说："我们重新布置了一下这里。"实话实说，很不错。厨房现在整体有较多原木色，很少有白色，看起来更热闹、更有生活气息了。在我的记忆中，我们的柜子是空的——虽然肯定不可能是空的。现在里面放了很多纸，还有很多装饰品和厨房用具。在我的印象中，厨房的南墙也是空白的，但现在上面挂着夏克风格的树木画。

辛迪问我厨房原来是不是两个房间。我说，是的，语气中莫名有一种自信，现在只有哥哥和我才拥有这种自信。这里曾经有一间小办公室，里面有一个内置储物柜，还有一张桌子——

这里曾放着父亲的手风琴式账单，还有一个打印机。他工作时，打印机就会嗡嗡作响。20 世纪 80 年代，许多邻居家都在扩建厨房，添置微波炉，我父母曾在这个问题上发生了争执——我想是关于费用的问题——直到父亲最终同意，他们才把墙拆掉。

我们穿过旋转门进入餐厅，这里似乎是回忆聚集的地方，让我想起了"伯克希尔家族"在这里庆祝的众多圣诞节、感恩节和生日。角落里的瓷器橱柜上面放着玻璃器皿，下面放着烈酒，依然和以前一样。

靠窗的那个矮柜不见了，那张旧桌子也不见了，那 5 把椅子也不见了——原来有 6 把，其中一把被我和哥哥弄坏锯断扔掉了。放置百科全书和地图册的书柜也不见了，当时我在那些书上花了很多时间。有时，父母会命令我把蔬菜吃完后再离开餐桌——我最不爱吃蘑菇，现在仍是——我就会等父母回到厨房后，把蔬菜扔到那些书柜顶上，过后再拿下来。有一次我忘了收拾，被父母发现时，蔬菜已经变得又硬又干了，惹得他们哭笑不得。这肯定就是当年的那个房间。

大厅里的壁纸——灰白色的，有横向的纹理图案——没有变化。在贴这个壁纸前，我们还可以在墙上乱涂乱画——一个孩子是不会忘记这样的日子的——但我已不记得自己在上面画了些什么了。

辛迪邀请我打开一扇通往小前厅的门，就是在这扇门上，母

第十一章　寰宇之城

亲会挂一个令人毛骨悚然的刺绣圣诞老人。他的眼睛闪闪发亮，像湿润的煤炭，每年12月的早晨，如果我下楼前忘记开灯，就会被他吓一跳。我望向前厅，我曾在那里读笔友们的来信——包括香港的莉莉（我经常飞到她的家乡附近），还有悉尼的艾玛（我第一次以飞行员身份去澳大利亚时拜访过她）。在那些普通的地砖中，有几块的图案看起来像一座城堡，它们就像房子里的每一个门把手一样，是如此熟悉，但如果没有提示，我是永远无法想起来的。

我们向左转，进入客厅。那个我小心翼翼地往里面塞木头的柴炉已经不见了，但壁炉还在。壁炉两边各放着一个南瓜，砖上的玻璃罐里点着一支香薰蜡烛。壁炉台上放着照片、葫芦和一个摆钟。我看了看客厅另一侧通向外面的法式双开门。我告诉辛迪，对面的房间是有客人留宿时我的临时卧室，母亲有时也会在那里会见来接受语言治疗的客户。这些人通常都是上了年纪的中风患者。据我所知，他们的语言障碍比我的严重很多倍。在治疗期间，我和哥哥不能看电视，甚至不能在旁边的房间大声说话。

一刻钟后，我们会走到屋外，到车库里看看。我会给KISS乐队的标志拍张照片，那是哥哥和他的伙伴们20世纪80年代的某天在车库里的一面墙上画的。马克觉得他们画得很好。然后，我会把照片发给哥哥和他妻子。我的邻居会笑着提起，在她和家人买下我们隔壁的房子搬进去后第一次见到我和哥哥时内心的担忧：我们把网球泡在汽油里，然后点燃它，用曲棍球棒在车道上传球玩。参观完车库，我们会围坐在后院的一张桌子旁，边吃边笑，而鸡在桌子旁边的地上啄草，辛迪的老狗走过来把头靠在我的脚上。然后，我会发现院子里已没有柴堆，我们搬进来时种的那棵小冷杉树也不见了——它生病了，辛迪说——每年冬天母亲用来给鸟儿挂板油的海棠树也不见了。我的目光会去寻找草地上一个几乎看不出来的凹痕，那里就是我跌入冰窟窿后的第二年春天父母用土填埋了的小金鱼池。偶尔我也会从桌子上抬眼看看房子后面，有一瞬间，我觉得这种景象对我来说并不陌生。相反，它就像以前一样熟悉，仿佛我和哥哥正在树叶或雪地里玩耍，而我的父母正在里面做饭，很快就会叫我们。

不过现在，我们离开了客厅，回到了大厅。楼梯口放着一把椅子。

"这是为了不让狗进去，"辛迪笑着说，"不是为了阻拦你。"马克看了看我："你想上楼去吗？"但我不确定，于是转身离开大厅，然后停下来。"那么，"我问道，"如果你不介意的话，能不能让我到我以前住的房间看一眼？"

辛迪笑着说，她不知道哪个房间是我的，但我们可以自由地去任何我们想去的地方。我开始上楼，我记得曾经在爬楼梯时数过楼梯的级数，现在我又这样做了。

最靠近楼梯顶部的房间是一个壁橱大小的缝纫室，母亲确

第十一章　寰宇之城

实在那里放了一台缝纫机，直到那个年代被另一个年代所取代，我们有了第一台电脑。那时我在这里做了很多功课，还玩了早期的飞行模拟器。

走廊的旁边是我的房间。房子的其他部分对我来说似乎并不小，但当我看着我的卧室时，觉得它太小了。我简直无法相信，也无法理解它怎么能容纳我所有的记忆——这些记忆现在像受惊的鸟儿一样，围绕着我和马克正站着的狭窄门口飞来飞去。

马克和我走进房间，停下来环顾四周。我告诉自己，我们不应该待太久。时间在滴答滴答地流逝。一切都消逝了，一切都还在。我当然会感到难过，但我惊讶地发现，我并不是特别难过：我父母已经有 30 年没有一起住在这所房子里了，而我也有将近 25 年没有住在这里了。现在我和马克在一起，而哥哥和他自己的家人在一起，我们都很好。天气温暖干燥。辛迪和丹已经在后院准备好了桌子。

一切都消逝了，一切都还在。我试着回忆那个发光地球仪的光芒，想着如果轻轻转动它，再让它停下来，哪个半球会面向房间。我在脑海里重新还原了一下房间物品的位置：这张床的位置原来放的是我的衣柜，那个书柜的位置原来放的是我的床，这张桌子原来放在紧靠我书桌的那扇窗户旁。我又想起了以前在书桌上绘制的地图，转向马克，他现在离童年时在英格兰南海岸的家很远。我想起了早些时候第一次带他来这里前给他做的礼物：一张虚构城市的地铁地图，上面的每一站都是我们最近一起去过的地方。

房间会认出你吗？一旦认识了你，它会忘记你吗？我注意到布告栏上有一个模糊的"P"，它代表我的家乡和我就读的高中。房间里还有一个红袜队的马克杯，以及一张《星球大战》的海报——以前我在贴海报的地方挂过一架驾驶舱发光的飞机模型。这是一个孩子的房间，但它很干净，很整洁。当我看到书柜上整齐排列的教科书时，我明白了：这又是一个已经离开家的人的房间。

我仿佛听到了父亲或母亲叫我下楼吃饭的声音，或者哥哥不敲门就闯进来的笑声。我试着想象史努比的样子，一天晚上它掉下来摔在我的夜灯上，鼻子被烤焦了，后来被母亲打了补丁。我望着敞开的窗户，外面的鸟鸣声随着微风吹进来。我试着回忆那些比夏日更美好的冬夜。那时，一阵阵狂风夹着雪冲破防风窗，在窗玻璃上结了一层霜。我低头看着嵌在窗框上的金属把手，还有低矮散热器上同样熟悉的刻度盘。

我眨着眼睛，试着想象我的城市。我伸手去抓那里的东西：一列快速行驶的列车减速时，模糊的灯光会变成一排圆形窗户；灰色钢索将长长的大桥悬挂在海港上方，下面是新标出的车道；以及新塔楼那还未建成的半黑半亮的框架。

我又眨了眨眼，微风穿过敞开的窗户，只听得到辛迪、丹和我的老邻居在大厅里谈话的低语声。一分钟过去了。又一分钟过去了。

第十一章　寰宇之城

我望向窗外，又望向窗外花园里的鲜花，望向车库，望向东方，望向下一个天气变化的地方。我转身走向门口，看着马克。当我握住他的手时，他对我微笑了一下，问我是否准备好了离开。

告读者书

本书我只改了 5 个人的名字，要么是应他们的要求，要么是因为我无法联系到他们。我还修改了其中一个人的生平细节。除此之外，整本书我都尽可能准确地描述了我的经历。

除了最后一章的伦敦部分（我有所保留的一部分）提及的旅行发生在 2020 年 2 月，其余大多数旅行都发生在那之前很久。在那之后，由于新冠疫情，航空业发生了巨大的变化。

除非另有说明，本书使用的均是英制测量单位。

我希望后文书目能够向大家提供我的资料，并为拓展阅读提供建议。

我特别感谢所有帮助我核对事实和解释本书的人。当然，我对任何有可能的遗留错误承担责任。

我总是很高兴听到读者的意见——特别是，我很想听到你推荐关于你最喜欢的城市的书——虽然有时我可能需要一段时间才能回复。如有需要，你可以通过我的网站 markvanhoenacker.com 联系我。

致　谢

我想对以下人员表达感激之情。

我想向编辑——诺夫出版社的丹·弗兰克和汤姆·波尔德，以及查托·温杜斯出版社的克拉拉·法默——致以最深的谢意，感谢他们在我写这本书的漫长过程中不断给予我的真诚鼓励、大力支持以及睿智建议。丹·弗兰克已于2021年5月去世。我知道我只是丹诸多作家朋友、读者、同事中的一员。我们对丹充满感激，并深深地怀念他。感谢夏洛特·汉弗莱和阿曼达·沃特斯为本书所做的细致工作。感谢凯伦·汤普森和莎莉·萨金特对细节的重视。感谢斯蒂芬·帕克、泰勒·科姆里、安娜·奈顿和佩吉·萨米迪在本书设计和制作中体现的娴熟专业技能。当然，还要感谢我的代理，杰思敏·马什和杰西·斯皮维，感谢他们的帮助，感谢他们让读者关注到本书。

我还要感谢我的经纪人，彼德斯·弗雷泽和邓洛普事务所的卡洛琳·米歇尔，感谢她多年前发掘了我。同时，我也非常感谢她和她的同事蒂姆·邦丁对本书的指导。感谢他们的同事丽贝卡·沃默斯、金·梅里贾、罗斯·布朗和劳里·罗伯逊。感谢了不起的哈里特·波尼，感谢她直率地提出修改建议，感谢她努力教会我"少即是多"。还要感谢眼光独到的希拉里·麦克莱伦，感谢她一丝不苟地帮我检查了那些我不忍删减的内容，感谢她温柔地提醒我注意一些事物之间的区别，如美洲鸵和鸵鸟的区别。感谢所有在皮茨菲尔德和伯克希尔帮助过我的人，特别是伯克希尔雅典娜图书馆的安·玛丽·哈里斯和伯克希尔县历史学会的艾琳·亨特，以及他们的同事。

感谢我的同伴们——杰兹、布姆波、塞布、凯特、尼尔、戴夫、阿德里安、亚当、克里斯滕、克里斯、巴尔比尔、林赛男孩、林赛女孩、莫、海莉、卡尔文和詹姆斯——我们的友情已经长达20多年，跨越了我们不断变化的飞行级别和飞机类型。也感谢我的同事阿利斯特·布里杰和安东尼·凯恩给我的友情和支持。非常感谢我所有的机组同事和地勤同事，无论是在伦敦、在飞机上，还是在我们飞往的城市，他们使我的工作变得非常愉快。似乎所有飞行员在退休时都会说，最重要的还是人。我确信，当退休那一天到来时——尽管我对飞行和城市都有深深的爱——我会欣然接受。

感谢安佳丽、罗拉和西拉斯。感谢苏菲提醒我写作是多么令人兴奋。感谢德鲁·塔利亚布和彼得·卡塔帕诺，在我不确定本书是否要写某些内容时，他们给了我敏锐且非常有用的建议。还要感谢西塔·塞瑟拉曼、海伦·亚纳科普洛斯、埃莉

致　谢

诺·奥基夫、杰米·卡什、塞尔拉·勒韦克、吉姆·西乌洛、乔丹·蒂鲁特、梅雷迪斯·霍华德、瓦科·塔瓦、乔治·格林斯坦、阿德里安·坎贝尔·史密斯、朱利安·巴拉特、扎雷尔·达达昌吉、杰森·凡霍纳克、阿尼卡·凡霍纳克和南希·凡霍纳克，当然，还有理查德、辛迪和丹。

在过去3年多的时间里，一些家庭成员、朋友和记者全文阅读了本书的草稿，真的无法用更多语言感谢他们为此抽出的大量时间、付出的巨大努力。感谢史蒂文·希利安，感谢他的睿智，以及对有关城市和书籍的内容给予的坦率而热情的建议。感谢我的老朋友、皮茨菲尔德的同事亚历克·麦克吉利斯，感谢他在百忙之中抽出时间和精力阅读本书。还有汤姆·佐尔纳，感谢我们一起在洛杉矶散步时他跟我分享他对真实存在的城市以及想象中的城市的看法。还要感谢德西拉·兰迪西，感谢她听我表达我对城市的热爱，并就如何描写城市给了我建议。感谢阿兰·德波顿，感谢他的慷慨，感谢他出色且鼓舞人心的著作。感谢里奥·米拉尼，感谢他的帮助，感谢我们在希思罗机场开始的友谊。还有塞巴斯蒂安·斯托夫斯，感谢他从飞行员和朋友的角度仔细阅读了本书。感谢基伦·卡普尔，她为本书提供了很多帮助——从一稿到另一稿，再到下一稿——仿佛她从一开始就在指导我的写作。我很感激这段友谊，以及我们一起走过的旅程。

最后，我想向我的父母、杰森、露易丝和南希，以及凯瑟琳、苏和我们"伯克希尔家族"的其他成员表达我的爱和感激之情,他们一直是我生命中最大的祝福。最重要的是,感谢马克:他带给我那么多快乐,那么多鼓励,也感谢他帮助我回到家。

参考文献

Addis, Ferdinand. *The Eternal City: A History of Rome*. Pegasus Books, 2018.

Al-Hazimi Mansour, and Salma Khandra Jayyusi and Ezzat Khattab. *Beyond the Dunes: An Anthology of Modern Saudi Literature.* Palgrave Macmillan, 2006.

Al-Ḥijji, Yacoub Yusuf. *Kuwait and the Sea: A Brief Social and Economic History.* Arabian Publishing, 2010.

Al-Nakib, Farah. *Kuwait Transformed: A History of Oil and Urban Life*. Stanford University Press, 2016.

Al-Sanusi, Haifa. *The Echo of Kuwaiti Creativity: Collection of Kuwaiti Poetry*. Center for Research and Studies on Kuwait, 2006.

Al-Shamlan, Saif Marzooq. *Pearling in the Arabian Gulf: A Kuwaiti Memoir*. London Center for Arabic Studies, 2000.

Alharbi, Thamer Hamdan. 'The Development of Housing in Jeddah: Changes in Built Form from the Traditional to the Modern', PhD thesis, Newcastle University, 1989.

Ali, Agha Shahid. *The Half-Inch Himalayas*. Wesleyan University Press, 2011.

Allawi, Ali A. *Faisal I of Iraq*. Yale University Press, 2014.

Allison, Mary Bruins. *Doctor Mary in Arabia: Memoirs*. University of Texas Press, 2010.

Almino, João. *The Five Seasons of Love*. Host Publications, 2008.

Alrefai, Taleb. *Zill al-shams (The Shadow of the Sun)*. Dar Al-Shuruq, 2012.

Alshehri, Atef, and Mercedes Corbell. 'Al-Balad, The Historic Core of Jeddah: A Time Travelogue', *Once Upon Design: New Routes for Arabian Heritage*, exhibition catalogue, 2016, 17–28.

Anderson, Benedict. *Imagined Communities: Refl ections on the Origin and Spread of Nationalism*. Verso, 2006.

Anderson, Robert Thomas. *Denmark: Success of a Developing Nation*. Schenkman Publishing, 1975.

Angst, Gabriel Freitas. *Brasília Travel Guide: English Edition*. Formigas Viajantes, 2020.

Annual Reports of the Officers of the Berkshire Athenaeum and Museum. Berkshire Athenaeum and Museum, 1903.

Anthony, John Duke, and John A. Hearty. 'Eastern Arabian States: Kuwait, Bahrain, Qatar, the United Arab Emirates, and Oman'. *The Government and Politics of the Middle East and North Africa*, edited by David E. Long and Bernard Reich. Westview, 2002, 129–63.

Arkeonews. https://arkeonews.net/bosphorus-was-frozen-people-crossed-by-walking/. Accessed September 20, 2021.

Asai, Tōru. 'The Younger Sister of Kotan-kor-kamuy'. *Ainu Yukar: The Stories of Gods and the Ainu*. Chikumashobo Ltd., 1987.

Baan, Iwan et al., editors. *Brasilia-Chandigarh: Living with Modernity*. Prestel Publishing, 2010.

Banham, Reyner. *Los Angeles: The Architecture of Four Ecologies*. University of California Press, 2009.

Bartels, Emily C. 'Imperialist Beginnings: Richard Hakluyt and the Construction of Africa'. *Criticism*, vol. 34, no. 4, 1992, 517–38.

BBC Science Focus Magazine. https://www.sciencefocus.com/space/what-colour-is-the-sky-on-an-exoplanet/. Accessed September 14, 2021.

Beal, Sophia. *The Art of Brasilia: 2000–2019*. Springer International Publishing, 2020.

Beard, Mary. *S.P.Q.R.: A History of Ancient Rome*. Liveright, 2015.

Berkshire County Historical Society. *Pittsfield*. Arcadia, 2016.

Berkshire Natural Resources Council. https://www.bnrc.org/land-trusts-role-expanding-narrative-mohican-homelands/?blm_aid=24641. Accessed August 16, 2021.

Berry, Wendell. *Collected Poems, 1957–1982*. North Point Press, 1985.

——. *Wendell Berry: Essays 1969–1990*. Library of America, 2019.

The Bible, New King James Version. Thomas Nelson, 2005.

The Bible, 1599 Geneva Version. https://www.biblegateway.com/. Accessed May 1, 2021.

Bidwell House Museum. https://www.bidwellhousemuseum.org/blog/2020/06/16/the-last-skirmish-of-king-philips-war-1676-part-ii/. Accessed August 16, 2021.

Bloom, Harold, editor. *John Steinbeck's 'The Grapes of Wrath'*. Chelsea House, 2009.

Boltwood, Edward. *The History of Pittsfield, Massachusetts: From the Year 1876 to the Year 1916*. City of Pittsfield, 1916.

Bose, Subhas Chandra. *Famous Speeches and Letters of Subhas Chandra Bose*. Lion Press, 1946.

Boston Public Library. https://www.bpl.org/news/mckim-building-125th-anniversary/. Accessed June 5, 2021.

Boston: An Old City with New Opportunities. Boston Chamber of Commerce, Bureau of Commercial and Industrial Affairs, 1922.

Breese, Gerald. 'Delhi-New Delhi: Capital for Conquerors and Country'. *Ekistics*, vol. 39, no. 232, 1975, 181–84.

Bruchac, Margaret, and Peter Thomas. 'Locating 'Wissatinnewag' in John Pynchon's Letter of 1663'. *Historical Journal of Massachusetts*, vol. 34, no. 1, Winter 2006.

Buchan, James. *Jeddah, Old and New*. Stacey International, 1991.

Buhlebezwe Siwani. https://www.buhlebezwesiwani.com/igagasi-2015-1.

Accessed August 31, 2021.

Bulkeley, Morgan. *Berkshire Stories*. Lindisfarne Books, 2004.

Burton, Isabel, and William Henry Wilkins. *The Romance of Isabel, Lady Burton: The Story of Her Life*. New York, 1897.

Burton, Richard Francis. *The City of the Saints: And Across the Rocky Mountains to California*. New York, 1862.

——. *Personal Narrative of a Pilgrimage to Mecca and Medina*. Leipzig, 1874.

Calgary River Valleys. http://calgaryrivervalleys.org/wp-content/uploads/2014/12/Get-to-Know-the-Bow-River-second-edition-2014.pdf. Accessed August 17, 2021.

California Historic Route 66 Association. https://www.route66ca.org/. Accessed June 5, 2021.

Calverley, Eleanor. *My Arabian Days and Nights*. Crowell, 1958.

Calvino, Italo. *Invisible Cities*. Houghton Miffl in Harcourt, 2013.

Carlstrom, Jeff rey, and Cynthia Furse. *The History of Emigration Canyon: Gateway to Salt Lake Valley*. Lulu, 2019.

Cathedral of Our Lady of the Angels. http://www.olacathedral.org/cathedral/about /homily1.html. Accessed June 6, 2021.

Ceria, Eugenio. *The Biographical Memoirs of Saint John Bosco*. Volume 16. Salesiana Publishers, 1995.

Cheonggyecheon Museum. https://museum.seoul.go.kr/eng/about/cheongGyeMuse.jsp. Accessed August 17, 2021.

Christie's. https://www.christies.com/about-us/press-archive/details?PressReleaseID=9465&lid=1. Accessed October 19, 2021.

City of Boston. https://www.boston.gov/departments/tourism-sports-and-enter tainment/ symbols-city-boston#:~:text=the%20motto%2C%20%E2%80%9CSICUT%20PATRIBUS%2C, 1822.%E2%80%9D. Accessed June 3, 2021.

City of Pittsburgh, Pennsylvania. https://pittsburghpa.gov/pittsburgh/fl ag-seal. Accessed May 26, 2021.

Cleveland, Harold Irwin. 'Fifty-Five Years in Business'. *Magazine of Business* 1906, 455–66.

Collard, Ian. *The Port of Southampton*. Amberley Publishing, 2019.

Corne, Lucy, et al. *Lonely Planet Cape Town & the Garden Route*. Lonely Planet Global Limited, 2018.

Cortesao, Armando, editor. *The Suma Oriental of Tomé Pires, Books 1–5*. Asian Educational Services, 2005.

'CPI Profile–Jeddah'. Ministry of Municipal and Rural Affairs and United Nations Human Settlements Programme, 2019.

Cramer, J. A. *A Geographical and Historical Description of Ancient Italy*. Clarendan, 1826.

Crowley, Thomas. *Fractured Forest, Quartzite City: A History of Delhi and Its Ridge*. Sage Publications, 2020.

Crus, Paulo J. S., editor. *Structures and Architecture-Bridging the Gap and Crossing Borders: Proceedings of the Fourth International Conference on Structures and Architecture*. CRC Press, 2019.

Curbed.https://archive.curbed.com/2016/12/1/13778884/noguchi-playground-moe renuma -japan. Accessed September 2, 2021.

Dalrymple, William. *City of Djinns: A Year in Delhi*. Penguin, 2003.

———. *The Last Mughal: The Fall of Delhi, 1857*. Bloomsbury, 2009.

Danforth, Loring M. *Crossing the Kingdom: Portraits of Saudi Arabia*. University of California Press, 2016.

Daoud, Hazim S. *Flora of Kuwait*. Volume 1. Taylor & Francis, 2013.

Davis, Margaret Leslie. *Rivers in the Desert: William Mulholland and the Inventing of Los Angeles*. Open Road Media, 2014.

Dayton Aviation Heritage. https://www.nps.gov/daav/learn/historyculture/index.htm. Accessed May 26, 2021.

Delbanco, Andrew. *Melville: His World and Work*. Knopf Doubleday, 2013.

Dickson, H .R. P. *The Arab of the Desert: A Glimpse into Badawin Life in Kuwait and Saudi Arabia*. Taylor & Francis, 2015.

———. *Kuwait and Her Neighbours*. Allen & Unwin, 1956.

Dickson, Violet. *Forty Years in Kuwait*. Allen & Unwin, 1978.

Dinesen, Isak. *Seven Gothic Tales*. Vintage International, 1991.

District Aurangabad. https://aurangabad.gov.in/history/. Accessed July 2, 2021.

'Djeddah–La Ville de la Grand'mere'. *L'Illustration*, June 12, 1926.

Douglas-Lithgow, Robert Alexander. *Dictionary of American-Indian Place and Proper Names in New England*. Salem Press, 1909.

Dowall, David E., and Paavo Monkkonen. 'Consequences of the "Plano Piloto": The Urban Development and Land Markets of Brasília', *Urban Studies*, vol. 44, no. 10, 2007, 1871–87.

Drew, Bernard A., and Ronald Latham. *Literary Luminaries of the Berkshires: From Herman Melville to Patricia Highsmith*. Arcadia Publishing, 2015.

Dunn, Ross E. *The Adventures of Ibn Battuta: A Muslim Traveler of the Fourteenth Century*. University of California Press, 2012.

East Village. https://www.evexperience.com/blog/2019/9/19/behind-the-masks-katie-greens-bridge-installation. Accessed August 17, 2021.

Edwards, Brian et al., editors. *Courtyard Housing: Past, Present and Future*. Taylor & Francis, 2006.

1843. https://www.economist.com/1843/2015/09/30/whose-sea-is-it-anyway. Ac cessed October 18, 2021.

Eleanor Roosevelt Papers Project. https://www2.gwu.edu/~erpapers/myday/display doc.cfm?_y=1946&_f=md000294. Accessed June 3, 2021.

Emblidge, David. *Southern New England*. Stackpole Books, 2012.

Environmental Protection Agency. https://www.epa.gov/ge-housatonic/cleaning-housatonic. Accessed August 16, 2021.

Facey, William, and Gillian Grant. *Kuwait by the First Photographers*. I. B. Tauris, 1999.

Fanshawe, H. C. *Delhi: Past and Present*. John Murray, 1902.

Feldman, David. *Why Do Clocks Run Clockwise? An Imponderables Book*. Harper-Collins, 2005.

Fireman, Janet R., and Manuel P. Servin. 'Miguel Costansó: California's Forgotten Founder', *California Historical Society Quarterly*, vol. 49, no. 1, March 1970, 3–19.

Fitzgerald, Penelope. *The Blue Flower*. Flamingo, 1995.

Flood, Finbarr Barry, and Gulru Necipoglu. *A Companion to Islamic Art and Architecture*. Wiley, 2017.

Florida Department of Transportation. https://www.fdot.gov/docs/default-source/traffi c/traffi cservices/pdfs/Pres-control_city.pdf. Accessed June 5, 2021.

Foreign Affairs. https://www.foreignaff airs.com/reviews/capsule-review/2007-11-01/last-mughal-fall-dynasty-delhi-1857-indian-summer-secret-history. Accessed August 9, 2021.

Forster, E. M. *Howards End*. Penguin, 2007.

Fort Calgary. https://www.fortcalgary.com/history. Accessed August 17, 2021.

Fortescue, John William. *Narrative of the Visit to India of Their Majesties, King George V. and Queen Mary: And of the Coronation Durbar Held at Delhi, 12th December, 1911*. Macmillan, 1912.

Fraser, Valerie. *Building the New World: Studies in the Modern Architecture of Latin America, 1930–1960*. Verso, 2000.

Frazier, Patrick. *The Mohicans of Stockbridge*. University of Nebraska Press, 1994.

Freeth, Zahra Dickson. *Kuwait Was My Home*. Allen & Unwin, 1956.

Freitag, Ulrike. *A History of Jeddah: The Gate to Mecca in the Nineteenth and Twentieth Centuries*. Cambridge University Press, 2020.

Frémont, John Charles. *Geographical Memoir Upon Upper California, in Illustration of His Map of Oregon and California*. Wendell and Benthuysen, 1848.

Gladding, Effi e Price. *Across the Continent by the Lincoln Highway*. Good Press, 2019.

Globo. http://especiais.santosdumont.eptv.g1.globo.com/onde-tudo-terminou/

amorte /NOT, 0, 0, 1278057, Uma+historia+cheia+de+misterio.aspx. Accessed September 5, 2021.

Grondahl, Paul. *Mayor Corning: Albany Icon, Albany Enigma*. State University of New York Press, 2007.

Gudde, Erwin Gustav. *California Place Names: The Origin and Etymology of Current Geographical Names*. University of California Press, 1960.

Gupta, Narayani, editor. *The Delhi Omnibus*. Oxford University Press, 2002.

Gyeongbokgung Palace. http://www.royalpalace.go.kr:8080/html/eng_gbg/data /data_01.jsp. Accessed August 17, 2021.

Handbook of Rio de Janeiro. Rio de Janeiro, 1887.

Hasan, Hadi. *Mughal Poetry: Its Cultural and Historical Value*. Aakar Books, 2008.

Hearn, Gordon Risley. *The Seven Cities of Delhi*. W. Thacker & Company, 1906.

Heinly, Burt A., 'The Los Angeles Aqueduct: Causes of Low Cost and Rapidity of Construction'. *Architect and Engineer*, vol. XIX, no. 3, January 1910.

Heinz History Center. https://www.heinzhistorycenter.org/blog/western-pennsylvania-history/pittsburgh-the-city-of-bridges. Accessed September 4, 2021.

Herrera, Hayden. *Listening to Stone: The Art and Life of Isamu Noguchi*. Farrar, Straus and Giroux, 2015.

Higashi, Akira. 'Ukichiro Nakaya-1900-1962'. *Journal of Glaciology*, vol. 4, no. 33, 1962, 378–80.

'Historic Jeddah: Gate to Makkah'. Saudi Commission for Tourism and Antiquities, January 2013.

'History of Pittsfield'. City of Pittsfield, https://www.cityofpittsfield.org/residents /history_of_pittsfield/index.php. Accessed May 14, 2021.

Hitchman, Francis. *Richard F. Burton: His Early, Private and Public Life; with an Account of His Travels and Explorations*. London, 1887.

Hoeppe, Götz. *Why the Sky Is Blue: Discovering the Color of Life*. Translated by John Stewart. Princeton University Press, 2007.

Holmes, Oliver Wendell. *Poetical Works*. London, 1852.

Holston, James. *The Modernist City: An Anthropological Critique of Brasília*. University of Chicago Press, 1989.

Homer. *The Iliad*. Penguin Classics, 1991.

Honig, Edwin. 'Review: The City of Man'. *Poetry*, vol. 69, no. 5, February 1947, 277–84.

Honjo, Masahiko, editor. *Urbanization and Regional Development*, Vol. 6. United Nations Centre for Regional Development, 1981.

Hornsey Historical Society. https://hornseyhistorical.org.uk/brief-history-highgate/. Accessed July 2, 2021.

Housatonic Heritage https://housatonicheritage.org/heritage-programs/native-american-heritage-trail/. Accessed May 13, 2021.

House of Representatives. https://www.govtrack.us/congress/bills/110/hres1050. Accessed August 16, 2021.

House, Renée. *Patterns and Portraits: Women in the History of the Reformed Church in America*. Eerdmans, 1999.

Hunt, Tristram. *Cities of Empire: The British Colonies and the Creation of the Urban World*. Henry Holt and Company, 2014.

Ibn Battuta. *The Travels of Ibn Battuta, A.D. 1325–1354*. Volume 2. Taylor & Francis, 2017.

Ice. British Glaciological Society, International Glaciological Society, Issues 32-43, 1970.

Investigation of Congested Areas. US Government Printing Office, 1943.

'Islamic Culture'. *Hyperbad Quarterly Review*, Islamic Culture Board, 1971.

Jagmohan. *Triumphs and Tragedies of Ninth Delhi*. Allied Publishers, 2015.

Jain, Meenakshi. *The India They Saw*, Vol. 2. Ocean Books, 2011.

James, Harold, and Kevin O'Rourke. 'Italy and the First Age of Globalization, 1861–1940'. Quaderni di Storia Economica (Economic History Working Papers), 2011.

Janin, Hunt. *The Pursuit of Learning in the Islamic World, 610–2003*. McFarland Publishers, 2006.

Jawaharlal Nehru: Selected Speeches Volume 4, 1957–1963. Publications Division, Ministry of Information & Broadcasting, 1996.

Jeddah 68/69: The First and Only Definitive Introduction to Jeddah, Saudi Arabia's Most Modern and Varied City. University Press of Arabia, 1968.

Johnson, David A., and Richard Watson. *New Delhi: The Last Imperial City*. Palgrave Macmillan, 2016.

Johnson, Rob. *Outnumbered, Outgunned, Undeterred: Twenty Battles Against All Odds*. Thames & Hudson, 2011.

Judy: The London Serio-Comic Journal. April 8, 1891.

Jung, C. G. *Memories, Dreams, Reflections*. Knopf Doubleday, 1963.

Jütte, Daniel. 'Entering a City: On a Lost Early Modern Practice'. *Urban History*, vol. 41, no. 2, 2014, 204–27.

Kang, Kyung-min. '10 Year Anniversary of Cheonggyecheon Restoration . . .Becoming a "Cultural Oasis" of the City'. *Hankyung* (Seoul), September 29, 2015, https://www.hankyung.com/society/article/2015092935361. Accessed September 2, 2021.

Kapur, Kirun. *Visiting Indira Gandhi's Palmist*. Elixir Press, 2015.

Karan, Pradyumna. *Japan in the 21st Century: Environment, Economy, and Society*. Press of Kentucky, 2010.

Kaul, H. K., editor. *Historic Delhi: An Anthology*. Oxford University Press, 1985.

KCRW. https://www.kcrw.com/music/articles/anne-sextons-original-poem-45-mercy-street-the-genesis-of-peter-gabriels-mercy-street. Accessed August 7, 2021.

Keane, John Fryer. *My Journey to Medinah: Describing a Pilgrimage to Medinah*. London, 1881.

Khusrau, Amir. *In the Bazaar of Love: The Selected Poetry of Amir Khusrau*. Translated by Paul E. Losensky and Sunil Sharma. Penguin, 2011.

Kim, Eyun Jennifer. 'The Historical Landscape: Evoking the Past in a Landscape for the Future in the Cheonggyecheon Reconstruction in South Korea'. *Humanities*, vol. 9, no. 3, 2020.

Kipen, David. *Dear Los Angeles: The City in Diaries and Letters, 1542 to 2018*. Random House, 2019.

Kipling, Rudyard. *Collected Verse of Rudyard Kipling*. Doubleday, Page & Company, 1916.

Koehler, Robert. *Hangeul: Korea's Unique Alphabet*. Seoul Selection, 2010.

Kramer, J. A. *A Geographical and Historical Description of Ancient Italy*. Oxford, 1826.

Krondl, Michael. *The Taste of Conquest: The Rise and Fall of the Three Great Cities of Spice*. Ballantine Books, 2008.

Kudō, Umejirō. 'The Divine Snowball Fight'. *Ainu Folk Tales*. Kudō Shoten, 1926.

Kumar, Nikhil. 'Resurrecting the City of Poets'. *Book Review* (India). January 2019, vol. 43, no. 1.

Kwon, Hyuk-cheol. ' "Concrete Fish Tank" Cheonggyecheon's Wrongful Restoration Will Be Repaired'. *Hankyoreh* (Seoul), February 27, 2012, https://www.hani.co.kr/arti/area/area_general/520891.html. Accessed September 2, 2021.

Landscape Performance Series. https://www.landscapeperformance.org/case-study-briefs/cheonggyecheon-stream-restoration. Accessed August 17, 2021.

Leavitt, David. *The Lost Language of Cranes*. Bloomsbury, 2014.

Le Corbusier. *The City of Tomorrow and Its Planning*. Dover Publications, 2013.

Libbrecht, Kenneth, and Rachel Wing. *The Snowflake: Winter's Frozen Artistry*. Voyageur Press, 2015.

Lilly, Lambert. *The History of New England, Illustrated by Tales, Sketches, and Anecdotes*. Boston, 1844.

Livy. *The Early History of Rome: Books I–V of the Ab Urbe Condita*. B. O.

Foster, translator. Barnes & Noble, 2005.

Lloyd, Margaret Glynne. *William Carlos Williams's 'Paterson': A Critical Reappraisal*. Fairleigh Dickinson University Press, 1980.

Loh, Andrew. *Malacca Reminiscences*. Partridge Publishing, 2015.

Loomis, Craig. *The Salmiya Collection: Stories of the Life and Times of Modern Kuwait*. Syracuse University Press, 2013.

'The Los Angeles Aqueduct, 1913–1988: A 75th Anniversary Tribute'. *Southern California Quarterly*, vol. 70, no. 3, 1988, 329–54.

Lowrie, Michèle. 'Rome: City and Empire'. *The Classical World*. vol. 97, no. 1, 2003, 57–68.

Lubbe, Gerrie. 'Tuan Guru: Prince, Prisoner, Pioneer'. *Religion in Southern Africa*, 1986, vol. 7, no. 1, 25–35.

Madden, Thomas F. *Istanbul: City of Majesty at the Crossroads of the World*. Penguin, 2017.

Magnus, Olaus. *A Description of the Northern Peoples, 1555*. Edited by P. G. Foote. Taylor & Francis, 2018.

Mahmood, Saif. *Beloved Delhi: A Mughal City and Her Greatest Poets*. Speaking Tiger Books, 2018.

Mail & Guardian. https://mg.co.za/article/2016-09-05-00-the-history-of-vanriebeeks-slave-krotoa-unearthed-from-the-slave-masters-view/. Accessed October 19, 2021.

Mandela, Nelson. *Long Walk to Freedom: The Autobiography of Nelson Mandela*. Little, Brown, 2013.

Mann, Emily. 'In Defence of the City: The Gates of London and Temple Bar in the Seventeenth Century'. *Architectural History*, vol. 49, 2006, 75–99.

Manzo, Clemmy. *The Rough Guide to Brazil*. Apa Publications, 2014.

Marozzi, Justin. *Baghdad: City of Peace, City of Blood*. Penguin, 2014.

——. *Islamic Empires: The Cities That Shaped Civilization–From Mecca to Dubai*. Pegasus Books, 2020.

Mason, Michele M. *Dominant Narratives of Colonial Hokkaido and Imperial*

Japan: Envisioning the Periphery and the Modern Nation-State. Palgrave Macmillan, 2012.

McCann, Joy. *Wild Sea: A History of the Southern Ocean*. University of Chicago Press, 2019.

Melville, Herman. *Herman Melville: Complete Poems*. Library of America, 2019.

——. *Redburn, White-Jacket, Moby-Dick*. Library of America, 1983.

Menon, Ramesh. *The Mahabharata: A Modern Rendering*. iUniverse, 2006.

Merewether, E. M. 'Inscriptions in St. Paul's Church, Malacca'. *Journal of the Straits Branch of the Royal Asiatic Society*. no. 34, 1900, 1–21.

Miller, Sam. *Delhi: Adventures in a Megacity*. St. Martin's Publishing, 2010.

Millier, Brett C. *Elizabeth Bishop: Life and the Memory of It*. University of California Press, 1995.

Ministério da Educação e Saúde. https://museuimperial.museus.gov.br/wp-content uploads/2020/09/1958-Vol.-19.pdf. Accessed September 5, 2021.

Molotch, Harvey, and Davide Ponzini. *The New Arab Urban: Gulf Cities of Wealth, Ambition, and Distress*. NYU Press, 2019.

More, Thomas. *Utopia*. Penguin Books, 2012.

Morris, Jan. *Heaven's Command*. Faber & Faber, 2010.

Morris, Jan. *Thinking Again: A Diary*. Liveright, 2021.

Mulholland, Catherine. *William Mulholland and the Rise of Los Angeles*. University of California Press, 2000.

MultiRio. http://www.multirio.rj.gov.br/index.php/assista/tv/14149-museu-aeroespacial. Accessed September 5, 2021.

Murakami, Haruki. *The Elephant Vanishes: Stories*. Knopf Doubleday, 2010.

Murō, Saisei. 'Earthen Banks' and 'The Yamanote Line'. *Those Who Came from Stars*. Daitokaku, 1922. Privately translated by Takako Lento.

Nadeau, Remi A. *Los Angeles: From Mission to Modern City*. Longmans, Green, 1960.

Naidu, Sarojini. *The Broken Wing: Songs of Love, Death & Destiny, 1915–*

1916. William Heinemann, 1917.

Nakaya, Ukichirō. *Snow Crystals: Natural and Artificial*. Harvard University Press, 1954.

Naravane, Vishwanath S. *Sarojini Naidu: An Introduction to Her Life, Work and Poetry*. Orient Longman, 1996.

National Catholic Register. https://www.ncregister.com/blog/why-don-bosco-is-the-patron-saint-of-magicians. Accessed June 1, 2021.

National Geologic Map Database, US Geological Survey, https://ngmdb.usgs.gov/topoview/viewer/#14/40.8210/-76.2015. Accessed May 17, 2021.

National Museum of Korea. https://www.museum.go.kr/site/eng/relic/represent/view?relicId=4325. Accessed July 2, 2021.

Nawani, Smarika. 'The Portuguese in Archipelago Southeast Asia (1511–1666)'. *Proceedings of the Indian History Congress*, vol. 74, 2013, 703–8.

Neaverson, Peter, and Marilyn Palmer. *Industry in the Landscape, 1700–1900*. Taylor & Francis, 2002.

Neimeyer, Oscar, and Izabel Murat Burbridge. T*he Curves of Time: The Memoirs of Oscar Niemeyer*. Phaidon Press, 2000.

Netton, Ian Richard, editor. *Encyclopedia of Islamic Civilization and Religion*. Taylor & Francis, 2013.

Neuberger, Hans. 'Climate in Art'. *Weather*, vol. XXV, 1970, 46–66.

New-York Historical Society. https://digitalcollections.nyhistory.org/islandora/object /islandora%3A108209#page/1/mode/2up. Accessed September 4, 2021.

99% Invisible. https://99percentinvisible.org/episode/play-mountain/. Accessed August 31, 2021.

Noh, Hyung-suk. 'Tadao Ando, an "Environmental Architect", Cherishes Cheonggyecheon?' *Hankyoreh* (Seoul), November 15, 2007, http://h21.hani.co.kr/arti/ society/shociety_general/21151.html. Accessed September 2, 2021.

Norwich, John Julius. *Four Princes: Henry VIII, Francis I, Charles V, Suleiman the Magnifi cent and the Obsessions That Forged Modern Europe*. John Murray, 2016.

Novalis. Heinrich von Ofterdingen. 1802.

O'Connor, Thomas H. *The Athens of America: Boston, 1825–1845*. University of Massachusetts Press, 2006.

Oguma, Hideo. *Long, Long Autumn Nights: Selected Poems of Oguma Hideo, 1901–1940*. Translated by David G. Goodman. University of Michigan, 1989.

Orcutt, Samuel. *The Indians of the Housatonic and Naugatuck Valleys*. Hartford, Conn., 1882.

The Oregonian. https://www.oregonlive.com/oregonianextra/2007/07/wallace_steg ner_the_heart_of_t.html. Accessed June 5, 2021.

Orton, Jayson, et al. 'An Unusual Pre-Colonial Burial from Bloubergstrand, Table Bay, South Africa'. *South African Archaeological Bulletin*, 2015, vol. 70, no. 201, 106–12.

Osborne, Caroline, and Lone Mouritsen. T*he Rough Guide to Copenhagen*. Rough Guides Limited, 2010.

O'Sullivan, Leanne. *A Quarter of an Hour*. Bloodaxe Books, 2018.

Ovenden, Mark. *Metro Maps of the World*. Captial Transport Publishing, 2003.

Ovenden, Mark, and Maxwell Roberts. *Airline Maps: A Century of Art and Design*. Particular Books, 2019.

Paine, Lincoln. *The Sea and Civilization: A Maritime History of the World*. Vintage, 2015.

Palgrave, William Gifford. *Narrative of a Year's Journey Through Central and Eastern Arabia: 1862–1863*. London, 1866.

Parini, Jay. *The Passages of H.M.: A Novel of Herman Melville*. Doubleday, 2011.

Parish and Ward Church of St. Botolph Without Bishopsgate, https://botolph.org.uk/who-was-st-botolph/. Accessed July 2, 2021.

Park, In-ho. 'Miracle of Cheonggyecheon Begins ... Expecting 23 Trillion KRW Economic Impacts'. *Herald POP* (Seoul), September 27, 2005, https://news. naver.com/main/read.naver?mode=LSD&mid=sec&sid1=102 &oid=112&aid=0000017095. Accessed September 2, 2021.

Parliamentary Papers. Volume 59, H.M. Stationery Office, United Kingdom, 1862.

Pastoureau, Michel. *Blue: The History of a Color.* Translated by Mark Cruse. Princeton University Press, 2001.

Paz, Octavio. *The Collected Poems of Octavio Paz, 1957–1987.* New Directions, 1991.

Pesce, Angelo. *Jiddah: Portrait of an Arabian City.* Falcon Press, 1974.

Pesic, Peter. *Sky in a Bottle.* MIT Press, 2005.

Pet Shop Boys. https://www.petshopboys.co.uk/lyrics/kings-cross. Accessed July 2, 2021.

———. https://www.petshopboys.co.uk/lyrics/west-end-girls. Accessed May 25, 2021.

Peterson, Mark. *The City-State of Boston: The Rise and Fall of an Atlantic Power, 1630–1865.* Princeton University Press, 2020.

Philippopoulos-Mihalopoulos, Andreas, editor. *Law and the City.* Taylor & Francis, 2007.

Pincherle, Maria. 'Crônicas Como Memoriais: A Brasília de Clarice Lispector (e o temporário desaparecimento do invisível)'. *Revista da Anpoll*, vol. 51, 2020, 11–15.

Pittsburgh History & Landmarks Foundation, https://www.phlf.org/dragons/ teachers/docs/William_pitt_city_seal_project.pdf. Accessed May 26, 2021.

Pittsfield Cemetery. https://www.pittsfieldcemetery.com/about-us/. Accessed August 6, 2021.

Platner, Samuel Ball. *A Topographical Dictionary of Ancient Rome.* Cambridge University Press, 2015.

Plat of the City of Zion, Circa Early June. https://www.josephsmithpapers.org/ paper-summary/plat-of-the-city-of-zion-circa-early-june-25-june-1833/1. Accessed March 17, 2021.

参考文献

Proceedings of Inauguration of City Government. Pittsfi eld, Massachusetts, January 5, 1891.

Rabbat, Nasser O. *The Citadel of Cairo: A New Interpretation of Royal Mamluk Architecture*. E. J. Brill, 1995.

Ramadan, Ashraf, et al. 'Total SO2 Emissions from Power Stations and Evaluation of Their Impact in Kuwait Using a Gaussian Plume Dispersion Model'. *American Journal of Environmental Sciences*, January 2008, vol. 4, no. 1, 1–12.

Raunkiær, Barclay. *Through Wahhabiland on Camelback*. Routledge & K. Paul, 1969.

Regan, Bob. *The Bridges of Pittsburgh*. Local History Company, 2006.

Ribeiro, Gustavo Lins. *O Capital Da Esperança: A Experiência Dos Trabalhadores Na Construção De Brasília*. UNB, 2008.

Rink, Bradley. 'The Aeromobile Tourist Gaze: Understanding Tourism "From Above" '. *Tourism Geographies*, 2017, vol. 19, 878–96.

Rodgers, Daniel T. *As a City on a Hill: The Story of America's Most Famous Lay Sermon*. Princeton University Press, 2018.

Rooke, Henry. *Travels to the Coast of Arabia Felix: And from Thence by the Red-Sea and Egypt, to Europe*. London, 1784.

Rush, Alan. *Al-Sabah: History & Genealogy of Kuwait's Ruling Family, 1752–1987*. Ithaca Press, 1987.

Saint-Exupéry, Antoine de. *The Little Prince*. Translated by Richard Howard. Mariner, 2000.

Schmidt-Biggemann, Wilhelm. *Philosophia Perennis: Historical Outlines of Western Spirituality in Ancient, Medieval and Early Modern Thought*. Springer, 2004.

Schuyler, George Washington. *Colonial New York: Philip Schuyler and His Family*. New York, 1885.

Schwartz, Lloyd, and Robert Giroux, editors. *Elizabeth Bishop: Poems, Prose, and Letters*. Library of America, 2008.

SCVTV. https://scvhistory.com/scvhistory/costanso-diary.htm. Accessed June 3, 2021.

Sexton, Anne. *The Complete Poems*. Open Road Media, 2016.

Sharma, Ajai. *The Culinary Epic of Jeddah: The Tale of an Arabian Gateway*. Notion Press, 2018.

Sharma, S. R. *Ahwal-e-Mir: Life, Times and Poetry of Mir-Taqi-Mir*. Partridge Publishing, 2014.

Shiga, Naoya. Lane Dunlop, translator. 'At Kinosaki', *Prairie Schooner* 56, no. 1 (1982): 47–54.

Simon, Carly. 'Let the River Run'. 1988.

Singh, Kushwant, editor. *City Improbable: An Anthology of Writings on Delhi*. Penguin, 2010.

Singh, Patwant. 'The Ninth Delhi'. *Journal of the Royal Society of Arts*, vol. 119, no. 5179, 1971, 461–75.

Singh, Upinder, editor. *Delhi: Ancient History*. Social Science Press, 2006.

Sjoholm, Barbara. ' "Things to Be Marveled at Rather than Examined": Olaus Magnus and "A Description of the Northern Peoples" '. *Antioch Review*, vol. 62, no. 2, 2004, 245–54.

Skidmore, Thomas E. *Brazil: Five Centuries of Change*. Oxford University Press, 2010.

Sklair, Leslie. *The Icon Project: Architecture, Cities, and Capitalist Globalization*. Oxford University Press, 2017.

Smith, J. E. A. *The History of Pittsfield, (Berkshire County,) Massachusetts, from the Year 1734 to the Year 1800*. Boston, 1869.

———. *The History of Pittsfield, (Berkshire County,) Massachusetts, from the Year 1800 to the Year 1876*. Springfield, 1876.

———. *The Poet Among the Hills: Oliver Wendell Holmes in Berkshire*. Pittsfield, Mass., 1895.

Smith, Joseph, and Smith, Heman C. *History of the Church of Jesus Christ of Latter Day Saints*. Lamoni, Iowa, 1897.

Smith, Richard Norton. *On His Own Terms: A Life of Nelson Rockefeller.* Random House, 2014.

Soucek, Gayle. *Marshall Field's: The Store That Helped Build Chicago.* Arcadia Publishing, 2013.

Springer, Carolyn. 'Textual Geography: The Role of the Reader in "Invisible Cities" '. *Modern Language Studies*, Autumn 1985, vol. 15, no. 4, 289–99.

Stamp, Gavin. 'The Rise and Fall and Rise of Edwin Lutyens'. *Architecture Review*, November 19, 1981.

Stark, Freya. *Baghdad Sketches: Journeys Through Iraq.* I. B. Tauris, 2011.

Starr, Kevin. *Golden Gate: The Life and Times of America's Greatest Bridge.* Bloomsbury, 2010.

Starr, Kevin. *Material Dreams: Southern California Through the 1920s.* Oxford University Press, 1991.

Steinbeck, John. *The Grapes of Wrath.* Penguin Books, 2006.

Stephen, Carr. *The Archaeology and Monumental Remains of Delhi.* Simla, 1876.

Stierli, Martino. 'Building No Place: Oscar Niemeyer and the Utopias of Brasília', *Journal of Architectural Education*, vol. 67, no. 1, March 2013, 8–16.

Stockbridge-Munsee Community. https://www.mohican.com/origin-early-history/. Accessed August 16, 2021.

Suh, H. Anna, editor. *Leonardo's Notebooks: Writing and Art of the Great Master.* Running Press, 2013.

Swanton, John Reed. *The Indian Tribes of North America.* Genealogical Publishing Company, 2003.

Tan, Tai Yong, and Gyanesh Kudaisya. The Aftermath of Partition in South Asia. Taylor & Francis, 2004.

Tauxe, Caroline S. 'Mystics, Modernists, and Constructions of Brasília'. *Ecumene*, vol. 3, no. 1, 1996, 43–61.

Thompson, Leonard. *A History of South Africa.* Fourth edition, revised and updated by Lynn Berat. Yale University Press, 2014.

Thornes, John E. *John Constable's Skies: A Fusion of Art and Science*. University of Birmingham, University Press, 1999.

Tombs, Robert. T*he English and Their History*. Knopf Doubleday, 2015.

Toye, Hugh. *The Springing Tiger: A Study of the Indian National Army and of Netaji Subhas Chandra Bose*. Allied Publishers, 2009.

Tracy, William. 'A Talk with Violet Dickson'. *Aramco World*, November/December 1972.

Trevelyan, George Macaulay. *Garibaldi's Defence of the Roman Catholic Republic*. T. Nelson, 1920.

Ummid.https://www.ummid.com/news/2016/February/15.02.2016/ghalib-is-delhi-and-delhi-is-ghalib.html. Accessed September 4, 2021.

UNESCO City of Design. http://www.unesco.org/new/fi leadmin/MULTIMEDIA/HQ/CLT/images/CNN_Seoul_Application_Annex.pdf. Accessed August 17, 2021.

United Nations. https://www.un.org/en/events/citiesday/assets/pdf/the_worlds_cities_in_2018_data_booklet.pdf. Accessed August 31, 2021.

University of Texas at Arlington. https://texashistory.unt.edu/ark:/67531/metapth 231670/m1/1/. Accessed September 5, 2021.

USCDornsife. https://dornsife.usc.edu/uscseagrant/5-why-we-have-two-major-sea ports-in-san-pedro-bay/. Accessed June 5, 2021.

US Department of Transportation, Federal Highway Administration. https://www.fhwa.dot.gov/infrastructure/longest.cfm. Accessed June 3, 2021.

US Department of Transportation, Federal Highway Administration. *Manual on Uniform Traffic Control Devices*. Revised edition, 2012.

Van Engen, Abram C. 'Origins and Last Farewells: Bible Wars, Textual Form, and the Making of American History', *The New England Quarterly*, vol. 86, no. 4, 2013, 543–92.

Vanhoenacker, Mark. *Skyfaring: A Journey with a Pilot*. Knopf Doubleday, 2015.

Vanhoenacker, Mark. 'Four Cities in a Day'. *The Monocle Escapist*, Summer 2015.

Vann, Michael G. 'When the World Came to Southeast Asia: Malacca and the Global Economy'. *Maritime Asia*, vol. 19, no. 2, Fall 2014.

Varma, Pavan K. *Ghalib: The Man, the Times*. Penguin Group, 2008.

Varthema, Lodovico de. *The Travels of Ludovico Di Varthema in Egypt, Syria, Arabia Deserta and Arabia Felix, in Persia, India, and Ethiopia, A.D. 1503 to 1508*. London, 1863.

Vatican News. https://www.vaticannews.va/en/saints/10/12/our-lady-of-aparecida.html. Accessed June 1, 2021.

Villiers, Alan. *Sons of Sindbad: An Account of Sailing with the Arabs*. Hodder & Stoughton, 1940.

WBUR. https://www.wbur.org/radioboston/2016/06/29/ge-and-pittsfield. Accessed August 16, 2021.

Waits, Tom. http://www.tomwaits.com/songs/song/114/Rubys_Arms/. Accessed August 31, 2021.

WCVB. https://www.wcvb.com/article/boston-s-iconic-hancock-tower-renamed/ 822 5046. Accessed May 25, 2021.

Weaver, William, and Damien Pettigrew. 'Italo Calvino: The Art of Fiction No. 130'. *Paris Review*, no. 124, Fall 1992.

Werner, Morris Robert. *Brigham Young*. Harcourt, Brace, 1925.

White, Sam. *The Climate of Rebellion in the Early Modern Ottoman Empire*. Cambridge University Press, 2011.

Willard, Charles Dwight. *The Herald's History of Los Angeles City*. Kingsley-Barnes & Neuner Company, 1901.

Williams, William Carlos. *Paterson*. Revised Edition. New Directions, 1995.

Willison, George Findlay. *The History of Pittsfield, Massachusetts, 1916–1955*. City of Pittsfield, 1957.

Wilson, Ben. *Metropolis: A History of the City, Humankind's Greatest Invention*. Knopf Doubleday, 2020.

Wilson, Richard Guy. *Re-Creating the American Past: Essays on the Colonial Revival*. University of Virginia Press, 2006.

Wolf, Burkhardt. *Sea Fortune: Literature and Navigation*. De Gruyter, 2020.

Woodruff, David, and Gayle Woodruff. *Tales Along El Camino Sierra. El Camino Sierra*. Publishing, 2019.

Woolf, Virginia. *To the Lighthouse*. Harcourt, 1981.

World Travel & Tourism Council. https://wttc.org/Portals/0/Documents/Reports/2019/City%20Travel%20and%20Tourism%20Impact%20Extended%20Report%20Dec%202019.pdf?ver=2021-02-25-201322-440. Accessed August 31, 2021.

World Urbanization Prospects: The 2018 Revision. United Nations, Department of Economic and Social Affairs, Population Division, 2018.

WTAE. https://www.wtae.com/article/just-how-many-bridges-are-there-in-pittsburgh/7424896. Accessed September 6, 2021.

Wyler, Marcus. 'The Development of the Brazilian Constitution (1891–1946)'. *Journal of Comparative Legislation and International Law*, vol. 31, no. 3/4, 1949, 53–60.

Yavuz, Vural, et al. 'The Frozen Bosphorus and Its Paleoclimatic Implications Based on a Summary of the Historical Data', 2007.

YouGovAmerica. https://today.yougov.com/topics/international/articles-reports/2015/05/12/why-blue-worlds-favorite-color. Accessed August 31, 2021.

Imagine a City: A Pilot's Journey Across the Urban World
Copyright © Mark Vanhoenacker 2022
Translation copyright © 2024, by Ginkgo (Beijing) Book Co., Ltd.

本书中文简体版权归属于银杏树下（北京）图书有限责任公司。
著作权合同登记图字：22-2024-027号

图书在版编目（CIP）数据

随身携带的城市 /（英）马克·凡霍纳克著；蒋春生译. -- 贵阳：贵州人民出版社，2024.9. -- ISBN 978-7-221-18467-2

Ⅰ. I561.65

中国国家版本馆CIP数据核字第2024592RG8号

SUISHEN XIEDAI DE CHENGSHI
随身携带的城市
［英］马克·凡霍纳克　著
蒋春生　译

出 版 人	朱文迅	选题策划	后浪出版公司
出版统筹	吴兴元	编辑统筹	王　頔
策划编辑	代　勇	责任编辑	王潇潇
特约编辑	谢翡玲	装帧设计	棱角视觉
责任印制	常会杰		

出版发行　贵州出版集团　贵州人民出版社
地　　址　贵阳市观山湖区会展东路SOHO办公区A座
印　　刷　天津中印联印务有限公司
经　　销　全国新华书店
版　　次　2024年9月第1版
印　　次　2024年9月第1次印刷
开　　本　889毫米×1194毫米　1/32
印　　张　13
字　　数　247千字
书　　号　ISBN 978-7-221-18467-2
定　　价　60.00元

读者服务：reader@hinabook.com 188-1142-1266
投稿服务：onebook@hinabook.com 133-6631-2326
直销服务：buy@hinabook.com 133-6657-3072
官方微博：@后浪图书

后浪出版咨询（北京）有限责任公司　版权所有，侵权必究
投诉信箱：editor@hinabook.com　fawu@hinabook.com
未经许可，不得以任何方式复制或者抄袭本书部分或全部内容
本书若有印、装质量问题，请与本公司联系调换，电话010-64072833

著者：[英] 马克·凡霍纳克
（Mark Vanhoenacker）
译者：吕奕欣

书号：978-7-5225-1336-2
出版时间：2023.02
定价：68.00元

《长空飞渡》

☆ 凝聚诗人飞行员观察与思考的情书，带你再度体会飞行的魔力与兴奋

☆ 飞行文学新标竿，诉说从世界上方观察和体悟到的细节、景色、情感和事实

内容简介 ｜ "扶摇直上九万里""欲上青天览明月"……自古以来，我们人类就有飞行的梦想。

童年的纸飞机、玩具飞机以及看到天上飞机时的那一声惊叹，都是我们这个浪漫梦想的寄托。

长大后，因旅行、工作、探亲、见异地恋人等故，我们虽常有机会越过碧蓝苍穹去往某一处，但乘飞机时鲜少再兴致高昂、满心期待了，似乎早已将飞行视为理所当然之事，对飞行失却了孩提时的那份向往与好奇。

在本书中，满怀想象的现役飞行员马克·凡霍纳克将自己对飞行无可遏制的热爱倾注于笔端，细述了自己在时间、地理、天文、物理、航空、气象、社会、文化等方面对飞行的观察与体悟，使读者仿佛置身于驾驶舱中体验这万里长空中的各种美好：

- 云海、冰山、日落、流星、极光……，这是神奇瑰丽的自然之美；
- 隔绝与联结、古老与现代、陌生与熟悉、解放与回归，这是优雅对立的飞行之美；
- 人生际遇的参差、社会发展的差距，这是深刻敏感的思索之美；
- 制度化的合作、不期然的相遇与别离，这是温暖动人的人情之美。

让我们跟随作者的镜头，挣脱地心引力的束缚，探索飞行的无穷奥秘，遥看下方世界我们原以为熟悉而平凡的一切！